Dodelijk dichtbij

Jonas Moström

Dodelijk dichtbij

Vertaald uit het Zweeds door
Tineke Jorissen-Wedzinga
en Sophie Kuiper

Ambo|Anthos
Amsterdam

ISBN 978 90 263 4961 4

Oorspronkelijke titel *Himlen är alltid högre*
Oorspronkelijke uitgever Lind & Co
Omslagontwerp Studio Jan de Boer
Omslagillustratie © Mark Owen/plainpicture
Foto auteur © Thron Ullberg

Verspreiding voor België:
Veen Bosch & Keuning uitgevers nv, Antwerpen

Proloog

Er hangt regen in de lucht, maar ze besluit het erop te wagen. Als ze flink doorloopt, is ze thuis voor ze wordt ingehaald door de donkere wolken die zich samenpakken boven de daken. Als ze het bospaadje neemt, is het maar zeven minuten.

Ze heeft weer de hele dag opgesloten gezeten tussen dikke stenen muren. Van de explosie van voorjaarsgroen heeft ze niet veel meegekregen. En nu ze eindelijk buiten is, slaat het weer om, alsof het haar recht in het gezicht uitlacht.

Ze trekt haar jas aan en begint te lopen. De stof schuurt, haar nieuwe gympen knellen en ze voelt zich van top tot teen kriegelig. Dat zal te maken hebben met al het gezeur dat ze de hele dag heeft moeten aanhoren, denkt ze.

De wolken werpen schaduwen op de grijswitte façade van het ziekenhuis achter haar en ze meent getik van regendruppels op het golfplaten dak te horen. Ze versnelt haar pas.

Als ze het bospad bereikt, wordt het stil om haar heen, op het geluid van de bomen na die steeds woester heen en weer zwiepen. Ze is bijna bij het fietspad. Daarvandaan is het nog maar drie minuten. Zodra die gedachte door haar hoofd schiet, wordt het bos verlicht door een felle flits. Eén seconde is alles om haar heen haarscherp, elk blaadje, naaldje en grassprietje wordt in een wit licht op haar netvlies gebrand.

Instinctief telt ze de seconden, zoals ze als kind heeft geleerd.

Zeven.

De grond trilt als de donder aanrolt.

Ze is opgelucht als ze de villa's en huurhuizen aan de andere kant van het bos ziet. De lucht is pikzwart. De eerste druppels treffen haar met een verbluffende kracht in haar nek.

Ze zet haar capuchon op en steekt haar handen diep in haar zakken.

Een nieuwe flits verlicht de omgeving, een nieuwe foto op haar netvlies.

Ze telt. Drie seconden.

Opeens heeft het onweer haar ingehaald. De regen slaat als een spervuur in op het asfalt, in tuinen grijpen mensen in paniek naar kleren, kussens en wat ze in alle haast maar kunnen redden. De grond is bedekt met een kolkend wit schuim en de regen dringt dwars door kleding en schoeisel heen.

Nog maar twee minuten, spreekt ze zichzelf bemoedigend toe als ze het pad tussen de huurwoningen aan Gustaf Kjellbergs väg inslaat. Weer een flits, maar inmiddels regent het zo hard dat ze alleen een dof schijnsel ziet. De donder is niet eens te horen door het gekletter van de regen op haar capuchon.

Ze begint te hollen en besluit thuis meteen een hete douche te nemen.

Dan ziet ze het. Op straat, voor haar huis, staat een wit busje. Als ze erlangs loopt gaan de achterdeuren open en springen er twee in het zwart geklede mannen uit.

Een schim nadert haar schuin van achteren. Voor ze zich kan omdraaien, voelt ze een doek voor haar mond en een hand die haar bovenarm vastgrijpt. Ze probeert te gillen, maar voelt slechts de trilling van haar gesmoorde kreet in de vochtige doek.

De mannen komen dichterbij, maar ze kan hun gezichten nog steeds niet zien. Ze pakken haar vast, hun handen zijn overal.

Ze bijt, schopt en krabt. Een paar keer is het raak, maar de mannen laten hun greep geen seconde verslappen.

Ze probeert zich uit alle macht los te worstelen, trekt aan alles wat ze te pakken kan krijgen. Hapt naar adem.

Ze wordt duizelig, haar lichaam verslapt.

Haar voeten stijgen op van het asfalt. Ze wordt gewichtsloos en de regen valt recht op haar gezicht.

Een bons op een harde vloer. Twee deuren slaan dicht.

Als ze weer bij kennis komt, ligt ze op een andere vloer. Haar hoofd bonkt en vlekken dansen voor haar ogen. Als haar zicht weer helder wordt, ziet ze iets door het spleetje onder haar blinddoek. Een knoest in een brede plank, die haar doet denken aan een puntmuts.

Langzaam wordt ze zich weer bewust van haar lichaam. Ze ligt op haar zij met haar handen achter haar rug gebonden. Als ze die probeert te bewegen doet dat zo'n pijn dat ze het uit wil schreeuwen, maar ze kan de prop in haar mond niet uitspugen. Ook haar benen zijn vastgebonden, met dikke touwen rond haar enkels en knieën.

Ze probeert haar hoofd op te tillen, maar haar spieren gehoorzamen niet. Het voelt alsof ze uren buiten bewustzijn is geweest. Haar spijkerbroek en trui zijn vochtig, maar waar is haar jas?

Waar ben ik? Wie heeft mij hierheen gebracht?

Het enige wat ze hoort is het ritme van lichte regen op een golfplaten dak.

Dan gaat een deur open. Iemand komt met doelbewuste stappen aanlopen over de houten vloer.

Ze ziet alleen een paar bruine schoenen met leren kwastjes, die een meter voor haar blijven staan, naast de puntmuts in de plank. Wijdbeens en met de neuzen naar buiten gericht, terwijl de linkerschoen ongeduldig op de vloer trommelt.

De schoen houdt op met trommelen en een gespannen stilte daalt neer in de ruimte.

Geritsel. Vanaf de persoon voor haar glijdt een schaduw naar haar toe.

Dan wordt ze duizelig. Om haar heen wordt alles zwart.

Het laatste wat tot haar doordringt is de ringtone van een mobieltje.

1

STOCKHOLM,
ZONDAG 27 APRIL 2014

Nathalie Svensson bedankte voor de champagne, liet zich van haar barkruk glijden en nam afscheid van de gulle maar onaantrekkelijke beurshandelaar, wiens naam ze alweer was vergeten. Hij was haar te sloom en verlegen geweest. Het zou weken hebben geduurd voor hij iets anders had durven voorstellen dan het zoveelste drankje. Bovendien had ze het donkerbruine vermoeden dat hij getrouwd was, hoewel hij het tegendeel beweerde; de eerste keer dat hij het glas met haar hief, had ze een lichte rand in de gebruinde huid van zijn linkerringvinger gezien.

Op weg naar de garderobe verloor ze bijna haar evenwicht. Ze realiseerde zich dat dat niet alleen te wijten was aan haar nieuwe, hooggehakte Dior-pumps en het gekleurde licht van de discobal die ronddraaide aan het plafond. Behalve een glas champagne had ze ook al een dry martini en een halve fles wijn bij de lunch op. Hoewel ze gewoontegetrouw elk drankje had afgewisseld met een glas mineraalwater, was dat blijkbaar meer dan ze kon hebben.

Ze haalde haar jas en vroeg aan de schaamteloos frisse jongen van de garderobe hoe laat het was. Hij glimlachte en antwoordde: 'Halfvier. Zal ik een taxi voor u bellen?'

'Nee, bedankt, dat hoeft niet,' zei ze, en ze vertrok.

Voor Café Opera stonden een stuk of tien mensen in de rij. De portiers lieten twee jonge jongens binnen door de vipingang. Ze herkende hen van tv en gokte dat ze bekend waren van *X-Factor* of *Idols*, of een van de andere talentenjachten waar ze vaak met een half oog naar keek na haar werkdag in de kliniek.

Raken mensen daar nooit eens op uitgekeken, vroeg ze zich af, en ze besefte dat ze zelf het antwoord op die vraag was. Ze bedankte de portier met een glimlach toen hij het koord voor haar optilde, deed haar best om een nuchtere indruk te maken en zette koers richting het voetpad tussen Kungsträdgården en Karl XII:s torg.

De lucht was koel. Over straten en pleinen hing een aangenaam duister. Een wandeling was precies wat ze nodig had om morgen enigszins fit wakker te worden voor ze de trein naar haar huis in Uppsala nam. Hopelijk zou ze nog genoeg energie hebben voor haar gebruikelijke hardlooprondje rond Djurgården. Hoewel ze er goed uitzag voor een vijfenveertigjarige, had ze gemerkt dat ze tegenwoordig meteen een paar kilo aankwam als ze niet genoeg bewoog. Ze was altijd al mollig geweest, maar haar rondingen zaten op de juiste plaatsen en ze werd algemeen beschouwd als mooie vrouw. Een typisch *plussize model*, zoals Tyra Banks het noemde in *America's Next Top Model*. Maar ook voor rondingen waren er grenzen. Zodra ze haar ideale gewicht overschreed, voelde ze zich eerder opgeblazen dan sexy.

Daarom had ze, hoewel ze een hekel had aan sport en altijd beweerde dat de repetities met het zangkoor van Ekeby haar genoeg beweging verschaften, een paar reflecterende hardloopschoenen gekocht en dwong ze zichzelf om drie keer per week te gaan hardlopen, wat soms twee of nul keer werd als het slechte weer als excuus kon dienen. Die hardlooprondjes vond ze net zo saai als sport op tv, maar ze kon in elk geval luisteren naar de Backstreet Boys of One Direction, of andere boybandjes waarover ze met geen woord repte tegen haar collega's en koorgenoten.

Vreemd, dacht ze toen ze opzijging voor een fietser die haar slingerend tegemoetkwam in de richting van de Opera. Dit was de eerste keer sinds ze haar nieuwe leven was begonnen dat ze ervoor koos om alleen naar huis te gaan.

Sinds een halfjaar had ze een eenkamerappartement in Artillerigatan en bracht ze elk kindervrij weekend, en zo nu en dan een doordeweekse avond, door in Stockholm om af te spreken met mannen die ze kende via internet of uit de kroeg. Na negen jaar huwelijk met Håkan, bij wie haar bestaan met de dag eentoniger en beklemmender was geworden, had ze zich vrijgevochten. Gedaan waar ze heimelijk altijd van had gedroomd, haar vleugels uitgeslagen en geconstateerd dat ze het vliegen nog niet was verleerd.

In het begin was ze nog voorzichtig geweest, maar toen na meerdere geslaagde veroveringen haar zelfvertrouwen toenam, durfde ze steeds langere stukken te vliegen. Romantische etentjes, wilde uitstapjes en spannende seks. Nieuwe ervaringen, nieuwe lichamen, nieuw plezier. Ze had geen dag langer moeten wachten.

Haar hele leven had ze zich altijd geprobeerd aan te passen. Op school was ze ambitieus en gehoorzaam en haalde ze voor elk vak de hoogste cijfers. Na haar eindexamen wist ze niet wat ze wilde worden. Ze wist wel dat ze een eerzaam beroep wilde waarin ze mensen kon helpen. En dus koos ze voor een studie geneeskunde. Ondanks haar faalangst en haar gevoel nooit goed genoeg te zijn had ze geen moment spijt gehad van haar keuze. Van haar huwelijk met Håkan des te meer.

Met de jaren had Håkan haar steeds meer in de rol van advocatenvrouw en moeder gedwongen, alles om het perfecte plaatje in stand te houden. Hij gunde haar nog net een plekje achteraan in het koor waar ze één keer per week mocht zingen, maar dat ze succesvol was als onderzoeker en psychiater telde nooit mee in Håkans wereld, waarin alles alleen om geld draaide. Veiligheid was omgeslagen in sleur en Nathalie had zich erbij neergelegd.

Tot een dinsdagavond, twee weken na haar vijfenveertigste verjaardag, toen ze methodisch en zorgvuldig als altijd de vaatwasser inruimde. Het was alsof alle verloren tijd haar plotseling had ingehaald, alsof alle onderdrukte gevoelens zich samenbalden tot één overweldigende emotie en besloten uit de gevangenis te breken die ze voor zichzelf had gebouwd. Ze was zich er nog niet van bewust, maar voor ze de vaatwasser dichtdeed, had ze besloten om bij Håkan weg te gaan.

Nu zou ze alle verloren jaren inhalen, dubbel en dwars. Haar leven zou van zwart-wit naar kleur gaan. Ze zou geen seconde meer verliezen.

In het geheim had ze delen van haar strak georganiseerde dagelijks leven met haar baan, de kinderen en een veeleisende moeder ingeruild voor vrijheid, glamour en losse contacten. Ze was weer sprankelend en opgewekt, zoals ze, zo hield ze zichzelf voor, diep vanbinnen altijd al was geweest. En hoe meer ze van haar eigen lichaam hield, hoe meer ook mannen dat deden.

Ook al voelde ze zich vaak schuldig tegenover Tea en Gabriel, ze suste haar geweten door zich in te prenten dat ook de kinderen er baat bij hadden. Gabriel had minder last van zijn ADHD en had dit voorjaar op school nauwelijks speciale begeleiding nodig gehad. De stille en brave Tea speelde eindelijk met haar vriendjes en vriendinnetjes van de kleuterschool en zat niet meer voortdurend in haar eentje in boeken of computerspelletjes verzonken. En in de eerste plaats hadden de kinderen een energiekere en vrolijkere moeder gekregen.

Het enige echte probleem was dat Håkan het volledig ouderlijk gezag over de kinderen wilde. Zij wilde uiteraard ieder de helft, en ze wist dat hij dat diep in zijn hart ook wilde. Als enig argument voerde hij aan dat ze te veel met zichzelf bezig was en haar verantwoordelijkheid niet nam. De advocaat die ze in de arm had genomen had gezegd dat Håkan geen schijn van kans maakte. De strijd om het gezag was Håkans manier om haar te straffen. Het zoveelste bewijs dat ze de juiste beslissing had genomen door bij hem weg te gaan.

Af en toe dacht ze dat Håkan wist wat ze in Stockholm deed, dat ze helemaal niet bij Louise logeerde, dat ze niet zo vaak naar het theater of de opera ging als ze beweerde.

Maar nee, redeneerde ze. Als Håkan wist van haar dubbelleven, had hij haar er allang mee geconfronteerd. Het ergste was dat hij er niet voor zou terugdeinzen om het te gebruiken als wapen in de strijd om de kinderen.

De hoogste tijd om mijn eigen leven te leiden, prentte ze zich nogmaals in. Hoewel ze nog een half leven voor zich had, voelde ze meer dan ooit de druk van de voortschrijdende tijd. Ze zou, net als de lente dit jaar, weliswaar laat, maar lang bloeien.

Ze passeerde Blasieholmstorg en liep door Arsenalsgatan in de richting van Nybroplan. Haar hakken klikten op het trottoir en het geluid weergalmde eenzaam tussen de stenen voorgevels in de slapende stad. Zoals altijd ontweek ze de putdeksels met een A erop en zette ze juist een extra pasje om op de putdeksels met een K te stappen.

Voor veilinghuis Bukowskis bleef ze abrupt staan. Daar was het weer. Dat onmiskenbare gevoel van onheil, het gevoel dat ze werd achtervolgd.

Met een ruk draaide ze zich om. Overal was het stil, er was niemand te bekennen. Ze haalde diep adem en keek om zich heen, liet haar blik langs deuren, straathoeken en het bronzen paard op het plein glijden.

Verbeelding, hield ze zichzelf voor, en ze liep verder. Ze vervloekte zichzelf omdat ze zo overdreven reageerde, maar ze wist waardoor het kwam. Sinds een maand leek iemand in een donkergroene anorak zo ongeveer overal waar zij was op te duiken. Ze had hem of haar steeds alleen van een afstand gezien: voor de ingang van het nieuwe psychiatrisch ziekenhuis, voor IKEA in Boländerna en op de trap van universiteitsbibliotheek Carolina Rediviva. Diegene had een normaal postuur, droeg een blauwe spijkerbroek en had altijd de capuchon van de groene jas op, zodat ze zijn of haar gezicht niet kon zien.

In het begin had ze nog gedacht dat het gewoon toeval was, maar daarvoor was het nu te vaak gebeurd.

Ze had geen idee wie het kon zijn. Natuurlijk had ze meerdere lastige patiënten en ze werd weleens bedreigd als ze een verzoek om verlof weigerde of geen recept wilde voorschrijven voor medicijnen die onder de Opiumwet vielen. Maar ze had geen concrete verdenkingen.

Als arts werd van haar verwacht dat ze het goede voorbeeld gaf, vooral sinds ze dit voorjaar een onderscheiding had gekregen als beste pedagoog van de artsenopleiding. Haar studenten zouden vreemd opkijken als ze wisten wat ze in haar vrije tijd uitspookte.

Zou het er iets mee te maken hebben dat ze, als 's lands voornaamste expert op het gebied van antisociale persoonlijkheidsstoornissen, tegenwoordig officieus lid was van de daderprofielgroep van de rijksrecherche? Haar proefschrift over verdrongen herinneringen bij psychopaten had veel stof doen opwaaien en rond afgelopen kerst was ze betrokken geweest bij het onderzoek naar de moord op een prostituee in Malmö.

Of was het misschien een van de mannen met wie ze had gedatet? De hersenchirurg, de timmerman of de ongepubliceerde dichter?

Nee. Ook al waren sommigen van hen teleurgesteld dat ze niet nog eens met ze wilde afspreken, aan geen van hen zat overduidelijk een steekje los.

Nathalie wierp een blik over haar schouder. De straat lag er verlaten bij en haar onrust ebde weg. Soms, als Håkan zich van zijn lastigste kant liet zien, bekroop haar het vermoeden dat hij het was. Dat hij een of ander gestoord spelletje speelde om haar bang te maken. Maar dat was zo'n belachelijk idee dat ze het verwierp zodra ze er serieus over nadacht. Bovendien was hij dit weekend op een congres in Oslo.

Bij de snackbar op Nybroplan bleef ze staan en bestelde ze een chocomel en een broodje worst met alles erop en eraan. De jongen achter het ruitje knikte vermoeid. Even later kreeg ze haar vette hap. Ze at en dronk gulzig, merkte dat de mist in haar hoofd optrok.

Toen ze Birger Jarlsgatan overstak, voelde ze gezoem in haar leren jasje. Ze haalde haar telefoon tevoorschijn en zag dat ze een nieuw bericht had.

Hé, ben je nog wakker? Ben op weg naar huis vanuit R. Zin om af te spreken? Rickard

Ze voelde een warme gloed door haar lichaam trekken en glimlachte. Blijkbaar was hij vanavond in Riche geweest.

Leuk. Ik loop net langs je werk ☺

Het vooruitzicht dat de rijzende ster van Koninklijke Schouwburg Dramaten haar het hof zou maken, was een paar maanden geleden net zo ondenkbaar geweest als het idee dat ze in een diep uitgesneden zwarte jurk in Riche aan de bar zou zitten en nonchalant met haar schoen wipte, zodat goed te zien was hoe perfect de glanzende, framboosrode zolen matchten met haar handtas.

De nacht bij hem thuis, nog maar een paar weken geleden, was met niets te vergelijken geweest. Even sloot ze haar ogen. Ze herinnerde zich zijn handen over haar lichaam, zijn hese stem en zijn uithoudingsvermogen.

Ze stond nog altijd met haar telefoon in haar hand te wachten, maar ze kreeg geen antwoord. Toen een minuut verstreken was, ging ze op de trap boven de bronzen buste van Strindberg staan en keek uit over het water. De ochtendschemering legde een rode gloed over het pretpark Gröna Lund. Het gevoel in haar borst was net zo aarzelend en gloeiend als het licht.

Ze schrok op door een ritseling in een van de spandoeken boven haar hoofd. De doeken kondigden een opvoering van *Hamlet* aan met Rickard in de hoofdrol, en van *Dom Juan* als cross-overopera. Als ze het zich goed herinnerde waren zij en Louise deze vrijdag door haar vader uitgenodigd voor die unieke coproductie van de schouwburg en de Opera.

Ze keek weer op het scherm. Nog steeds geen antwoord. Omdat ze niet wanhopig wilde overkomen besloot ze naar huis te gaan, maar net op dat moment zoemde haar telefoon.

Ik zie je op Karlaplan over 10 minuten.

Om niet al te gretig te lijken wachtte ze tien seconden met antwoorden.

Oké.

Zoals altijd sinds die avond waarop Håkan in haar telefoon had gekeken wiste ze het gesprek, en ze zette koers naar Strandvägen.

Tussen Artillerigatan en Jungfrugatan passeerde ze Louises kliniek voor plastische chirurgie. Ze zag de foto's van mooie mannen en vrouwen en dacht aan Louises advies voor een borstlift en liposuctie van haar buik. 'Ik heb het zelf laten doen na mijn scheiding van Frank en heb er geen dag spijt van gehad,' had Louise op een avond gezegd toen ze samen cocktails dronken in Sturehof. 'En voor jou reken ik natuurlijk een vriendenprijsje.'

Tja, waarom ook niet, dacht Nathalie, en ze duwde haar borsten omhoog. Eigenlijk was ze redelijk tevreden met zowel de vorm als de stevigheid, maar aan de andere kant: waarom genoegen nemen met minder dan het beste?

Ze dacht aan Rickard en liep door. Ter hoogte van Djurgårdsbron keerde ze het water en de rode hemel de rug toe en sloeg Narvavägen in.

Tegenover het Historisch Museum kwam ze langs Franks huis. Ze vroeg zich af of hij vannacht aan het werk was, omdat hij niets van zich had laten horen. Meestal wilde hij afspreken als ze in de stad was. Frank en Louise hadden allebei weer toenadering gezocht na hun scheiding. Louise wilde een vriendin om mee te roddelen en feesten, Frank een luisterend oor.

Ze wierp een blik op de klok. Er was een kwartier verstreken sinds het laatste berichtje. Perfecte timing, dacht ze.

Toen ze wilde oversteken naar Karlaplan, zag ze Rickard. Hij stond een stukje bij de fontein vandaan en keek op zijn telefoon. Ze stak haar hand op en wilde hem al roepen, maar bedacht zich toen ze een persoon opmerkte die gehaast opstond van een bankje naast de fontein. Met gedecideerde passen liep hij – of zij? – op Rickard af, die met zijn rug naar diegene toe stond.

Het licht van de fontein weerkaatste op iets in de hand van de vreemdeling.

Nathalie kneep haar ogen tot spleetjes om het beter te kunnen zien in het halfduister.

Een doffe knal. Rickard zakte in elkaar. De vreemdeling pakte hem onder zijn oksels, sleepte hem naar de fontein en trok hem in het water.

Nathalie kon niet bevatten wat ze zag. Haar zicht en haar brein functioneerden niet meer.

De vreemdeling stoof naar een fiets, die tegen een van de iepen rond de fontein stond. Het bloed bevroor in Nathalies aderen toen ze de donkere jas zag.

Ze stond als versteend te staren.

Geen capuchon, maar een donkere muts diep over het hoofd getrokken. Het gezicht was niet te zien door de donkere kleding en het halfduister van de ochtendschemering.

Pas toen de persoon wegfietste richting het metrostation rende ze naar de fontein.

Schijnbaar oneindig langzaam, stap voor stap, kwam ze dichterbij.

Het eerste wat ze zag was een rode spiegel van bloed die zich als een stralenkrans uitspreidde rond Rickards hoofd.

Hij lag op zijn rug met half geloken ogen, zijn zwarte schoenen rustten op de bodem van de fontein, zijn grijze jas kleurde zwart en zonk.

Ze stapte in het water.

'Rickard?' hoorde ze zichzelf zeggen, half als vraag.

Zijn naam loste op in het bruisen van de fontein.

Ze legde een hand onder zijn nek en tilde zijn hoofd uit het water. Warm en stroperig bloed stroomde langs haar hand.

Rickard hapte naar adem, probeerde zijn blik te focussen op haar. Met een grote krachtsinspanning hief hij zijn hand en pakte haar arm. Toen zei hij rochelend en haast onverstaanbaar: 'He… hewas f…'

Zijn ogen draaiden weg. Zijn kin zonk op zijn borst, zijn lichaam werd slap en twee keer zo zwaar in haar armen.

Twee gedachten schoten door haar hoofd.

Dit gebeurt niet echt.

Adam.

2

Van wat er het volgende halfuur gebeurde kon Nathalie Svensson zich slechts flarden herinneren. Hoe ze Rickard Ekengård uit het water trok en hem naast de fontein op de grond legde. Hoe ze het bloed probeerde te stelpen door zijn sjaal tegen zijn borst te drukken terwijl ze 112 belde. Hoe ze zijn pols en ademhaling controleerde en inzag dat hij nog leefde, hoewel hij niet reageerde op haar wanhopige geroep.

Een ambulance kwam op vijf meter van Rickards lichaam tot stilstand op het grind, terwijl ook de eerste politiewagens al kwamen aanrijden door een van de openingen in de kring van bomen. De in het groen geklede ambulancemedewerkers gingen professioneel te werk, maar waren zichtbaar geschokt door het bloed dat de grond en hun kleding donkerrood kleurde. Ze zagen meteen dat het slachtoffer Rickard Ekengård was, maar dat was voor hen niet meer dan een simpele constatering die verder geen invloed had op hun geroutineerde handelen.

Vlug de brancard eruit, het slappe lichaam erop en de ambulance in. Infuus en zuurstofmasker aanbrengen, een drukverband op de borstkas.

De chauffeur zette haar de ambulance uit en sloeg de deuren

dicht. Drie seconden later spatte het scherpe, blauwe zwaailicht op de grijze ochtendschemering. De sirenes weergalmden tussen de huizen terwijl de ambulance ijlings wegreed over Karlavägen.

De geüniformeerde agenten sloegen een deken om Nathalies schouders en leidden haar naar een bankje buiten het blauwwitte lint waarmee de omgeving van de fontein al was afgezet, met een uitloper naar het metrostation, de richting waarin de dader op de fiets was gevlucht.

Een mannelijke en vrouwelijke agent stelden vragen en spraken in hun portofoon. Even later waren er een stuk of tien agenten ter plaatse. Nathalie hoorde zichzelf antwoord geven, maar herkende haar eigen stem niet.

Rickard Ekengård.

Voor haar ogen neergeschoten en in de fontein gegooid.

Maar ze kon alleen maar denken aan Adam, haar grote liefde, die haar zo wreed was ontnomen. Het was tien jaar geleden, maar het beeld van hoe hij in zijn rug werd geschoten en bloedend werd achtergelaten in de fontein voor het Centraal Station van Uppsala stond haar nog helder voor de geest. Al had ze het niet met eigen ogen gezien. Er was geen dag voorbijgegaan dat ze niet aan hem had gedacht. En sinds het tv-programma *Cold Case* begin deze maand opnieuw aandacht aan de zaak had besteed, was de herinnering weer springlevend.

Nu was ze getuige geweest van een soortgelijke aanslag op Rickard.

Nee, dit kan niet waar zijn, dacht ze, maak me wakker uit deze nachtmerrie.

Er arriveerde nog meer politie. Ze hoorde hoe een van hen telefonisch contact probeerde te krijgen met iemand die het water van de fontein kon afsluiten, hoe drie nieuwsgierige jongeren werden tegengehouden bij de afzetting langs Narvavägen, het geklik van een camera toen een fotograaf als een gek foto's maakte. Uit een zwarte auto stapten twee mannen die witte pakken, handschoenen en schoenbeschermers aantrokken en naar de plas met bloed liepen.

Ze rilde, trok de deken strakker om zich heen, maar dat hielp niet.

Ze wist niet hoelang ze daar al zat met haar blik op het klaterende water. Toen kwam er iemand naast haar zitten die zijn hand op haar schouder legde.

'Nathalie. Gaat het?'

Frank. Hoewel de gebruikelijke bronzen klank ontbrak, herkende ze zijn stem meteen. Ze keerde zich naar hem toe en keek in zijn holle, groene ogen. Die waren bloeddoorlopen en keken haar vorsend aan, zodat haar aanvankelijke opluchting om hem te zien plaatsmaakte voor onbehagen. Hij zat bijna tegen haar aan en zijn gegroefde, uitgesproken gezicht stond bezorgd. Zoals gewoonlijk was hij gekleed in een zwartleren jasje, T-shirt en spijkerbroek. Op zijn kin zat een wond die zo te zien pas nog had gebloed. Onder zijn bovenlip zat een bobbel snus en zijn asblonde stoppels stonden alle kanten op.

'Wat doe jij hier?' vroeg ze.

'Nathalie, ik ben hier als politieman,' antwoordde hij in een poging om beheerst te klinken, maar de rare toon in zijn stem bleef. 'Ik heb dienst bij de regiorecherche en kreeg tien minuten geleden de melding.'

Alle indrukken wervelden rond in haar hoofd en vermengden zich tot een ondoordringbare brij. Ze hoorde zichzelf zeggen: 'Ik liep net nog langs je huis... een minuut geleden... wilde je vandaag bellen... maar toen kwam er iets tussen en ik... toen kwam ik hier en...'

Haar stem brak en tranen welden op.

'Ik weet in grote lijnen wat er is gebeurd,' zei Frank, en hij sloeg een arm om haar heen, waarop een stroom van warmte door haar lichaam trok. 'Het moet verschrikkelijk zijn geweest...'

Ze knikte en keek hem aan.

'Wat is er met je kin?'

'O, niets,' zei hij. 'Gewoon een scheerwondje.'

Ze hoefde geen arts te zijn om te zien dat hij loog.

'Was je thuis?' vroeg ze.

'Ja,' zei hij, en hij haalde zijn hand van haar schouder. 'Wat deed jij hier?'

'Ik was op weg naar huis... van Café Opera... nam een omweg om een frisse neus te halen.'

De leugen kwam als vanzelf. Om van onderwerp te veranderen vroeg ze: 'Denk je dat hij het haalt?'

'Ik weet het niet,' antwoordde Frank. 'Hij wordt nu geopereerd. We behandelen de zaak uiteraard als poging tot moord. Alle beschikbare eenheden zoeken de omgeving af waar de dader voor het laatst is gezien,' besloot hij met een knikje naar het metrostation.

Nathalie moest denken aan de moord op minister van Buitenlandse Zaken Anna Lindh. Hoe de artsen op de persconferentie hadden gezegd dat ze stabiel was. Hoe ze een paar uur later werd doodverklaard.

'Het was verschrikkelijk,' zei ze, en ze richtte haar blik op haar schoenen. Die waren net zo rood als het bloed.

Stappen naderden over het grind en een kleine, magere gestalte gleed haar blikveld binnen.

'Dag Nathalie,' hoorde ze Angelica Hübinette zeggen.

Ze draaide haar hoofd en keek de forensisch arts in de ogen.

‘Wat doe jij hier?’ vroeg Angelica, en ze keek afwisselend naar Nathalie en Frank.

Nathalie had Angelica leren kennen tijdens haar werk voor de daderprofielgroep. Ze was vriendelijk en goed in haar vak, maar ook wat stijfjes.

‘Ze is hier als getuige,’ zei Frank.

‘Aha,’ zei Angelica. ‘Ik dacht even dat de DPG al was ingelicht.’

‘Nee,’ zei Frank, ‘dat was wel erg snel geweest.’

‘Oké,’ zei Angelica. ‘Hoe dan ook, ik ben hier in mijn reguliere functie.’

Weer een blik naar Nathalie en een knikje, dat met goede wil kon worden gezien als empathie.

‘Sterkte, Nathalie. Ik spreek je later.’

Angelica Hübinette beende weg naar haar collega’s bij de fontein. Frank draaide zich naar Nathalie en trok een veelbetekenende wenkbrauw op. Hoewel hij degene was geweest die haar had aanbevolen bij de DPG, was hij altijd sceptisch als de groep zich bemoeide met het werk van de regionale recherche.

‘Kun je nog eens beschrijven wat je zag?’ vroeg Frank, en hij zette een draagbare voicerecorder aan.

Ze dwong zichzelf de reeks gebeurtenissen nog eens door te nemen.

Het enige wat ze verzweeg was het afspraakje met Rickard. Frank wist niets over haar escapades, en dat wilde ze zo houden. Bovendien had het vast niets met de moordaanslag te maken.

Frank wreef met zijn wijsvinger over de wond op zijn kin.

‘Nathalie, ik weet hoe moeilijk dit voor je is,’ zei hij.

‘Ik begrijp er niets van,’ zei ze met een stem die halverwege de zin brak.

De omgeving werd wazig toen de tranen weer opwelden.

‘Het is tien jaar geleden,’ fluisterde ze.

'Ik weet het. Ik mis hem ook.'

Frank werd stil.

Adam was zijn beste vriend geweest. Nathalie en Louise hadden hen leren kennen tijdens hun studie geneeskunde. Een paar weken later waren ze twee stelletjes geweest.

'Is er verder nog iets wat voor ons van belang zou kunnen zijn?' vroeg Frank even later.

Nathalie keek recht voor zich uit en zoog haar longen vol lucht. De iepencirkel smolt samen met de witte boom van water. Ze sloot haar ogen. Voelde hoe haar lichaam zwaar werd op het koude bankje, hoe haar lippen gevoelloos werden en elk geluid verstomde.

'Ik moet naar huis.'

'Dat regel ik,' zei Frank. 'Wanneer ga je terug naar Uppsala?'

'Weet ik niet, ik neem zoals altijd de trein, ik moet uiterlijk morgenavond om zeven uur thuis zijn.'

'Bel me zodra je wakker bent.'

Frank stond op en vroeg een van de agenten, een man met de naam Hansson, om haar naar huis te brengen. Hoewel het maar vijfhonderd meter was naar haar appartement in Artillerigatan, maakte ze geen bezwaar.

Een minuut later opende ze het portier van een politiewagen die geparkeerd stond bij het zebrapad waar ze getuige was geweest van het misdrijf. Het laatste wat ze hoorde voor ze het portier dichttrok, was een van de mannen in witte pakken van Forensische Opsporing, die bij de iepen stond waar eerder de fiets had gestaan. 'Frank! Kom eens, dit moet je zien!'

3

'Zal ik meekomen naar binnen?'

Het was agent Hansson die dat vroeg toen hij haar afzette op Artillerigatan 32. Ze draaide zich naar hem toe, zag zijn vingers trommelen op het stuur.

'Nee, bedankt, ik red me wel,' zei ze, en ze deed het portier open. 'Bedankt voor de lift.'

Ze zette haar hakken op het asfalt en klom uit de auto. Zonder de politieagent aan te kijken stak ze haar hand op bij wijze van afscheid, en ze keerde hem de rug toe. Ze ademde de koele lucht in en hoorde de klok van de Hedvig Eleonora-kerk halfzes slaan. Vogels kwetterden in de bomen voor het ijzeren hek van het kerkhof aan de overkant van de straat. Blauwe, witte en paarse sterhyacinten deden dapper hun best in de donkere aarde tussen de sneeuw, die nog steeds niet was gesmolten op de stukken die altijd in de schaduw van de asymmetrisch geplaatste grafstenen leken te liggen.

Voor ze het gebouw binnenging, zag ze de politiewagen rechtsaf Storgatan inslaan. Ze verzekerde zich ervan dat de deur achter haar dichtviel en nam de trap naar de vierde verdieping. Ze beefde over haar hele lichaam en ze was onnoemelijk moe.

In het kleine halletje, dat plaats bood aan vijf haakjes, een schoenenrekje, een spiegel en de deur naar de badkamer, trok ze haar jas en schoenen uit. Ze voelde haar voeten zwaar op het parket zinken, alsof ze landde na een lange vlucht. Ze keek naar de keurig klaarstaande neonkleurige hardloopschoenen en wist dat haar rondje Djurgården er dit weekend bij zou inschieten. Niet dat het wat uitmaakte.

Ze schrok toen ze zichzelf zag in de passpiegel. Haar donkerbruine krullen hingen in slierten om haar schouders, haar mascara was in zwarte schaduwen uitgelopen onder haar ogen, haar gezicht was opgezwollen en haar lippen waren bleek.

Ze huiverde en zette drie passen in de enige kamer van het appartement. Het ochtendlicht viel naar binnen door het raam op het noordwesten, waarvandaan ze door de knoppen aan de takken nog altijd over het kerkhof tot aan Östermalmstorg kon kijken.

In een poging om weer tot zichzelf te komen liet ze haar blik over de vertrouwde, zorgvuldig ingerichte twintig vierkante meter glijden. Links de boekenkast met de stereo-installatie, waarop ze voor ze naar Café Opera ging nog Avicii's debuutalbum had gedraaid. Rechts de kledingkast, het bed en de kitchenette. De fotocollages van haar moeder, het Perzische tapijt dat ze van haar vader had gekregen en de Arne Jacobsen-fauteuil die ze op een internetveiling op de kop had getikt.

Tussen de potten met witte orchideeën lagen de veel te dure computerspelletjes die ze voor Gabriel en Tea had gekocht. Midden op de vloer stond de muziekstandaard met de koorliederen van die week, en aan de standaard hing haar medaille van de tien kilometer voor vrouwen om haar eraan te herinneren dat ze meer moest sporten. Ze had haar best gedaan om het gezellig te maken.

Maar nu klopte er iets niet. Van de gebruikelijke vertrouwdheid was geen spoor te bekennen. Haar blik dwaalde rond op zoek naar de reden daarvoor. Bleef hangen bij het wit gestreepte gordijn voor de geïmproviseerde bezemkast tussen het bed en de kitchenette. Zaten de plooien anders? Wat was dat voor uitstulping onder de stof, een halve meter boven de parketvloer?

Zonder aarzelen liep ze ernaartoe en trok het gordijn opzij.

Niemand. Natuurlijk niet. Alleen de schoonmaakspullen en de strijkplank.

De stofzuigerslang was richting de kamer gezakt.

Met een zucht liet ze haar longen leegstromen en ze schudde haar hoofd om haar eigen waanbeelden. Ze haalde zich nog eens het beeld van haar stalker voor de geest. Hoe hij de hoek om verdween, het gevoel dat hij constant in de buurt was, maar altijd even onbereikbaar.

Ze trok haar jurk uit en hing die tussen de andere jurken in de kledingkast. In de kitchenette loste ze een bruistablet tegen uitdroging op in een glas water. Het gebruis riep het beeld van de fontein weer bij haar op. De persoon op het bankje, de razendsnelle aanval en het bloed dat het water rood kleurde. Rickards greep om haar arm en de woorden: 'He... hewas f...'

Zijn laatste heldere blik, alsof haar aanblik het laatste was wat hij meenam.

Wat had hij willen zeggen?

Het was fijn?

Rickard. Zul je het halen?

Ze weerstond de impuls om het ziekenhuis te bellen. Besefte dat het zinloos was en dat ze, hoe onmogelijk het ook leek, moest proberen te slapen.

Ze liep naar de badkamer, klapte het spiegelkastje open om zichzelf niet te hoeven zien en pakte een halve oxazepam uit haar toilettasje. Ze gebruikte eigenlijk nooit kalmerende middelen, maar dit was een noodgeval.

Ze deed de deur op het haakje, trok haar ondergoed uit en stapte onder de douche. Draaide de hete kraan open tot het water brandde op haar huid en de stoom haar in een matte wolk hulde.

Met het hete water op haar huid begon de wirwar van gevoelens zich te kristalliseren tot gedachten.

Wat er was gebeurd was even onbevattelijk als werkelijk. Als arts was ze gewend om te schakelen tussen empathie en rede, maar nu voelde ze zich net zo hulpeloos als de patiënten die soms instortten waar ze bij stond.

Ze was getuige geweest van een aanslag op Rickard Ekengård.

Als ik de bloeding niet had gestelpt en niet zo snel 112 had gebeld, was hij nu dood geweest, dacht ze, en ze spoelde de shampoo uit haar haar.

Rickard. Waarom had hij haar opeens willen zien? Was hij gewoon dronken en geil uit de kroeg gekomen, en gokte hij erop dat ze met hem mee naar huis zou gaan?

De avond in Riche van een paar weken geleden stond Nathalie nog helder voor de geest. Hoe ze met een glas wijn aan de bar had gezeten, toen hij naast haar was komen zitten en hoi had gezegd. Hoe verbaasd ze was geweest. Natuurlijk was het haar niet ontgaan dat hij steeds naar haar keek vanaf zijn plek aan de tafel waar hij zat met andere acteurs, maar ze had nooit gedacht dat hij op haar af zou stappen. Ze hadden de gebruikelijke standaardinformatie uitgewisseld, afgewisseld met grapjes. In tegenstelling tot vele andere mannen leek hij oprecht geïnteresseerd in haar antwoorden. Dat had haar ontspannen en vrolijk gemaakt. Hij had gevraagd naar haar familie, hoe het was om als psychiater te werken, naar haar zangkoor en haar echtscheiding (die ze normaal gesproken verzweeg).

De uren waren voorbijgevlogen. Toen de barman zei dat het sluitingstijd was, had Rickard haar bij hem thuis uitgenodigd voor een glas goed gerijpte Amarone, die hij van de directeur van de schouwburg had gekregen. Hij was opgewekt en uitgelaten, had verteld over het stuk waarvoor hij repeteerde en een aanstaand filmproject.

Maar toen ze eenmaal op zijn grote leren bank zaten en hadden geproost met de robijnrode wijn, was hij ernstig geworden. Hij had verteld dat hij bezig was met zijn autobiografie. Hij zou alle vuile was buitenhangen.

Voor ze kon vragen wat hij zou onthullen, had hij zich voorovergebogen en haar gekust. Zijn hand was omhooggekropen en zij had met de hare zijn nek gepakt. Ze hadden eindeloos gevreeën.

Na afloop had hij gezegd dat het zijn gewoonte was om alleen te slapen. Daarna hadden ze elkaar niet meer gesproken, tot hij dat sms'je stuurde.

Nathalie draaide de douchekraan dicht. De warmte en de oxazepam maakten haar moe en suf. Ze droogde zich zorgvuldig af met haar nieuwe Ralph Lauren-handdoek, trok een zijden nachthemd aan en poetste drie minuten lang haar tanden. Deed alle lampen uit en liep naar het raam om de jaloezieën dicht te doen. Keek eerst nog even uit over het kerkhof, waar drie mussen over het grindpad hipten. Even leken de graven voor haar ogen rond te draaien en één grote, grijze zerk te vormen.

Het verschrikkelijke nieuws over Adams dood galmde weer door haar hoofd. De woorden van de agenten hadden haar leven aan scherven geslagen, en wat ze die nacht zelf had meegemaakt was een ondoordringbaar duister geworden dat ze sindsdien altijd met zich meedroeg.

Het moordonderzoek, waaraan Frank als nieuwbakken rechercheur had meegewerkt, had niets opgeleverd. Ze wisten alleen dat Adam nog laat op pad was geweest voor een klus, maar niet wat voor klus. De Saab, die hij deelde met een collega, stond in Salagatan voor het huis van de mede-eigenaar. Adam had er die avond nog in gereden en de auto zoals afgesproken weer teruggebracht, vermoedelijk rond kwart over elf 's avonds. Omdat er geen aanleiding was om iets anders te vermoeden, werd aangenomen dat Adam op weg was geweest naar de redactie van *Upsala Nya Tidning*. Niemand wist wat hij daar midden in de nacht te zoeken had, maar hij had zich vreemd gedragen sinds hij een week eerder op de krant een mysterieuze tip had gekregen.

Ondanks alle inspanningen was de politie er nooit achter gekomen wat voor tip het was geweest. De enige getuige was een taxichauffeur die rond middernacht een rookpauze had genomen en Adam in de fontein had aangetroffen.

Voor de taxichauffeur was uitgestapt, had hij iemand richting de parkeerplaats van het stadhuis in het noorden zien rennen. Tien seconden later had hij een auto met gierende banden horen wegrijden. Een nadere beschrijving van de auto of de vluchtende persoon had de taxichauffeur niet kunnen geven. Daarna was hij naar de fontein gelopen en had hij Adam op zijn buik in het water gevonden.

Het bloed had als een rode wolk om hem heen gezweefd. Zijn lichaam was nog warm toen de ambulance arriveerde, maar pogingen tot reanimatie waren tevergeefs geweest.

Ongeveer tegelijkertijd was haar dat verschrikkelijke overkomen.

Nieuwe beelden, nieuwe pijn. Ze stond nog steeds voor het raam en hield het kozijn in een krampachtige greep.

Volgens de politie was het een uit de hand gelopen beroving geweest. Adams camera en portemonnee waren weg, en Uppsala werd destijds geteisterd door een gewelddadige Oost-Europese bende. Nathalie had die theorie nooit geloofd. Haar overtuiging was alleen maar gegroeid sinds die bewuste aflevering van *Cold Case*. Er waren geen concrete aanwijzingen voor een ander scenario naar voren gekomen, maar de opgetrommelde professor had gesteld dat de zaak vele vraagtekens bevatte. Na het programma was ze naar zolder gegaan en had ze de dozen met Adams spullen tevoorschijn gehaald. Net toen ze de eerste doos wilde openmaken, had ze zich bedacht. Ze had er nooit in gekeken. Na de moord was het verdriet te groot geweest, en toen het eenmaal te hanteren viel, was ze te bang geweest dat het haar weer zou overvallen. Bovendien had de politie de inhoud grondig onderzocht.

Hopelijk zouden ze ditmaal meer succes hebben. Misschien was de dader zelfs al gepakt. Misschien zou Rickard het halen.

Adam. Rickard.

Tien jaar plotseling gereduceerd tot niets.

In een zwaarbevochten opwelling van daadkracht deed ze de jaloezieën dicht en strompelde ze naar bed.

Ze dwong zichzelf haar ogen dicht te doen. Dommelde in en zonk weg in een diepe slaap.

Om halfzeven zoemde haar telefoon op het bureau. Op het scherm lichtte een nieuw bericht op.

Fijn dat je veilig thuis bent. Hopelijk lig je al te slapen. Je bent het toch niet vergeten? Je goede vriend

Ze droomde over Adam en hoorde niets.

4

UPPSALA, 2004

Toen ze thuiskwam in haar huurappartement aan Gustaf Kjellbergs väg was ze volledig uitgeput. Het was een chaotische dagdienst bij de spoedeisende psychiatrische hulp geweest. Van de zorgindicatie voor een psychotische vrachtwagenchauffeur, die op haar had zitten wachten toen ze de pieper vanmorgen had overgenomen, tot de opname van een suïcidale Algerijnse wier asielaanvraag definitief was afgewezen, had ze hooguit tien minuten pauze gehad. Omdat de verantwoordelijke chef-arts op computercursus was, had zij als coassistente beslissingen moeten nemen die ver boven haar competentie lagen. Als kers op de taart had haar moeder tegen lunchtijd gebeld om te vragen of Nathalie een uitnodiging wilde schrijven voor de vernissage van haar aanstaande fototentoonstelling. Nathalie had ja gezegd, hoewel ze duizend redenen had om te weigeren. Het zou haar twee keer zoveel tijd hebben gekost om haar moeder aan haar verstand te peuteren dat ze daar geen tijd voor had.

Ik hoop dat Adam voor het avondeten heeft gezorgd, dacht ze toen ze de laatste treden naar het tweekamerappartement op de tweede verdieping op liep.

Tot haar verbazing zat de deur op slot. Was Adam nog niet

thuis, al had hij dat beloofd toen ze elkaar voor haar middagronde hadden gesproken?

Ze keek op haar horloge. Vijf over zes. Hij had al meer dan een uur geleden thuis moeten zijn.

Ze deed de deur open en ging naar binnen. Op de keukentafel stond nog steeds de ontbijtboel. Ze was moe en had zo'n lage bloedsuikerspiegel dat ze een vloek niet kon onderdrukken. Adams slonzigheid was het enige aan hem wat haar echt irriteerde.

Met haar gevloek nog nagalmend in haar oren belde ze hem op.

Geen gehoor. Zijn voicemail verzocht haar vriendelijk het later nog eens te proberen of de redactie van de krant te bellen.

Ze ruimde de tafel af en gooide het met jam bevlekte tafelkleed in de wasmand. Bedacht nijdig dat hij vast weer bezig was met dat artikel over die jeugdzorginstelling waar hij het de afgelopen weken steeds over had. Of was het iets met die op zijn teentjes getrapte acteur die hem had bedreigd in boekhandel Lundequist? Het was hoe dan ook waarschijnlijk weer een van Adams vele ideeën voor artikelen, allemaal even belangrijk en onmogelijk te prioriteren.

Adam werkte vaak tot laat door. De laatste tijd was dat eerder regel dan uitzondering. Er waren altijd wel nieuwe interviews, dringende artikelen en columns die geschreven moesten worden. Tot dusver had ze niet geprotesteerd, maar ze begon er langzaamaan genoeg van te krijgen. Over een uur moesten ze op een feestje van de studentenvereniging zijn. Daarvoor hadden ze afgesproken met Louise, Håkan en de rest van hun vriendengroepje voor een drankje bij Frank. Als ze nog wilde douchen en zich wilde opmaken, had ze geen tijd om schoonmaakster te spelen.

Ze zag Adam voor zich en kon ondanks alles een glimlach niet onderdrukken. Hoe ambitieus hij was, hoe hij elke dag zijn uiterste best deed, hoe hij alles op alles zette om zijn tijdelijke baan als invaller bij UNT dit najaar om te zetten in een vast dienstverband. Ze wist dat hij diep in zijn hart een minderwaardigheidscomplex had omdat zij uit 'de betere kringen' kwam, zoals hij vaak op ironische toon zei. Adam kwam uit een arbeidersmilieu; zijn moeder was arbeidsongeschikt na dertig jaar als verpleegster en zijn vader was vrachtwagenchauffeur bij koffiebranderij Lindvalls. Nathalies ouders heetten weliswaar gewoon Nilson, maar haar vader Victor was een gerespecteerd zakenman die eigenaar was van meerdere hotels en vaak in de media figureerde in het kader van zijn politieke activiteiten ter bevordering van gelijke behandeling. Haar moeder Sonja stamde uit een adellijk geslacht uit de deftige wijk Östermalm in Stockholm en had het klassenbewustzijn in haar bloed zitten.

Nathalie liep de badkamer in en gooide haar kleren in de wasmand. Deed haar verlovingsring af en wreef hem schoon met ontsmettingsmiddel dat ze had meegenomen van de spoedeisende hulp.

Met het warme water op haar huid keerden haar gedachten weer terug naar Adam.

Morgen zouden ze negen maanden verloofd zijn. Ze verheugde zich op het huwelijksleven en het gezin dat ze zouden stichten. Dat was altijd een vanzelfsprekendheid voor haar geweest. Ze dagdroomde graag over hun toekomstige kinderen, hoe ze eruit zouden zien, hoe ze zouden praten en lopen. Het verlangen om moeder te worden was een vuur in haar dat elke dag sterker brandde.

Ze was bijna vijfendertig. Het begon hoog tijd te worden, maar ze wilde dat Adam een datum zou voorstellen. Misschien deze herfst, hoopte ze, en ze masseerde balsem in haar haar. Toen ze onder de douche vandaan stapte, hoorde ze zijn stem in de hal. 'Nathalie? Hallo?'

Ondanks het water in haar oren hoorde ze de gejaagde klank in zijn stem.

Ze sloeg vlug een handdoek om en deed de deur open. Keek in zijn bruine ogen en zag haar vermoeden bevestigd: er was iets gebeurd.

'Wat is er?' vroeg ze.

'Niets,' zei hij terwijl hij zijn schoenen uittrok.

'Kom op, ik zie toch dat er iets is.'

'Sorry dat ik zo laat ben,' zei hij, en hij wierp een blik op het horloge dat ze hem voor zijn verjaardag had gegeven.

Ze legde haar natte hand op zijn wang, ving zijn blik.

'Kom op, vertel! We hebben haast.'

Hij beende naar de keuken. Dronk het laatste restje appelsap rechtstreeks uit het pak. Toen zette hij het pak op het aanrecht en keek haar ernstig aan.

'Ik heb een tip gekregen, daarom ben ik zo laat. Dit kan echt heel groot worden...'

Hij veegde zijn mond af aan de rug van zijn hand, deed een stap naar haar toe en zei met een ernst die ze niet eerder van hem had gehoord: 'Dit kan me de Grote Prijs voor de Journalistiek opleveren, Nathalie.'

5

STOCKHOLM,

MAANDAG 28 APRIL 2014

Het bleke wit ging over in oranje en ze voelde de warmte op haar oogleden. Zachtjes ontwaakte ze uit haar droom over Adam. Hij had in jaren niet zo levensecht geleken. Ze had zijn stem gehoord, hem omhelsd, zijn geur geroken, het zout op zijn huid geproefd. Alles in een irrationele mengeling die haar voorkwam als de natuurlijkste zaak van de wereld.

In de ziel bestaat geen tijd, dacht ze altijd als ze indrukken uit totaal verschillende periodes uit haar leven herbeleefde met dezelfde intensiteit als toen.

Adam. Hoe ze ook probeerde om hem vast te houden, hij glipte door haar vingers en maakte plaats voor de gruwelijke beelden van de aanval op Rickard. Ze werd weer overspoeld door het akelige, onwerkelijke gevoel waarmee ze ook was gaan slapen. Een verstikkend duister dat ze niet onder woorden kon en wilde brengen.

Ze staarde naar het witte plafond en vestigde haar blik op een barst in de verf die de vorm had van een halvemaan. Ze had hoofdpijn en haar nachthemd plakte aan haar huid. Haar lichaam was als verdoofd en opstaan leek haar een onmogelijke opgave.

Om het verlammende gevoel te verjagen dwong ze haar benen over de rand van het bed. Ze keek op de wekkerradio op het nachtkastje. Vijf over tien.

Ze strompelde naar de kitchenette en dronk twee glazen sinaasappelsap. Dat gaf haar genoeg energie om naar het raam te lopen en het de vijf centimeter te openen die het mechanisme toeliet. Koele lucht stroomde langs haar lichaam en haar nachthemd liet los van haar huid.

Op Östermalmstorg was de markt in volle gang, alsof er niets was gebeurd. Even dacht ze dat het allemaal een boze droom was geweest. Toen pakte ze haar telefoon van tafel om het nieuws te lezen.

Op het scherm lichtte een nieuw bericht op. Ontvangen om 06.32 uur.

Was het misschien van een van de mannen met wie ze datete?

Ze las het berichtje. Vier zinnen. Haar telefoon werd zwaar in haar hand. De adrenaline kolkte door haar aderen en verjoeg haar moeheid. Het waren stuk voor stuk alledaagse woorden, maar samen en in hun context vormden ze de griezeligste groet die ze ooit had gekregen.

Fijn dat je veilig thuis bent. Hopelijk lig je al te slapen. Je bent het toch niet vergeten? Je goede vriend

Ze greep naar een pen, schreef het nummer op een reclamefolder van een supermarkt en belde de nummerinformatiedienst. Kreeg te horen dat het nummer bij een ongeregistreerde prepaidkaart hoorde.

Jij bent het. Mijn stalker.

De herinneringen aan alle keren dat ze haar stalker had gezien werden gemonteerd tot een film die voor haar geestesoog werd afgedraaid.

Ben je hier? Ben je me gisteren gevolgd?

Ze liep weer naar het raam. Liet haar blik over de straat, het kerkhof en het plein glijden; niemand met een groen jack, niemand die haar leek te observeren.

Haar hoofd tolde. Tot gisteren was haar stalker alleen in Uppsala opgedoken. Behalve Frank, Louise en haar ouders wist niemand dat ze een appartement in Stockholm had.

Ben je me hierheen gevolgd?

Als dat zo was, had de krankzinnigheid van haar stalker een nieuw niveau bereikt. Iemand in haar thuisomgeving in de gaten houden was één ding, iemand de stad uit volgen is iets heel anders.

De spieren rond haar borstkas trokken zich samen. Ze boog zich naar de smalle opening van het raam en zoog opnieuw gretig de frisse lucht op. Blies zachtjes uit door haar mond terwijl ze tot drie telde, zoals ze haar patiënten met paniekaanvallen liet doen.

Ze herinnerde zich dat ze van Karlaplan een lift naar huis had gekregen. Voor zover ze had gezien was niemand hen gevolgd, maar aan de andere kant zou ze het niet hebben gemerkt als het zo was geweest.

Of was je op Karlaplan, zag je me instappen en nam je aan dat ik naar huis werd gebracht en net in slaap was gevallen toen je sms'te?

Waarom zou iemand anders om halfzeven 's morgens schrijven 'hopelijk lig je al te slapen'?

Ze keek weer op haar telefoon.

Je bent het toch niet vergeten? Je goede vriend

'Wie je ook bent, je bent niet mijn goede vriend,' mompelde ze.

Voor de zoveelste keer riep ze de beelden van haar stalker op. Die waren wazig en vaag; het groene jack met de capuchon, het gewone postuur, het doelbewuste bewegingspatroon.

Kon het degene zijn die Rickard had aangevallen?

Ze zocht Franks nummer op in haar contacten. Na drie keer overgaan nam hij op. Zijn stem klonk gejaagd en ze hoorde geluiden van mensen op de achtergrond.

'Hoi, met mij...'

'Goed dat je belt,' zei Frank. 'Ik wilde jou net bellen om te vragen of je kunt komen, ik moet je nog wat vragen stellen.'

'Ja hoor,' zei ze. 'Hoe is het met hem?'

Frank wachtte even met antwoorden.

'Je hebt het nieuws nog niet gezien? Helaas, Nathalie, het spijt me, maar Rickard Ekengård is dood. De twee beste hart-longchirurgen van Zweden zijn opgetrommeld en hij heeft de halve bloedbank van Stockholm gekregen, maar hij was niet te redden. Ik heb het een uur geleden gehoord.'

Het bloed in het water flitste voor haar ogen op en kleurde een secondelang de hele kamer rood. Ze liep terug naar de kier van het raam. Zonder dat ze het hoefde te vragen vervolgde Frank: 'We hebben nog geen verdachte gearresteerd. Een stuk of vijf getuigen hebben iemand met een donkere jas gezien in de buurt van de plaats delict, met en zonder muts. Zoals gewoonlijk zijn hun verklaringen vaag en tegenstrijdig. We weten niet eens of het een man of een vrouw was... Sommige getuigen hebben een knal of een klap gehoord, maar ook op dat punt lopen de verklaringen uiteen.'

Frank werd onderbroken en riep geïrriteerd 'wacht even, ik kom zo'. Toen zei hij weer tegen Nathalie: 'De chirurgen hebben de kogel verwijderd en die is naar het lab voor onderzoek. Hopelijk weten we dan uit welk wapen hij werd afgevuurd. Kun je hiernaartoe komen?'

Nathalie liet zich op de rand van het bed zakken, voelde de zwaarte van haar lichaam en verlangde terug naar haar droom.

'Ja hoor,' zei ze. 'Over een halfuur ben ik er.'

Ze hing op en opende de *Aftonbladet*-app. Vette koppen, foto's van Rickard, artikelen over de moord en reacties van zijn collega's die hun afschuw uitdrukken. Ze was misselijk.

Ik moet Frank dat sms'je laten zien, besloot ze. *Wie je ook bent, nu ben je te ver gegaan.*

Ze trok haar nachthemd uit en deed een wit katoenen shirt en een spijkerbroek aan. At een banaan en een handje cashewnoten. Spoelde haar ontbijt weg met een kop oploskoffie en een glas water waarin ze een pijnstillend bruistablet met cafeïne had opgelost om hoofdpijn voor te zijn.

Ondanks die vertrouwde handelingen was alles dreigend en vreemd.

Ze belde Gabriels mobiel, maar hij nam niet op. Ze had weinig zin om Håkans stem te horen, maar belde hem toch. Hij klonk verbaasd en geïrriteerd. Zei dat hij op het vliegveld van Oslo zat en geen tijd had om te praten. Ze slikte haar trots in en vroeg hoe het met de kinderen was.

'Als je dat wilt weten bel je ze toch?' zei hij kortaf.

'Ze nemen niet op,' zei ze, al had ze het gesprek beter meteen kunnen afronden.

'Gabriel heeft voetbaltraining en Tea is aan het bakken met oma.'

Die mededeling roerde haar tot tranen. Ze vermande zich, zei dat ze de kinderen zoals afgesproken om zeven uur zou halen en hing op. Trok haar spijkerjasje aan en keek door het spionnetje. Niemand in het trappenhuis. Toen ze de deur zorgvuldig op slot had gedaan liep ze de trap af.

Met haar zonnebril als schild tegen het felle ochtendlicht liep ze door Artillerigatan richting Karlavägen. De zon was warm, maar het was een onbetrouwbare warmte waarachter nog altijd de ijzige winterkou school. Zodra Nathalie in de schaduw liep, kreeg ze het koud.

Op de kruising met Linnégatan passeerde ze de kiosk waar ze in vlagen van zwakte ijs en snoep kocht. De aanplakbiljetten van de kranten schreeuwden synchroon in chocoladeletters:

RICKARD EKENGÅRD VERMOORD OP KARLAPLAN

In een reflex wendde ze haar blik strak vooruit en belde Louise.

'Wat? Dat meen je niet!' riep Louise uit toen Nathalie het had verteld.

Louise praatte nog meer dan gewoonlijk, ze was twee uur voor de moord zelf over Karlaplan gelopen, van een feestje op weg naar huis. Ze was alleen geweest en had net zo goed zelf getuige geweest kunnen zijn.

'Het is niet te bevatten, Nathalie! En uitgerekend Rickard Ekengård! Wanneer was je ook alweer met hem mee naar huis gegaan? Dat was toch nog maar twee weken geleden?'

'Ja,' zei Nathalie met een zucht.

'Niet te geloven,' zei Louise. 'Wat ga je nu doen? Wil je hierheen komen?'

'Nee, ik heb straks een afspraak met de politie en dan met mijn vader, en daarna ga ik de kinderen ophalen en naar huis.'

'Ik kan het gewoon niet geloven,' zei Louise. 'Kan ik iets voor je betekenen? Als je wilt kan ik vragen of Frank je belt...'

'Louise, ik heb hem al gesproken. Hij leidt het onderzoek. Ik zie hem over vijf minuten op Karlaplan.'

Een paar seconden lang hoorde ze alleen Louises ademhaling aan de andere kant van de lijn.

'Ik laat zo snel mogelijk iets van me horen,' vervolgde Nathalie.

'Oké, je weet dat je me altijd kunt bellen.'

De opdringerige nieuwsgierigheid was nog altijd hoorbaar in Louises stem, maar ze stelde geen vragen meer. Nathalie besefte dat ze minstens een uur voor zichzelf moest hebben voor ze het kon opbrengen om Louise weer te bellen.

Achter haar hoestte iemand. Ze draaide zich om.

6

Toen Nathalie zag dat het kuchje afkomstig was van een ouder heerschap dat twee witte poedels uitliet, voelde ze zich belachelijk. De man keek haar vragend aan, kuchte nogmaals en verdween door de dichtstbijzijnde deur een gebouw in. Ze drukte haar zonnebril tegen haar neusbrug en versnelde haar pas.

Op Karlaplan wemelde het van de mensen. Het gebied rondom de fontein was afgezet, net als het zebrapad naar theater Maxim. Nieuwsgierigen van alle leeftijden hingen rond langs het blauw-witte lint, praatten, wezen en fotografeerden het werk van de politie met hun telefoons.

Wat hebben mensen toch met moord en doodslag?

Het gesmoes vermengde zich met vogelgekwetter en het geluid van auto's die langs het perfect symmetrische stervormige plein reden.

Het water van de fontein was afgesloten. Twee in het wit geklede mensen van Forensische Opsporing stonden met rubberlaarzen in het water en zochten de bodem af. Vier journalisten probeerden met hun camera's en microfoons in de aanslag de aandacht van de geüniformeerde agenten te krijgen. Op de plek waar Nathalie Rickard naartoe had gesleept lagen een stuk of tien rozen en tulpen. Voor de afzetting stonden twee politiebusjes. In een ervan meende ze voorin Franks silhouet te zien. Dertig meter verderop stond een busje van SVT en een van TV4.

En jij, ben jij hier ook?

Instinctief wilde ze zich omdraaien en wegrennen, maar haar benen dwongen haar voorwaarts. Alsof de gedachte de waarneming uitlokte, ontdekte ze achter het lint aan de andere kant van de fontein een man in een groene oliejas. Ze bleef abrupt staan, voelde de paniek als een stomp in haar maag.

Ditmaal wist ze het zeker: het was een man. Ongeveer één meter tachtig. Kort, donker haar en een lichte chino.

Nee, jij bent het niet, dacht ze.

Nu staarde hij haar recht in de ogen.

Een vuist nam haar maag in een ijzeren greep. Ze hield haar adem in.

Toen draaide de man zich om en liep weg in de richting van het metrostation bij Fältöversten.

Nee, het was hem niet, besloot ze, en ze blies uit. Toen de man verdween achter een groepje jongeren met skateboards zette ze koers naar het politiebusje. Toen ze nog tien meter te gaan had, kreeg Frank haar in het oog. Hij stapte meteen uit en kwam haar tegemoet.

Zijn groene ogen waren bloeddoorlopen, de huid op zijn uitgesproken jukbeenderen slapper dan gewoonlijk. De wond op zijn kin was nauwelijks nog zichtbaar onder zijn baardstoppels.

'Nathalie, goed dat je er bent.'

Ze wierp een blik in de richting waarin de man in de groene jas was verdwenen, beet op haar onderlip en knikte.

'Kom, dan gaan we in het busje zitten, daar kunnen we ongestoord praten,' vervolgde Frank.

Ze ging voorin naast hem zitten en deed het portier dicht.

Zodra het geroezemoes was buitengesloten werd het stil, alsof ze zich hadden opgesloten in een isolatiecel en buitenstaanders waren geworden die de gebeurtenissen om hen heen slechts observeerden. Ze werd weer overvallen door een gevoel van onwerkelijkheid. Frank keek haar aan en vroeg: 'Hoe gaat het?'

In plaats van te antwoorden schudde ze haar hoofd en liet haar ogen langs de fontein glijden. Frank vervolgde: 'Zoals ik aan de telefoon al zei hebben we nog geen verdachte aangehouden, maar we werken met man en macht aan de zaak. We bekijken beelden van bewakingscamera's, kloppen aan bij bewoners langs alle denkbare vluchtwegen en praten met taxibedrijven. Jouw verklaring is in grote lijnen bevestigd door een tweede getuige, een zwerver die bij een afvalbak aan de andere kant van de fontein stond,' besloot hij met een knikje naar de plek waar zij daarnet nog haar stalker meende te hebben gezien.

Een onbestemd gevoel welde in haar op. Ze kreeg tranen in haar ogen en haar blik dwaalde af naar de boomkruinen. Ze stelde zich voor hoe het leven door de kale, zwarte takken barstensvol chlorofyl en ontluikende knoppen stroomde – een wedergeboorte die in schril contrast stond met de gruwelijke dood die Adam en Rickard waren gestorven.

'Had hij familie of een gezin?' vroeg ze.

'Nee,' zei Frank. 'Hij was een pleegkind, zijn ouders zijn overleden en hij had geen broers of zussen. Het enige naaste familielid is een oom van moederskant die in Umeå woont.'

'Wat had Forensische Opsporing gevonden toen ze je riepen, vlak voor ik een lift naar huis kreeg?'

'Een nicotinekauwgompje,' antwoordde Frank, en hij haalde een hand door zijn haar. 'Het was nog vers en lag bij de boom waar de fiets had gestaan. Als het meezit, is het afkomstig van de dader. Het is naar het lab gestuurd voor DNA-onderzoek, en...'

Hij zweeg, keek haar aan en glimlachje flauwtjes.

'Hoor mij nou. Ik ben zo moe dat ik bijna vergeet je te behandelen als iedere andere getuige.'

Ze glimlachte terug, eerder bevestigend dan blij. Het schoot haar te binnen dat van iedereen die ze kende alleen Håkan nicotinekauwgom gebruikte. Niet om te stoppen met roken, want hij had in zijn hele voorbeeldige leven nog geen sigaret aangeraakt, maar omdat hij had gelezen dat het alzheimer kon voorkomen. Ze liet de associatie los en streek in een opwelling over Franks schouder.

'Maar dat ben ik toch niet? We zijn toch vrienden, en...'

Haar glimlach bestierf op haar gezicht. Daar was dat gevoel van verlamming weer. Ze liet haar handen in haar schoot vallen en keek naar het water. Het lag turquoise te schitteren in het heldere ochtendlicht, dat met de minuut sterker werd, als in een surrealistische filmscène. Ze zag geen spoortje bloed, maar het beeld daarvan zou nooit uit haar herinnering verdwijnen. Ze richtte haar aandacht weer op Frank en maakte haar zin af: '... met het oog op wat Adam is overkomen.'

'Ik snap dat je daaraan moet denken,' zei Frank. 'Maar niets wijst erop dat er een verband is tussen die twee moorden.'

'Behalve dan dezelfde werkwijze. De fontein, het schot in de rug...'

'Alsjeblieft, Nathalie, het is meer dan tien jaar geleden!'

'Hm,' mompelde ze. 'Maar de herinneringen komen weer boven en het is frustrerend dat de waarheid nooit is achterhaald.'

Frank pakte haar hand.

'Ik heb zelf toch ook meegewerkt aan het onderzoek naar de moord op Adam. Alles wees erop dat hij beroofd was.'

'Nee!' zei ze zo fel dat ze er zelf van schrok. 'Je weet heel goed dat ik dat nooit heb geloofd. En de moord op Rickard was zeker geen beroving.'

'Dat ben ik met je eens,' zei Frank. 'Dat kunnen we uitsluiten op basis van jouw beschrijving van de aanval, en bovendien zaten zijn telefoon en portemonnee nog in zijn jaszak. Maar we hebben geen aannemelijk motief kunnen vinden. Een paar collega's en vrienden beweerden dat hij de laatste tijd gestrester was dan gewoonlijk, maar ze konden niets concreets noemen. We gaan door met getuigenverhoren en we pluizen zijn telefoon uit.'

Dan zullen jullie zijn berichtje aan mij vinden, dacht ze, maar ze kon zich er niet toe zetten dat te zeggen.

'Het zou een crime passionnel kunnen zijn. Rickard Ekengård stond bekend als rokkenjager, hij nam elke nacht een andere vrouw mee naar huis.'

Een gevoel van schaamte en irritatie kwam in haar opzetten.

'Het kan ook een stalker zijn geweest. Een of andere geobsedeerde idioot die het in zijn kop had gekregen om zijn idool te vermoorden, een beetje zoals die fan die John Lennon doodschoot.'

Ze klemde haar hand stevig om haar telefoon, wist dat ze het moest vertellen, maar voor ze haar mond kon opendoen vroeg Frank: 'De vraag is waarom de dader uitgerekend hier wilde toeslaan. Ondanks het vroege uur liep hij het risico om meteen opgepakt te worden. En waarom heeft hij Rickard in de fontein gegooid?'

'Net als Adam,' zei ze. 'Ik wil dat je nog eens goed naar zijn zaak kijkt, Frank. Misschien zijn er tips binnengekomen na die uitzending op tv?' Ze had overwogen om de redactie van *Cold Case* te bellen, maar ze nam aan dat zij contact met haar zouden opnemen als er iets te melden was.

'Is de DPG al ingeschakeld?'

'Ja,' verzuchtte Frank. 'Ze zijn hier komen kijken, maar zoals je weet heeft de regiorecherche de operatieve hoofdverantwoordelijkheid.'

Ik vraag me af wat de daderprofielgroep ervan vindt, dacht Nathalie, en ze keek Karlaplan rond. De groep had als uitgangsfilosofie dat de plaats delict altijd iets zei over de dader, dat in de omgeving aanwijzingen te vinden waren over de persoonlijkheid.

Frank keek haar aan.

'Maar omdat jij getuige was, zullen ze jou er niet bij betrekken, dat begrijp je wel, toch?'

Ze knikte en bedacht dat dat haar er niet van kon weerhouden om er een telefoontje aan te wagen en een praatje te maken met de leden van de tienkoppige DPG die ze het best kende. Misschien Angelica Hübinette, of gedragswetenschapper Fernando Rodriguez?

Een man met een camera naderde de politiebus. Frank zwaaide met zijn wijsvinger. De fotograaf liep door naar drie oudere dames in bontjas die bij de afzetting aan de noordzijde van de taartpunt stonden.

'Wat je ook doet, praat niet met die bloedhonden van de pers als je weggaat,' zei Frank. 'Als ze erachter komen dat jij onze hoofdgetuige bent, heb je geen moment rust meer.'

Nathalie hield haar telefoon omhoog en liet het anonieme sms'je zien. Ze voelde Franks adem langs haar wang toen hij het bericht voorlas van het scherm. Paradoxaal genoeg maakte zijn neutrale toon de vier zinnen nog enger dan ze al waren.

Eenmaal uitgelezen keek hij haar aan. Zijn irissen lichtten grijsgroen op, alsof ze het turquoise licht van de fontein weerkaatsten. Ze vertelde alles over haar stalker. Over het telefoontje naar de nummerinformatiedienst, over de vage gelijkenis met de moordenaar.

'Nathalie, je moet aangifte doen. Dat telefoonnummer kunnen we hier meteen natrekken.'

Tussen zijn ogen verscheen een bezorgde frons.

'Dit moet je niet pikken, dat snap je toch wel?'

'Ja,' zei ze met een inademing die ze tot diep in haar luchtpijp voelde. 'Denk je dat het iets te maken heeft met...'

In plaats van haar zin af te maken, knikte ze naar de fontein.

'Wat denk je zelf?'

'Ik zou niet weten hoe... De moordenaar zat op het bankje toen ik kwam aanlopen, en had met geen mogelijkheid kunnen weten dat ik net op dat moment zou verschijnen. En Rickard kwam uit een andere richting...'

'Maar denk je dat het om dezelfde persoon kan gaan?'

'Geen idee. Ik kan me geen details herinneren. Ik weet hoe stom het klinkt...'

Ze zaten even zwijgend naast elkaar. De man met de camera maakte foto's van het damestrio in bontjas met de fontein op de achtergrond.

'Ik ben het met je eens dat het vergezocht is,' gaf Frank uiteindelijk toe. 'Maar laten we nu je telefoon nakijken.'

Hij stak zijn hand uit. Ze twijfelde.

'Over een kwartiertje heb je hem terug,' zei Frank.

Zonder haar antwoord af te wachten belde hij iemand op. Een halve minuut later kwam een twintiger met een petje achterstevoren op zijn hoofd de telefoon halen. Met vlugge passen liep hij naar een politiebusje met getinte ramen.

Franks mobiel ging. Hij had een nieuwe ringtone. Als ze zich niet vergiste, had hij Bruce Springsteens 'Hungry Heart' verruild voor de ouverture van Mozarts *Don Giovanni.*

Het gesprek duurde ongeveer een minuut. Ze hoorde aan Franks stem dat er interessant nieuws was. Toen hij ophing, keek ze hem vragend aan.

'Een van Rickards collega's van de schouwburg, Carl-Henric

Gyllenborg of C-H, zoals hij genoemd wordt, heeft Rickard gisteren rond lunchtijd bedreigd in de kantine van de schouwburg. Het schijnt dat ze elkaar niet konden luchten of zien. Gyllenborg had net gehoord dat Rickard had getekend voor de rol van Gustaaf III in een nieuwe film. Volgens de getuige, een regisseur van de schouwburg, was Gyllenborg nummer twee op de lijst. Het ziet ernaar uit dat de rol nu naar hem gaat.'

Carl-Henric Gyllenborg. De naam klonk bekend, maar ze kon er geen gezicht bij vinden. Haar geheugen was net zo wazig als haar zintuigen. De korte, chemische slaap van die nacht begon haar op te breken. De fontein wervelde voor haar ogen rond als een draaimolen. Ze deed het raampje open, sloot haar ogen en haalde een paar keer diep adem. Algauw nam de duizeligheid af. Wat restte was het sterke gevoel dat ze hier weg moest.

'Ik moet gaan,' zei ze.

Tot haar verbazing knikte Frank.

'Goed, maar wacht even tot je je telefoon terug hebt. En zorg ervoor dat we je altijd kunnen bereiken.'

'Ik ga terug naar m'n appartement om uit te rusten. Om vijf uur ga ik koffiedrinken met mijn vader, en dan neem ik de trein naar huis.'

'Nathalie,' zei Frank, en hij leunde naar haar toe. 'Laten we snel weer eens afspreken voor een goed gesprek, net zoals vroeger, je weet wel. Deze hele situatie is totaal absurd... Wanneer ben je er weer?'

'Volgend weekend, had ik gedacht, maar nu weet ik het niet zo zeker meer.'

Ze werden onderbroken door een klopje op het raam. De jonge techneut grijnsde van oor tot oor. Ze deed haar raampje open en kreeg haar telefoon terug.

'Het bericht is afkomstig van een ongeregistreerde prepaidkaart,' zei de jongen. 'Het is dus niet te traceren. We kunnen wel uitzoeken via welke zendmast het is verstuurd. Dan weten we binnen een straal van twee kilometer waar de afzender zich bevond.'

Toen de techneut terugliep naar het busje, keek ze op haar telefoon en zag dat het berichtje nog niet was verwijderd. Ze keek op.

'Wat nu?'

'Je kunt je simkaart doormidden knippen en een nieuw nummer nemen, of je kunt dit nummer houden.'

Ze dacht even na.

'Dan hou ik het. Ik wil het weten als hij of zij weer contact zoekt.'

'Lijkt me een goed idee,' zei Frank met een knikje.

'Kan ik nu gaan?'

Frank kneep weer in haar hand en keek haar aan met die blik van hem die ze niet kon duiden.

'Je kunt me altijd bellen.'

Ze knikte, trok haar hand terug en deed het portier open.

Zodra ze haar voeten op het grind zette, kwam de omgeving met volle kracht bij haar binnen. Het geroezemoes dreunde tegen haar trommelvliezen en het licht deed pijn aan haar ogen. Ze zette haar zonnebril op en keek om zich heen. Behalve twee journalisten leek niemand acht op haar te slaan.

'Wil je een lift naar huis?'

Frank had zijn raampje opengedaan en riep naar haar vanuit de auto.

'Nee, dank je,' antwoordde ze.

Toen keerde ze Frank en de fontein de rug toe en zette koers richting Karlavägen.

7

Ik zie hoe ze zich omdraait en met doelbewuste stappen naar Karlavägen loopt. Zelfs wanneer ze onder het blauw-witte afzetlint door duikt kijkt ze niet achterom, maar waarom zou ze ook? Ze kan niet weten dat ik haar observeer.

Ik zie haar verdwijnen achter de mensenmenigte, op weg naar haar appartement in Artillerigatan. Straks loop ik haar achterna, maar pas na de halve minuut wachten die ik mezelf heb opgelegd.

Ik kijk op mijn horloge en onthoud de stand van de secondewijzer.

Ik vraag me af of ze enig idee heeft hoe alles samenhangt. Maar nee, hoe zou ze dat kunnen weten?

Ik richt mijn blik op het toneelstuk waarvan ik de proloog heb geregisseerd. Mensen worden aangetrokken door moord als vliegen door stront. In dit geval is dat precies volgens plan. Hoe meer aandacht, hoe beter.

Ik kijk naar de agenten om me heen. De revolver en de fiets zullen ze nooit vinden. Deels omdat ze daar niet snugger genoeg voor zijn, deels omdat ik ze goed heb verstopt.

Ik friemel aan de strip met kauwgom in mijn jaszak, maar

besluit te wachten. Geen onnodige aandacht, zoals ik zei. Dat ik mijn kauwgom heb achtergelaten was mijn enige fout, zo'n stomme blunder had ik nooit kunnen voorzien. Maar ook de zon heeft vlekken en ik sta in geen enkel opsporingsregister.

Een merel hupt op de rand van de fontein en pikt naar iets wat eruitziet als een broodkruimel, een lauw briesje woelt door mijn haar en ik vang een zweem op van ontdooide hondenpoep.

Politiehonden, denk ik. Gelukkig is vannacht niemand op het idee gekomen om die in te zetten. Niet dat ze me hadden kunnen inhalen, maar misschien hadden ze de zogenaamde hoeders van de wet op het juiste spoor kunnen zetten.

Ik kijk weer op mijn horloge.

Het is zover.

Ik zeg iets tegen degene naast me en loop weg.

8

Toen hij haar zag, stond hij op van zijn barkruk en zwaaide. Ze snelde naar hem toe en omhelsde hem een tel of wat langer dan gewoonlijk. Voelde de warmte en rook zijn vertrouwde geur door zijn grijze kostuum heen, en kon eindelijk ontspannen.

'Hoi papa,' zei ze. 'Fijn dat je hierheen wilde komen.'

'Natuurlijk,' zei hij, en hij maakte een weids gebaar naar het panorama-uitzicht over het stadhuis en Gamla stan. 'Alsof je in de hemel zit,' zei hij met een glimlach en een knikje richting de heldere avondlucht.

In de skybar van het Royal Viking Hotel zaten een stuk of tien gasten en er hing een beschaafd geroezemoes.

'Zoals altijd heb ik maar heel even, ik moet zo meteen weer door naar een bespreking met de aanstaande minister van Emancipatiezaken in Nynäshamn. Mijn trein gaat om kwart voor zes. Wat wil je drinken?'

'Een cappuccino met halfvolle melk graag,' zei ze. 'Zo te horen heb je er vertrouwen in dat jullie de verkiezingen winnen?'

'Ja,' zei hij. 'We hebben de wind mee volgens de peilingen. Ons voorstel om meer sekskopers veroordeeld te krijgen tot gevangenisstraf krijgt veel bijval.'

Ze namen plaats op de rode barkrukken het dichtst bij het raam. Hij bestelde.

'Maar waarom wilde je hier afspreken en niet op onze vaste plek?' vroeg hij toen.

Ze keek in zijn blauwe ogen en zei zachtjes: 'Omdat het hier rustiger is.'

Ze hadden afgesproken in de hal van het Centraal Station, maar ze had hem gebeld met een ander voorstel. Ze wilde grote menigten koste wat kost vermijden. Ze had nog steeds het gevoel achtervolgd te worden, al had ze niets meer van haar stalker gezien of gehoord. Ze haalde diep adem en zei: 'Je hebt vast wel gehoord wat er met Rickard Ekengård is gebeurd, toch?'

'Ja, verschrikkelijk.'

De ober bracht twee stomende cappuccino's. Ze wachtte tot hij weer verderging met het poleren van wijnglazen, die aan het andere uiteinde van de bar aan een koperen rek hingen.

'Ik was getuige van de moord,' zei ze.

Victor draaide zich naar haar toe en trok verbaasd zijn wenkbrauwen op.

'Wát zeg je?'

'Ik was op weg naar huis na een avondje uit, toen ik...'

Haar stem liet haar in de steek en ze nipte van het met kaneel bepoederde schuim. Victor legde zijn warme hand op de hare en kneep zachtjes.

Met trillende stem begon ze te vertellen. Zoals altijd kon ze goed met haar vader praten. Ze had altijd een betere band met hem gehad dan met haar moeder, al was hij vaker aan het werk dan thuis geweest.

'Wat zul je geschrokken zijn,' zei hij.

'En dan had ik ook nog een afspraakje met hem,' vervolgde ze. 'We hadden elkaar twee weken geleden kort gezien...'

Ze wachtte zijn reactie af, maar toen hij slechts bemoedigend knikte, ging ze verder: 'Toen ik vannacht van het café op weg naar huis was, stuurde hij een berichtje en wilde hij afspreken op Karlaplan. Toen ik daar aankwam, ongeveer een kwartiertje later, toen...'

Ze werd weer stil, nam een slokje van haar cappuccino, voelde de warme drank naar haar maag zakken.

'Wat een vreemd toeval,' stelde haar vader vast.

'Het moet toeval zijn geweest,' zei ze. 'Ik bedoel, waarom zou hij met mij afspreken als hij vreesde dat hij vermoord zou worden?'

'Je hebt vast gelijk,' gaf haar vader toe. 'Maar ik snap dat het verdomd griezelig moet zijn geweest.'

Hij wierp een blik op zijn glanzend zilveren Breitling.

'Dus je datete met Rickard Ekengård... Ik moet zeggen dat ik onder de indruk ben. Een hele vooruitgang vergeleken met Håkan.'

'Hoe bedoel je?' liet ze zich zo fel ontvallen dat de ober verbaasd haar kant op keek. Op fluistertoon ging ze verder: 'Hij is nota bene dood! Hoe kun je zoiets zeggen?'

'Sorry,' zei hij, en hij streek zijn stropdas glad. 'Het kwam er nogal rottig uit. Ik bedoelde alleen maar dat het goed is dat je weer met mannen datet. Ik heb Håkan altijd zo slaapverwekkend saai gevonden, dat weet je toch.'

Haar wangen gloeiden. Ze vroeg de ober om een glas water en dronk het in één teug leeg.

'Wat zei de politie?'

'Niet veel. Ze hebben me verhoord, maar er is nog niemand gearresteerd.'

'Hebben de media contact opgenomen?'

'Alleen de avondkranten,' zei ze met een halfhartig glimlachje. 'Maar ik heb gezegd: geen commentaar.'

'Heel goed,' zei haar vader, en hij keek weer op zijn horloge. 'Hou ze kort, en als je advies nodig hebt, kun je me altijd bellen, dat weet je.'

Ze knikte. Als woordvoerder van de oppositie was haar vader de laatste tijd geregeld op tv, radio en in de kranten, en hij maakte altijd een goede indruk.

'Mijn trein gaat over tien minuten, ik moet gaan,' zei hij. Hij stond op en streek in dezelfde beweging zijn pak glad.

Ze geeuwde, was opeens overmand door vermoeidheid. Het luchtte op om erover te praten. Ze liet zich van de barkruk glijden en rechtte haar rug. Ondanks haar hoge hakken was ze tien centimeter kleiner dan haar vader.

'Hoe is het met mama?' vroeg ze.

'Hetzelfde. Ze heeft iets bij de Lions Club dit weekend.'

'Dus ze drinkt niet?'

'Niet meer dan anders. Nu moet ik echt gaan.'

'Ik loop met je mee,' zei ze.

Toen ze door de draaideur van het hotel waren, gaf hij haar een knuffel.

'Bel me vanavond als je wilt,' zei hij. 'Ik heb een eetafspraak, maar dat maakt niet uit. En laten we vrijdag voor de voorstelling nog een biertje drinken. *Don Giovanni* is mijn favoriete opera. Ik ben benieuwd hoe ze die combineren met Molières *Dom Juan...*'

'Hm-m,' antwoordde ze afwezig.

'Vergeet niet dat je sterk bent, Nathalie. Geef Tea en Gabriel een knuffel van me,' besloot hij, en hij ging er haastig vandoor.

Ze bleef even staan, zag zijn jaspanden wapperend uit het zicht verdwijnen achter de rij met taxi's. Toen liep ze naar de trein en stapte precies op tijd in. Ze kon niet wachten tot ze thuis was.

Zodra ze de wagon binnenliep, voelde ze zich bekeken. Alsof iemand in de bijna volle trein naar haar staarde. Ze liet haar blik ronddwalen, maar kreeg nergens oogcontact. Hield iemand haar heimelijk tussen twee stoelen door in de gaten? Of was het iemand op het perron?

Ze keek naar buiten, maar zag slechts de gebruikelijke zondagsdrukte. Ze ging vlug zitten op de eerste de beste lege plek aan het raam en zette haar handtas op de stoel naast zich.

9

Ze stond bij de deur en zag het vertrouwde maar toch almaar veranderende silhouet van Uppsala terwijl de trein het station binnenreed: het moderne stationsgebouw van glas en hout, de huurwoningen aan de overkant van Kungsgatan, de hijskranen die geel afstaken tegen de duifblauwe hemel, en boven alles uit de twee torens van de domkerk, als een herinnering aan het eeuwige menselijke verlangen naar God.

Het gevoel achtervolgd te worden had haar de hele reis lang geplaagd. Een onrust die in haar borst weerklonk als een gebroken akkoord, een dissonante klank die nooit wegstierf of zijn beoogde harmonie vond.

Hoewel de plaats naast haar leeg was gebleven, had ze zich niet gerust genoeg gevoeld om naar muziek te luisteren of haar ogen te sluiten. Paniekerig had ze iedereen gadegeslagen die haar in de wagon passeerde. Ze had geen enkele verdachte persoon gezien, niemand met een groen jack, maar dat had haar niet gerustgesteld.

De onbekende afzender had haar geen sms'jes meer gestuurd. Maar ze had het berichtje minstens tien keer gelezen en geprobeerd er iets van te begrijpen.

Wie ben je? Wat wil je? Heb jij Rickard vermoord?

Die laatste vraag bezorgde haar een ijsklomp in haar maag. Liep zij zelf ook gevaar?

Nee, hield ze zichzelf voor. Wat zou het motief kunnen zijn? Was het een van de mannen met wie ze datete? Een patiënt die verliefd op haar was geworden, die zich gekrenkt voelde of een ander duister motief had?

Elke aanleiding klonk haar even onwaarschijnlijk in de oren.

Frank had nog altijd niet gebeld, maar ze wist dat hij iets van zich zou laten horen zodra er iets te melden viel. Naast de beide avondkranten had ook een verslaggever van het actualiteitenprogramma *Rapport* haar gebeld. Nathalie had gezegd dat hij het verkeerde nummer had. Toen hij nog eens belde, had ze niet opgenomen.

De nieuwsapps van de avondkranten werden gedomineerd door de ruzie tussen Rickard en een 'bekende schouwburgcollega'.

Carl-Henric Gyllenborg. Zijn naam schoot haar weer te binnen, ditmaal vergezeld van het beeld van een blonde man met een flinke neus in een vrouwelijk gezicht. Speelde hij niet mee in *Dom Juan* waar ze samen met haar vader en Louise naartoe zou gaan?

Ja, dat was het, concludeerde ze, maar er was nog iets. Een onaangename herinnering die haar ontglipte zodra ze erop probeerde scherp te stellen, als de kruipende vlekjes die haar patiënten soms zagen en waardoor ze dachten dat ze blind werden.

Kon het zo simpel zijn dat de concurrentiestrijd om de filmrol van Gustaaf III het motief was geweest voor de moord? Of was het, zoals Frank dacht, een crime passionnel? Dat klonk aannemelijker, maar het was niet aan haar om te speculeren. Voor haar was het belangrijker om uit te zoeken wat Adam was overkomen. Dat ze getuige was geweest van een moord die zo sterk leek op wat hem was aangedaan, maakte – samen met het speurwerk in *Cold Case* – haar behoefte om de waarheid te kennen zo sterk dat ze niet begreep hoe ze die al die jaren had kunnen onderdrukken.

De trein kwam tot stilstand. Zodra het mechanische klikje van de deur klonk, trok ze de handgreep opzij. Ze stond als eerste op het perron, wilde weg van de vragen die door haar hoofd tolden, weg van de mensen in de volle trein. Ze wilde naar huis, naar Gabriel en Tea.

Vlugge passen in de stroom naar de glazen deuren. Het geroffel van schoenzolen en de doelbewuste bewegingen hadden een kalmerend effect. In de koele stenen tunnel sloeg ze links af en ze richtte haar blik op het licht aan het einde van de gang.

Tea en Gabriel. Mama komt eraan.

Op weg naar de parkeerplaats bleef ze even staan bij de fontein. Het water glinsterde in het avondlicht. Bror Hjorths sculptuur, van een paar dat de polka danste boven op een watergeest, torende onbeweeglijk boven het water uit.

Het beeld van Adam drong zich op en ze liep weg.

Toen ze haar Volvo startte, ging haar telefoon. Het was Sonja, haar moeder. Ze overwoog om niet op te nemen, maar ze besefte dat ze dan geen moment rust zou krijgen.

Ze had altijd een moeizame relatie met haar moeder gehad. Haar reisjes naar Stockholm waren net zo goed een vlucht van Sonja als van Håkan. Nathalie voelde zich niet op haar gemak in het gezelschap van haar moeder, niet in de periodes dat ze dronk noch wanneer ze zich stortte op liefdadigheid of dag en nacht aan het werk was in haar fotostudio.

Haar zusje Estelle had de familie negen jaar geleden de rug toegekeerd, toen ze een baan als verpleegkundige vond in een kliniek in Sundsvall. Inmiddels had Estelle vier kinderen en sprak Nathalie haar zusje steeds minder vaak. De laatste keer dat ze elkaar hadden gezien was op kerstavond drie jaar geleden geweest. De abrupte breuk – Estelle had pas verteld over haar aanstaande verhuizing tijdens het avondeten op de zondag voor haar vertrek – was even vreemd geweest als triest. Estelle was altijd mama's lievelingetje geweest. Ze had de voorrechten van het kleine zusje zonder de plichten van de grote zus. Nathalie was ervan overtuigd dat haar moeder niet zoveel gedronken zou hebben als Estelle nog in de buurt had gewoond.

Nathalie begreep wel waarom hun vader steeds vaker overnachtte in het pied-à-terre van de partij in Vasastan. De reden dat haar ouders nog altijd bij elkaar waren was even simpel als deprimerend: haar moeder was financieel afhankelijk van haar vader, en hij kon als rechterhand van de minister van Emancipatiezaken niet zonder de perfecte façade.

Nathalie deed haar handsfree-oortje in en nam op terwijl ze de fontein kleiner zag worden in de achteruitkijkspiegel.

Na drie zinnen constateerde ze tot haar teleurstelling dat Sonja het eerste glas van de dag al ophad.

Ze wist haar moeders verzoek om keeltabletten en servetten voor haar te halen af te wimpelen door over de moord te vertellen. Voor de verandering luisterde Sonja zonder haar te onderbreken.

'Maar dat is verschrikkelijk, Nathalie,' zei ze ten slotte. 'Ik kom meteen naar jullie toe, ik blijf logeren!'

'Nee,' protesteerde Nathalie onmiddellijk. 'Je hebt gedronken en ik wil alleen zijn met de kinderen nu ik het weekend weg ben geweest, dat weet je.'

'Dit is te krankzinnig voor woorden! Hoe kan ik nu alleen de nacht doorkomen na wat je me net verteld hebt? Nou?'

'Alsjeblieft, mama, ga naar bed, en niet meer drinken,' zei Nathalie, en ze hoorde haar stem heen en weer slingeren tussen streng en smekend. 'We komen morgen na Gabriels basketbaltraining even langs.'

'Maar alsjeblieft, ik...'

'Ik moet ophangen, ik ben aan het rijden,' zei Nathalie, en ze drukte het gesprek weg.

Terwijl ze langs het stadion reed, onderdrukte ze haar schuldgevoel door zich op Adam te concentreren. Ze wist nog dat hij haar had meegenomen naar de finale van het landskampioenschap bandy tussen Bollnäs en Sandviken. Ze herinnerde zich hoe trots hij was op elke nieuwe klus die hij kreeg, hoe gefocust hij was op het bereiken van de volgende sport op de carrièreladder. Ze dacht aan de tip die hij de week voor de moord had gekregen, die hem opgewonden maar ook bezorgd had gemaakt.

Toen ze had gevraagd wat voor tip het was, had hij gezegd: 'Nathalie, ik zal nooit een bron prijsgeven. Daar mag je niet eens naar vragen, onthoud dat goed.'

Ze vond dat hij overdreef, maar in plaats van hem verder uit te horen had ze hem een knuffel gegeven en gedacht dat hij diep vanbinnen nog altijd het zesjarige jochie was dat ze in het fotoalbum van zijn moeder had gezien. Dat ze gek was op dat ambitieuze, bijdehante jongetje in het lichaam van een volwassen man, dat ze kinderen met hem wilde zodra ze klaar was met haar coschappen en zich eindelijk arts mocht noemen.

Ze realiseerde zich dat ze Adams dozen weer moest openmaken. Ook al had de politie de inhoud grondig onderzocht, misschien kon zij iets vinden wat een nieuw licht op de zaak wierp.

Op drie blokken afstand van de villa aan Nordbyvägen in Kåbo keek ze hoe laat het was. Kwart voor zeven. Ze zette de auto aan de kant en besloot te wachten. Als ze ook maar één minuut te vroeg kwam, zou Håkan er in het bijzijn van de kinderen een zure opmerking over maken.

Ze opende de datingapp op haar telefoon. Zeventien nieuwe berichten. Ze las, antwoordde en wiste er een paar. Het laatste bericht kwam van haar collega Bengt Vallman van het Karolinska-ziekenhuis, met wie ze een paar weken geleden had gegeten in De Prins. Hij was van haar leeftijd, aardig en zag er goed uit, maar toch was ze die avond vroeg naar huis gegaan. Er was iets aan hem wat niet helemaal klopte en wat haar afstootte. Nu wilde hij haar nog een keer zien. Ze antwoordde 'misschien' en vroeg of hij een voorstel had. Hij antwoordde meteen.

Na De Prins dacht ik het eens te proberen met De Kikker. ☺

Misschien. Wanneer?

Zaterdag, zeven uur? Diner, drankje of allebei?

Ik laat het je weten.

Nathalie keek weer op de klok. Drie minuten voor zeven. Ze stopte haar telefoon weg en startte de motor.

Toen ze stopte voor de witgeschilderde koopmansvilla die Håkan en zij als pasgetrouwd stel hadden gekocht, zag ze de groen-wit geblokte keukengordijnen bewegen. Sinds ze een halfjaar geleden was verhuisd had hij niet eens nieuwe gordijnen opgehangen, onhandig en ongeïnteresseerd in inrichting als hij was. Het was nog altijd een raar gevoel om de kinderen op te halen. Extra lastig was het geworden sinds Håkan eenhoofdig gezag had geëist.

De deur vloog open en Gabriels blonde haardos kwam tevoorschijn, een halve seconde later gevolgd door Tea's kastanjebruine lokken. De kinderen hadden hun jas en schoenen al aan en stormden zo wild de trap af dat Nathalie haar hart vasthield. Zoals altijd was Gabriel de snelste. Met een brede lach op zijn gezicht sprong hij haar zo enthousiast in de armen dat ze bijna haar evenwicht verloor.

Ze drukte hem tegen zich aan.

'Dag lieverd, wat heb ik je gemist!'

Tea minderde met een beteuterd gezicht vaart toen ze inzag dat ze niet meer kon winnen. Nathalie liet Gabriel los en liep Tea tegemoet, tilde haar hoog in de lucht en draaide twee rondjes om de teleurstelling van haar gezicht te wissen. Toen dat niet genoeg was, gaf ze haar een dikke knuffel terwijl Gabriel rondjes om hen heen rende en indianenkreten uitstootte.

In haar ooghoek zag ze Håkan de trap af komen met de tassen van de kinderen. Gekleed in pak en met een bezorgde uitdrukking op zijn lange, smalle gezicht.

'We moeten praten,' zei hij mat, en hij schoof zijn goudkleurige bril hoger op zijn neus.

'Wat is er dan?' vroeg ze.

'Niet hier, kom mee naar binnen,' zei hij, en hij maakte rechtsomkeert zonder haar antwoord af te wachten.

De afgelopen weken had hun communicatie zich beperkt tot het allernoodzakelijkste, en Nathalie vroeg zich verbaasd af wat er nu opeens zo belangrijk was.

Ze wist Gabriel uit het klimrek te krijgen door hem een cadeautje te beloven. Toen de kinderen in de woonkamer in een leunstoel zaten met een computerspelletje voor hun neus, gingen Håkan en zij de keuken in en deden de deur dicht. Hij ging voor het raam staan, zij voor de koelkast, zo ver mogelijk bij hem vandaan.

'Juist,' begon hij. 'Dus jij was getuige van de moord op Rickard Ekengård?'

Ze verstijfde. Toen ze in de trein had gekeken, werd haar naam nog nergens genoemd in verband met de moord, niet via zoekmachines noch op discussieforums.

'Hoe weet je dat?'

Håkan streek over zijn stropdas en keek uit het raam naar de tuin.

'Dat stond ergens op internet. Waar ben je eigenlijk mee bezig? Wat deed je om halfvier 's nachts nog op straat?'

'Een ommetje maken. Maar serieus, waar heb je mijn naam gelezen?'

Met zijn blik strak op de appelbomen gericht antwoordde hij: 'Dat weet ik niet meer. Misschien werd je naam niet eens genoemd, maar er stond in elk geval dat het een vrouwelijke arts uit Uppsala was, dus ik nam aan dat jij het was... Ik had altijd al zo'n vermoeden dat je op je reisjes naar Stockholm de beest uithangt.'

'Waar heb je dat gelezen?' hield ze vol. 'Stond het er echt zo?'

'Weet ik niet meer, dat zei ik toch!'

Hij keek haar ijzig aan en vervolgde: 'Je snapt toch wel dat Tea en Gabriel bij mij het beste af zijn?'

Omdat ze geen ruzie wilde maken waar de kinderen bij waren, ging ze niet in op de provocatie. In plaats daarvan beschreef ze nog een keer de dramatische gebeurtenis, kort en zonder details. Håkan luisterde stil en onverschillig. Pas toen ze de moord op Adam noemde, wendde hij zijn blik weer bezwaard naar de lichte lentelucht. Håkan had het altijd moeilijk gevonden om over Adam te praten. Hij was al jaloers geweest voordat Nathalie en Adam zich verloofden, en zelfs toen ze later met Håkan trouwde was zijn jaloezie niet overgegaan.

'Zo, nu weet je het,' zei ze tot slot. 'Ik zou het waarderen als je het er met niemand over hebt. Er loopt een politieonderzoek en ik wil niet dat het naar buiten komt, vooral niet vanwege mijn werk.'

De minachting droop van zijn gezicht. Ze besefte dat ze het beter niet had kunnen vertellen. Ze frunnikte aan een van de koelkastmagneetjes die ze had gekocht op een van hun vele gezamenlijke vakanties. Ze wilde haar verzoek net herhalen, toen Gabriel de deur opende en naar binnen stormde met zijn computerspelletje in de aanslag.

Hij wilde laten zien hoe snel hij de banden van zijn formule 1-wagen kon wisselen. Nathalie keek er even naar en dirigeerde hem toen met zachte hand weer naar de woonkamer.

Toen de deur dichtviel, pinde Håkan haar vast met zijn blik. 'Wat deed je zo laat nog op straat?'

'Dat zei ik toch, ik ging een blokje om. Ik kon niet slapen en wilde een frisse neus halen.'

Hij sloeg zijn armen over elkaar.

'Typisch onverantwoordelijk gedrag van jou,' constateerde hij. 'Je begrijpt toch wel dat je niet geschikt bent om...'

'Nee, Håkan, niet nu,' onderbrak ze hem met opgestoken hand.

'Wat doe je eigenlijk tijdens die weekendjes?' drong hij aan. 'Volgens mij ga je lang niet zo vaak naar het theater als je beweert.'

Tot haar opluchting kwam Gabriel de keuken weer binnenstormen, ditmaal om te laten zien hoe hij zijn tegenstanders kon snijden in de bochten.

'Tijd om naar huis te gaan,' verkondigde ze. 'Morgen weer naar school en we moeten voor het slapengaan nog een hoofdstuk uit *Harry Potter* lezen. Tea, kom je?'

Het afscheid was kort en zakelijk. Even later lieten ze Kåbo achter zich en reden ze over Dag Hammarskjölds väg richting het zuiden.

Onwillekeurig keek Nathalie twee keer zo vaak als gewoonlijk in de achteruitkijkspiegel, en ze betrapte zich erop dat ze harder reed dan toegestaan. Ze kon niet wachten tot ze veilig thuis was – en Adams dozen kon openmaken.

Hoe meer ze erover nadacht, hoe sterker haar overtuiging dat het geen beroving was geweest.

10

Ze hadden de ondergaande zon in de rug toen ze over de Flottsundsbrug reed. De felle, bijna horizontale zonnestralen zetten de huizen, bomen en velden op het eiland in een vurige gloed. Zoals altijd voelde ze kriebels in haar buik toen ze zag hoe het glinsterende water van het Ekolnmeer zich richting het zuiden uitstrekte tot het noordelijkste deel van het Mälarenmeer.

Ze sloeg rechts af en reed in zuidelijke richting door naar Kungshamn, waar ze een week voor ze bij Håkan was weggegaan een huis had gekocht.

De oevers van het Ekolnmeer waren het mooiste stukje Uppsala. Het uitzicht vanuit haar woonkamer werd gevormd door de harmonische combinatie van bos, bebouwing en de akkers rond het altijd veranderende water, dat in verbinding stond met het Mälarenmeer en de Oostzee.

Ze keek vooral graag naar de masten van de boten bij Skarholmen, die in de zomer heen en weer deinden in de wind. Er was iets met die beweging, de wetenschap dat het leven nooit stilstond. Als een groet van zielen net zo rusteloos als de hare, zo filosofeerde ze soms als ze op de veranda zat met een glas wijn.

Haar huis was een scheef, houten stulpje uit de jaren vijftig dat nog gerenoveerd moest worden – een project waaraan ze deze zomer wilde beginnen. Het stond op een klein lapje grond met een tuin op het zuiden, een dicht bos in het noorden en oosten en het water in het westen. Het was de perfecte combinatie van verscholenheid en weidsheid.

Zodra ze thuis was en de kinderen naar hun kamer waren gestormd, keek ze op internet. Ze zocht op meerdere sites op haar naam, maar vond alleen resultaten die te maken hadden met haar werk, haar koor en de wetenschappelijke artikelen waaraan ze had meegeschreven. Ze herinnerde zich Håkans woorden en zijn bezorgde blik, maar dacht dat hij misschien toch de waarheid sprak, dat hij in zijn paranoia had aangenomen dat zij de getuige was geweest. Misschien had hij het bewust zo gespeeld om het uit haar los te krijgen.

Ze liep de trap op en keek toe hoe Gabriel en Tea rondscharrelden op hun kamer. Op Gabriels kamer was het weer net zo'n rommel als voor ze het afgelopen weekend had opgeruimd, maar bij Tea was alles keurig netjes.

'Wat ben ik blij dat jullie er weer zijn!' zei ze, maar ze kreeg geen reactie.

Gabriel zat op zijn bureau met zijn benen te wiebelen en hield zijn computerspel met gestrekte armen voor zich uit. Het puntje van zijn tong stak uit zijn mond terwijl hij meebewoog met zijn raceauto.

Ze liep Tea's kamer in, ging op het bed zitten en streek over haar dochters wang, die haar deed denken aan kaneelbroodjes vlak voor ze de oven in gaan.

'Was het leuk bij oma?'

'Ja,' antwoordde Tea zonder op te kijken van haar spelletje.

'Heeft papa nog iets verteld over zijn reis naar Oslo?'

Tea schudde haar hoofd.

'We hebben een cadeautje gekregen,' zei ze terwijl ze koortsachtig haar rechterduim bewoog.

'O ja? Wat dan?'

Een kletterend geluid van het computerspelletje en een zucht van Tea. Toen keek ze op en glimlachte.

'Ik heb verloren, maar dat geeft niet, want je bent de liefste mama van de wereld!'

Ze knuffelden. Nathalie wilde haar wel voor altijd blijven vasthouden. De grote boze buitenwereld vergeten en alleen maar bij haar kinderen zijn. Ze snoof Tea's geur op en voelde de welbekende steek van schuldgevoel toen ze vaag Håkans geur opving, als een herinnering aan het thuis dat ze had verlaten.

Tea ging weer met haar rug tegen de muur zitten en speelde verder. Nathalie liep naar Gabriel, die nog steeds op zijn bureau zat.

'Hé knul,' zei ze, en ze stond er voor de zoveelste keer versteld van hoe verschillend ze haar kinderen behandelde. 'Hoe is het?'

'Kijk hoe snel ik ze inhaal!' riep Gabriel uit, en hij liet haar het scherm zien.

'Wauw!' zei ze. 'Je bent een echte racekampioen.'

Ze waren even stil. Gabriel leek drukker dan gewoonlijk.

'Heb je bij papa wel je medicijnen gekregen?'

'Ja, en ook een cadeautje,' zei Gabriel.

'Wat dan?' vroeg ze, en ze deed haar best om enthousiast te klinken.

'Een sticker. Van een stadion waar het nationaal elftal speelt.'

'Heb je die hier?'

'In mijn rugzak.'

'Mag ik 'm zien?'

'Ja hoor.'

Ze trok de rits open en viste een ovale sticker uit zijn rugzak.

Tot haar verbazing was het een sticker van de Friends Arena in Solna, vlak bij Stockholm.

'Deze bedoel je?' vroeg ze, en ze hield de sticker omhoog.

Hij keek heel even op en knikte.

'Ja, mooi hè?'

'Hartstikke mooi, maar die komt toch niet uit Oslo?'

Hij haalde zijn schouders op en concentreerde zich op de bochten in zijn spelletje.

'Heeft papa gezegd waarom je deze hebt gekregen?' vroeg ze. 'Was hij dit weekend in het stadion?'

Nog een schouderophaling. Ze kreeg het idee dat Gabriel er niet over wilde praten. Misschien had hij de licht beschuldigende toon in haar stem opgepikt.

'Mooi, hoor,' besloot ze. 'Zal ik hem op je bureau leggen? Je mag hem wel op je kastdeur plakken, als je wilt.'

Gabriel knikte zonder haar aan te kijken.

Op de gang, met zicht op allebei de kinderen, zei ze streng maar liefdevol: 'Het is bijna bedtijd, morgen weer naar school.'

Na enig tandenknarsen legden de kinderen hun spelletjes weg. In haar tweepersoonsbed las Nathalie een hoofdstuk uit *Harry Potter en de Relieken van de Dood* voor. Tea en Gabriel kropen zo dicht tegen haar aan dat ze samen bijna één groot lichaam vormden.

Na het voorlezen ging Tea naar haar kamer en viel zonder problemen in slaap. Bij Gabriel moest Nathalie hem eerst nog over zijn rug kriebelen en een halfuur liedjes zingen voor hij indommelde. Pas toen zijn lichaam een schokje gaf – het teken dat hij in diepe slaap was – stond ze op. In plaats van zich voor te bereiden op morgen, ging ze naar zolder om de drie dozen met Adams spullen te halen. Ze dacht aan de sticker en overwoog Håkan te bellen.

Toen de dozen in de woonkamer stonden, belde ze hem. Hij nam vrijwel direct op. Ze kwam meteen ter zake.

'Mooie sticker van de Friends Arena. Heb je die in Oslo gekocht?'

'Wat wil je? Ik had toch gezegd dat ik niet gestoord wil worden als het niet belangrijk is?'

'Ik vroeg het me gewoon af. Gabriel is er dolblij mee, maar ik was benieuwd waar in Oslo je die sticker hebt gevonden.'

Ze beet op haar lip, kon zich er niet toe zetten om hem op de man af te vragen of hij in Stockholm was geweest.

Na een luide zucht zei hij: 'Ik heb 'm gekocht op het vliegveld. Verder nog iets?'

Met een beschaamd gevoel beëindigde ze het gesprek. Ze zette de dozen op de salontafel en besloot Håkan verder links te laten liggen. Met een vochtig doekje nam ze de dozen af, omdat ze stoffig waren, maar ook omdat ze een aanloopje nodig had. Het leek bijna of Adam zelf aanwezig was in de kamer en het kostte haar moeite om het plakband van de eerste doos door te snijden.

Tien jaar.

De doos was tot de rand gevuld met krantenartikelen die Adam had geschreven, met foto's, jaarboeken van school, een jachtmes, oude cassettebandjes met zijn favoriete muziek, een T-shirt van The Rolling Stones, een rapport van het Boland-gymnasium en zijn diploma van de hogeschool voor journalistiek. Helemaal bovenop lag een foto van hun verlovingsetentje en Adams horloge met de rode band dat ze hem voor zijn dertigste verjaardag had gegeven.

Ze kreeg een brok in haar keel toen ze zag hoe gelukkig Adam en zij eruitzagen op de trap van de orangerie in de botanische tuin.

Midzomer, elf jaar geleden. Ze waren van plan geweest hun

bruiloft te vieren in die orangerie.

Met klamme handen pakte ze het horloge en keek op de wijzerplaat.

Halftien. Gek genoeg dezelfde tijd als op de IKEA-klok aan de muur, constateerde ze. Hetzelfde uur, maar in een andere tijdrekening.

De eerste maanden na zijn dood was Nathalie elke avond in slaap gevallen met het horloge in haar hand geklemd. Overdag, als het gemis haar te veel werd, had ze het veel te grote horloge om haar pols gedragen.

Ze legde de inhoud van de dozen in stapels op de salontafel. Ging op de rand van de bank zitten en begon met de foto's. Het waren er minstens driehonderd.

Ze bladerde er willekeurig doorheen. Nog meer foto's van hun verlovingsfeest: haar vader en moeder als het gelukkige stel dat ze toen nog waren geweest, Louise onnatuurlijk bruin in een roze jurk, familie en vrienden door elkaar als een heerlijk zootje ongeregeld.

De volgende foto die ze oppakte was genomen op een haringfeestje in het begin van haar tijd als coassistent. Ze schrok op toen ze Håkan zag. Hij zat rechts van Adam aan een lange tafel op een terras. De plaats links van Adam was leeg, en ze meende zich te herinneren dat ze kort daarvoor was opgestaan om de foto te nemen.

Ja, zo was het gegaan. Ze waren uitgenodigd bij de chef van de afdeling chirurgie in Fålhagen, die was getrouwd met het hoofd van de cultuurredactie van UNT. Hun eerste najaar als student-af in Uppsala.

Maar ze was vergeten dat Håkan er ook bij was geweest. Ze hoorden destijds weliswaar bij hetzelfde vriendengroepje, maar deze gelegenheid kon ze zich niet herinneren.

Nieuwe foto's, nieuwe herinneringen. Frank in zijn appartement in Flogsta, voorafgaand aan een concert van Ulf Lundell in de botanische tuin. Hij zag er knap uit in zijn gekreukelde linnen pak en met een gulle glimlach om zijn lippen.

Toen ze doorbladerde naar de volgende foto, viel er een vergeeld krantenknipsel op de vloer. Nog voor ze het had omgedraaid, wist ze wat het was. Een stroomstoot trok van het knipsel door haar arm naar haar hart.

Adams rouwadvertentie.

1969-2004.

Vliegende zwaluwen en het gedicht van Erik Lindegren dat hij bij hun verloving aan haar had voorgedragen.

Ergens in ons zijn wij
altijd samen,
ergens in ons
is onze liefde nooit voorbij

Ze sloot haar ogen en leunde tegen de rugleuning, voelde hoe een warme golf haar omsloot. Ze hoorde Adams stem als een fluistering, voelde zijn warme hand op haar borst, zijn adem in haar oor.

Een seconde later deed ze haar ogen weer open, plotseling bang om het contact met de werkelijkheid te verliezen.

Ze legde de rouwadvertentie weg en deed een willekeurige greep in de rest van de spullen. Ze pakte de map waarin Adam de artikelen had verzameld waar hij het meest trots op was.

Een interview met een wethouder, een portret van Owe Thörnqvist op zijn vijfenzeventigste verjaardag, een historisch essay over Erik Gustav Geijers betekenis voor de Universiteit van Uppsala.

Het volgende artikel was een toneelrecensie. *Macbeth* in het stadstheater van Uppsala. De hoofdrol werd gespeeld door Carl-Henric Gyllenborg. De titel luidde: 'Duistere Macbeth schiet doel voorbij' en Adam had geschreven dat 'Gyllenborg het er te dik bovenop legt en zo de subtiele toon om zeep helpt die nodig is om de bloedige broosheid van het drama over te brengen'.

Nathalie stond op, liep naar de keuken en dronk een glas koud water.

Nu begreep ze waarom de naam Carl-Henric Gyllenborg haar een nare smaak in de mond had bezorgd. Hij was de acteur geweest die Adam in de boekhandel had bedreigd. Opeens stond het haar weer glashelder voor de geest, alsof ze bij de opticien de juiste sterkte voor haar ogen had gekregen.

Ziedend over de slechte recensie was Gyllenborg op Adam, Louise en haar afgestormd. Hij had tegen Adam zijn gal gespuwd en gezegd dat hij op moest houden met het schrijven van zulke bagger, anders zou hij er nog spijt van krijgen.

Adam had het vooral grappig gevonden, maar na overleg met de hoofdredacteur van de krant had hij toch aangifte gedaan van het voorval. Gyllenborg had ontkend en omdat het zijn woord tegen dat van Adam was, werd de zaak niet nader onderzocht.

Met trage passen liep ze terug naar de woonkamer. Gyllenborg had dus zowel Adam als Rickard bedreigd. Met haar blik op de vergeelde rouwadvertentie belde ze Frank.

Geen gehoor.

Ze probeerde Louise, die na vier keer overgaan opnam. Louise luisterde aandachtig, bevestigde Nathalies herinnering en voegde eraan toe: 'Onder ons gezegd en gezwegen: ik kan je vertellen dat het een ontzettende ijdeltuit is, en ik ben echt wel wat gewend.'

'Ken je hem dan?' vroeg Nathalie, en ze trok haar knieën op.

'Beloof je me dat je het aan niemand vertelt?'

'Natuurlijk.'

'Hij heeft zich bij mij laten opereren. Twee keer. Zijn lippen en een facelift.'

Ze praatten nog even verder en volgens Louise was Gyllenborg een arrogante kwal die op alles en iedereen neerkeek.

Toen Nathalies oog viel op Adams zwarte agenda in de stapel met notitieboekjes, rondde ze vlug het gesprek af.

Het was dé agenda.

2004. Zijn laatste jaar.

Ze wist nog dat de politie had gevraagd naar Adams aantekeningen, waaronder meerdere afspraken in de week voor de moord met iemand die hij 'B' noemde. Het was nooit duidelijk geworden wie deze B was en of hij of zij iets met de tip of de moord te maken had.

Ze maakte de gesp los die de in leer gebonden blaadjes bijeenhield en zag dat het papier geel en stijf was geworden van het vocht. Hier en daar zaten de bladzijden aan elkaar geplakt. Op de eerste bladzijde stonden Adams naam en telefoonnummer, en de mededeling 1000 KRONEN VINDERSLOON. Ze zag voor zich hoe hij voor het aanrecht stond en notities maakte als ze op zondagavond de komende week doornamen, hoorde hen lachend verzuchten dat ze het zo druk hadden – *hoe moet dat straks als we kinderen hebben?*

Zover was het nooit gekomen, en die gedachte bracht haar ertoe even bij Tea en Gabriel te kijken. Tea sliep rustig op haar rug, Gabriel had zijn dekbed van zich af geschopt en zijn ene been hing half over de rand van het bed. Zachtjes legde ze het terug, trok het dekbed over hem heen en keerde terug naar de bank.

Ze bladerde voorzichtig door de agenda. Met het jachtmes

sneed ze de vastzittende bladzijden los. Hoekige aantekeningen over bandy- en tennistraining, haar diensten, feestjes, afspraken bij de krant en zondagse etentjes bij zijn en haar ouders.

Ongeduldig bladerde ze naar de laatste dagen van Adams leven. De eerste aantekening over een 'afspraak met B' vond ze op vrijdag 2 april, een week voor de moord. 16.00 OFVANDAHLS.

Ze staarde naar Adams slordige handschrift, zag voor zich hoe opgewonden hij moest zijn geweest toen hij de afspraak neerpende.

Wie was B?

De politie had net zo in het duister getast als zij. In hun vriendenkring en bij de krant had niemand enig idee. De enige personen wier naam begon met een B waren Adams tante, Eva Bäckman uit Göteborg, en een conciërge bij de krant die Bertil heette. Allebei hadden ze aangegeven niets van de afspraken te weten, en de politie had geen enkele reden om hen te wantrouwen.

Nathalie bladerde door en zag dat er in totaal nog drie afspraken met B waren.

MAANDAG 5 APRIL. 14.00 HOTEL.

DINSDAG 6 APRIL. 19.00 O'L.

En dan de laatste afspraak voor de moord: DONDERDAG 8 APRIL. 22.00 STATION.

Niemand had geweten welk 'hotel' bedoeld werd. 'O'L' had O'Learys in Dragarbrunnsgatan kunnen zijn. De politie had navraag gedaan bij het personeel. Niemand had Adam gezien.

Een van de hypotheses van de politie, naast de berovingstheorie, was dat Adam op de avond van de moord nog een afspraak met B op het station had gehad, die hij om wat voor reden dan ook niet in zijn agenda had gezet. Het late tijdstip deed vermoeden dat de afspraak niet bij daglicht mocht plaatsvinden, maar als het zo geheim was, zou hij dan niet voor een minder drukke plaats hebben gekozen?

In totaal vier afspraken met deze B in de week voor de moord, op verschillende tijdstippen en locaties.

Lieve Adam, waar was je bij betrokken?

Dat de tip en de afspraken met de moord te maken hadden leek haar nu aannemelijker dan ooit. De vraag die restte: was B de moordenaar?

Carl-Henric Gyllenborg. Een dubbel motief, maar zijn voornoch achternaam begon met een B. En waarom zou hij Adam een tip willen geven?

Ze pakte Adams T-shirt met de verbleekte Rolling Stones-opdruk en drukte het tegen haar gezicht. Ving een vleug van zijn geur op, vermengd met die van vocht en schimmel.

Het gemis en de moeheid belemmerden haar helder na te denken. Ze wilde niets liever dan doorgaan met zoeken naar aanwijzingen, maar ze besefte dat ze moest gaan slapen.

Het was vijf over elf. Morgen had ze een drukke dag voor de boeg: ze was verantwoordelijk voor de psychoseafdeling en de middag was volgeboekt met nieuwe patiënten die soms wel drie maanden hadden moeten wachten op een intakegesprek.

Haar telefoon, die op stil stond sinds ze de kinderen naar bed had gebracht, zoemde op tafel. Een rilling liep over haar rug, alsof een koude luchtstroom door de kamer trok.

11

Tot haar opluchting was het Frank. Ze plofte neer op de bank en nam op.

'Hoi, ik zag dat je had gebeld,' begon hij. 'Hoe gaat het?'

'Ik ben thuis, ik heb Adams dozen van zolder gehaald.'

'Heb je nog nieuwe sms'jes gehad?'

'Nee.'

'Mooi. Sorry dat ik nu pas terugbel, maar ik heb het druk gehad. Forensische Opsporing heeft de kogel geanalyseerd. Je kunt maar beter even gaan zitten...'

'Ik zit al.'

'Oké. Rickard Ekengård is neergeschoten met een Smith & Wesson, model 36. De kogel heeft een long, hartzakje en meerdere kransslagaders doorboord. Volgens forensisch arts Angelica Hübinette was de kans dat hij te redden was geweest uiterst klein. Zelfs als hij was neergeschoten in een volledig bemande operatiekamer had hij het waarschijnlijk niet gehaald, zoals zij het uitdrukte.'

Nathalie sloot haar ogen. Zag het bloed uit zijn borst gutsen. Deed haar ogen weer open, staarde naar de stapels op tafel. Ze hoorde Frank verdergaan: 'Het merkwaardige is dat de kogel werd afgevuurd met hetzelfde wapen als waarmee Adam is vermoord. Volgens Hübinette is het vijfennegentig procent zeker dat het hetzelfde wapen was, de loopsporen op de kogel waren identiek.'

Nathalie was met stomheid geslagen. De gedachten raasden door haar hoofd zonder houvast te vinden.

'Bovendien hadden de kogels dezelfde loodlegering,' vervolgde Frank. 'Dat betekent dat ze uit dezelfde "gieting" komen, oftewel dat ze op hetzelfde moment gemaakt zijn. Aan de hand van de hoek en de hoogte van de ingangswond kunnen we ook schatten hoe lang de schutter moet zijn geweest. Net als bij Adam gaat het om iemand tussen de één meter zestig en één meter tachtig.'

Doelloos begon ze in de stapel kranten te bladeren. Ze zag Adams foto naast het intro van meerdere artikelen.

'Dus het is dezelfde dader?'

'Zou kunnen,' zei Frank. 'Maar vergeet niet dat er tien jaar tussen zit. Daarbij is dit type revolver populair op de zwarte markt. In theorie kan het wapen meerdere keren van eigenaar zijn gewisseld. En er is geen verband tussen Adam en Rickard.'

Behalve dan dat ik met beiden het bed heb gedeeld, dacht ze. Zou dat het verband zijn? Dat iemand het heeft gemunt op mannen met wie ik iets heb gehad? In dat geval heeft Håkan een probleem. Tenzij hij...

Ze maakte de gedachte niet af en vroeg: 'Heb je met de politie in Uppsala gesproken?'

'Ja, maar ze hebben na de uitzending van *Cold Case* geen serieuze tips binnengekregen.'

'Wat zei de DPG?'

'Ze hebben Rickards moordenaar geprofileerd als een fysiek gezonde man met een goede conditie. Met het oog op zijn vluchtweg kent hij de omgeving van Karlaplan waarschijnlijk goed, misschien woont hij zelfs in de buurt. Zijn werkwijze duidt op vastberadenheid, de moord was voorbereid. De dodelijke verwondingen van de kogel duiden erop dat hij een ervaren schutter is. Misschien heeft hij al eerder iemand gedood.'

'Hebben ze ook naar de gelijkenis met Adams moord gekeken?'

'Nog niet, dat van die revolver is nog maar net bekend. Nu zullen ze er natuurlijk wel naar kijken, ook al zijn er duidelijke verschillen. Zoals de wijze van vluchten. Bij Adam had de dader een auto. En in het geval van een beroving waren ze vermoedelijk minstens met z'n tweeën geweest, zo werken Oost-Europese bendes meestal.'

Het irriteerde haar dat Frank bleef vasthouden aan de hypothese van een beroving.

'Kom op, Frank. De moord op Rickard was niets anders dan een koelbloedige aanslag. Natuurlijk hebben die twee moorden met elkaar te maken.'

'Zoals ik zei: we zullen een eventuele link onderzoeken.'

Hij klonk weinig overtuigend. Nathalie realiseerde zich dat ze het moest vertellen.

'Er is iets wat ik nog niet heb verteld,' zei ze. 'En ik zou graag willen dat je het voor je houdt... Ik wil niet dat iemand in de DPG het weet.'

'Ik kan je niets beloven, maar vertel op.'

'Zaterdag twee weken geleden ben ik na een avond uit met Rickard Ekengård mee naar huis gegaan...'

Het werd zo stil aan de andere kant van de lijn dat het haast leek of de verbinding verbroken was.

'Wat?' wist Frank even later uit te brengen. 'Waarom zeg je dat nu pas?'

Nathalie stond op en begon te praten. Ze vertelde dat ze met Rickard was meegegaan voor een glas wijn, dat ze een uurtje hadden gepraat en dat ze toen naar huis was gegaan. Er was niets gebeurd, punt uit. Tot slot vertelde ze over het sms'je dat Rickard kort voor de moord had gestuurd. Het bleef even stil, en toen zei Frank sarcastisch: 'Ontzettend fijn dat je dat nu pas vertelt.'

'Het spijt me, maar nu weet je het.'

'We hebben dat sms'je niet gevonden in zijn telefoon,' zei Frank. 'Dat houdt in dat hij het gewist heeft. Was dat alles wat hij schreef?'

'Ja.'

'Wat denk je dat hij wilde?'

Ze gaf geen antwoord. Dat sprak toch voor zich?

In de stilte hoorde ze een klikje in de hal. Ze liep erheen. Alles was stil, het licht van de buitenlamp stak steeds feller af tegen het donker, de vloer was koud onder haar blote voeten. Ze zag dat de deur op slot zat, maar voelde toch even aan de klink.

'Dus jij denkt niet dat het iets met de moord te maken heeft?' vroeg Frank.

'Nee, waarom zou hij met mij afspreken als hij zich bedreigd voelde?'

Frank veranderde van onderwerp.

'Rickard Ekengård was geen lieverdje, Nathalie. Drie keer veroordeeld voor mishandeling, twee keer voor cocaïnebezit, één keer voor geweld tegen een ambtenaar in functie. En hij zette het geregeld op een zuipen.'

'Heb je de DPG over mijn stalker verteld?'

'Ja, maar zoals ik al zei, zolang we niet weten wie het is en waarom, kunnen we er niets mee in het onderzoek.'

'En Carl-Henric Gyllenborg?'

'Meerdere getuigen hebben bevestigd dat hij Rickard heeft

bedreigd in de kantine, maar we hebben Gyllenborg nog niet verhoord.'

'Weet je nog dat hij Adam heeft bedreigd in die boekhandel?'

'Ja, nu je het zegt, dat weet ik nog. Het was destijds niet mijn zaak, maar ik heb erover gehoord. Dus die dreigende acteur was Carl-Henric Gyllenborg?'

'Ja.'

'Godallemachtig... Dan had hij twee keer een motief,' concludeerde Frank.

Nathalie wist niet wat ze moest zeggen. Ze hoorde weer een tik in de hal. Net zo'n geluid als daarnet. Ze ging niet kijken.

'Die autobiografie,' zei Frank. 'Zei hij hoe ver hij daar al mee was?'

'Nee, alleen maar dat hij een grootse onthulling zou doen.'

'Ik ben namelijk met het forensisch team in zijn appartement, en we hebben hier geen letter op papier gevonden, alleen twee laptops. Wanneer ben je weer in Stockholm?'

'Vrijdag,' geeuwde ze. 'Ik moet ophangen, Frank.'

Ze legde haar mobiel aan de oplader op het nachtkastje, trok haar nachthemd aan en poetste haar tanden. Gedachten en beelden raasden door haar hoofd en ze wilde de hele tijd iets omhanden hebben, in beweging blijven om de angst op afstand te houden.

Ze keek nog even bij de kinderen, dekte Gabriel toe en liep toen weer naar de hal.

De deur zat nog altijd op slot en ze hoorde geen rare geluiden meer. Ze liet de lamp in de hal branden, net als het licht van de afzuigkap in de keuken.

Toen ze op weg naar haar slaapkamer langs de woonkamer liep, bleef ze staan. Ze keek naar de verhuisdozen en de stapels op tafel. Ze had nog geen tiende doorgenomen. Het nieuws dat het waarschijnlijk om dezelfde dader ging, gaf haar twee keer zoveel reden om door te gaan.

Vastberaden liep ze naar de bank.

12

Ze bladerde door de stapel kranten en zag dat ze op chronologische volgorde lagen. De laatste was van 30 maart 2004, tien dagen voor de moord.

De krant was opengevouwen op de middenpagina. Een artikel over een nieuwe jeugdzorginstelling voor gedwongen opname in Rickomberga.

Ze wist nog dat Adam had verteld over zijn bezoek aan jeugdzorginstelling Galaxen, die een nieuwe behandeling aanbood met snelle terugkeer naar de maatschappij. Ze kende de instelling goed. Galaxen had een goede naam en nam patiënten uit het hele land op, maar omdat het een particuliere instelling was, had ze weinig inzicht in de werkwijze, behalve dan via de verwijsbriefjes die ze af en toe kreeg.

Drie mannen van middelbare leeftijd, twee in pak en een in een corduroy jasje en een spijkerbroek, staand voor een rood bakstenen gebouw. Ze herkende twee van hen: de man in spijkerbroek was haar collega, chef-arts Jacques Levinder. De man in het midden was advocaat Pierre Hielmstedt, bij wie Håkan in die tijd had gewerkt. De derde man was een lokale politicus met de naam Olof Jönsson.

Haar ogen vlogen naar Adams aantekeningen in de kantlijn: §12, WET OP JEUGDZORG. PLEEGGEZIN, BESTUURSLID, CONTROVERSE?

En toen, helemaal onderaan, zo licht geschreven met potlood dat ze de krant onder de leeslamp moest houden om het te kunnen zien: een teken dat misschien een letter was.

B?

Ze voelde haar hartslag tot in haar vingertoppen. Ze vergeleek de letter vlug met de B's in de agenda.

Ja, besloot ze. Het was een B.

Wat hield dat in? Was er een verband tussen de tip en het artikel? De tijdlijn kwam overeen met de moord, en wel zo precies dat het even onrustbarend als griezelig was. Was er een verband tussen het artikel en de moord?

Nee, nu draafde ze door. Geen overhaaste conclusies trekken. Maar hoe dan ook was het een B. Ze kon zich niet herinneren dat de politie die had opgemerkt.

Ze staarde naar de foto en keek de drie mannen een voor een in de ogen. Ze herinnerde zich dat Adam een paar dagen voor de moord bij haar op de afdeling was geweest. Ze had het aan de politie verteld, maar omdat ze er verder nooit meer iets over had gehoord, had ze het afgedaan als een van de vele onbeduidende voorvallen rond Adams dood.

Ze keek weer in de agenda. In totaal vier aantekeningen over afspraken met B:

VRIJDAG 2 APRIL. OFVANDAHLS.

MAANDAG 5 APRIL. HOTEL.

DINSDAG 6 APRIL. O'L.

DONDERDAG 8 APRIL. STATION.

Ze bedacht opeens dat met 'hotel' misschien het ziekenhuis bedoeld werd. Zo werd het intern genoemd. Ze had er weleens grapjes over gemaakt, waar Adam vaak om moest lachen. Had hij zijn bezoek aan de psychiatrische afdeling bedoeld? Was hij daar geweest om B te spreken?

Maandag de vijfde. Vier dagen voor de moord. Het zou kunnen dat ze die dag had gewerkt.

Haar mobiel zoemde op de bank.

Een nieuw bericht. Haar hart maakte een salto in haar borst toen ze het onbekende nummer zag en las:

Goed dat je naar huis bent gegaan.

In een reflex stond ze op en ze keek door het raam van de woonkamer. In de tuin was alles zwart. Ze meende vaag de lichten van de huizen aan de overkant van het water te zien, als flikkerende stipjes.

Met haar telefoon in haar hand liep ze naar de keuken, toen naar de hal, terug naar de woonkamer en de trap op naar de kinderen. Overal voelde ze zich bespied, ook al zag ze slechts haar eigen silhouet weerspiegeld in de ramen. Ze deed alle jaloezieën en gordijnen dicht en belde Frank.

Hij zei dat hij onmiddellijk de politie in Uppsala zou bellen en hen zou vragen naar haar toe te gaan. Omdat ze geen bezoek wilde, spraken ze af dat een politiewagen voor haar huis zou parkeren en dat ze Frank zou bellen zodra ze de auto zag.

Frank kon zich niet herinneren dat er een B was opgedoken in verband met het artikel over de jeugdzorginstelling. Hij vroeg haar de krant morgen bij het politiebureau langs te brengen en beaamde dat ze Adams bezoek aan haar afdeling ter sprake had gebracht, maar dat het een dood spoor was gebleken.

Franks vertrouwde stem kalmeerde haar. Ze beëindigde het gesprek en keerde terug naar de bank. Keek weer naar de tuin. Niemand.

Met de agenda in haar ene hand en de krant in haar andere kwam Adam weer dichterbij. Ze zag hem voor zich op de gang van de psychiatrische afdeling. De betrapte uitdrukking op zijn gezicht toen ze hem zag.

13

UPPSALA, 2004

De rechter en de drie lekenrechters waren het eens met chef-arts Weiss en besloten Leif Jonssons gedwongen behandeling met nog eens twee maanden te verlengen. Nathalie zag de wanhoop bij de patiënt, maar wist dat de beslissing onontkoombaar was. Leif leed aan hallucinaties en had gisteren nog geprobeerd zich op het toilet met een laken te verhangen.

Het was de zevende keer sinds haar specialisatie in de psychiatrie dat ze aanwezig was bij een zitting van de districtsrechtbank. Ze was er nog altijd niet aan gewend om te zien hoe mensen in een duidelijke machtspositie beslisten over de toekomst van de patiënten. Ze had er nog elke maandag moeite mee om de vergaderkamer van de kliniek te zien veranderen in een rechtszaal.

De zitting werd gesloten. In de gang zwaaide Weiss haar gedag voor ze ook maar één vraag kon stellen. Hij zag niet eens haar boze blik toen hij wegbeende op zijn afgesleten Birkenstocks, terwijl hij opmerkte dat hij hier eigenlijk geen tijd voor had.

Ze beet op haar tong en liep naar de personeelskamer. Het was toch zeker niet haar schuld dat de vaste chef-arts van de afdeling zo vaak afwezig was? Ze ging met haar aantekeningen op de bank zitten en pakte de wrap met tonijnsalade die ze had meegenomen.

Terwijl ze at nam ze de ochtendronde door, die ze net vijf minuten achter de rug had gehad toen dokter Weiss was gearriveerd en had gezegd dat 'de inquisitie er klaar voor was, maar waar zijn de patiënten?'. Nu haar bloedsuikerspiegel weer op peil kwam, wist ze de meeste kwesties zelf op te lossen. De autistische conciërge hield dezelfde hoge dosis neuroleptica, het zestienjarige meisje dat was doorverwezen door de kinderpsychiatrie mocht op haar eenpersoonskamer blijven en daar ook eten, de vrouw bij wie onlangs schizofrenie was vastgesteld zou onder observatie blijven.

De resterende vraagtekens kon ze morgen met chef-arts Jacques Levinder oplossen. Zijn afwezigheid die dag was tijdens de ochtendbespreking als een totale verrassing gekomen. Volgens het rooster had hij de hele week hier moeten zijn, maar er was gedoe in de onlangs geopende jeugdzorginstelling Galaxen in Rickomberga.

Het had vast iets met de vernielingen aan het gebouw te maken, dacht ze. Adam had gebeld vanaf de redactie en verteld dat Frank hem had getipt dat iemand stenen door de ruiten van de ingang had gegooid. Frank en zijn collega waren als eerste ter plaatse geweest. Toen Adam had gehoord wat er was gebeurd, was hij in zijn auto gesprongen en meteen naar Rickomberga gereden.

De afgelopen week had Adam het over niets anders gehad dan over het artikel dat hij schreef over Galaxen: hoe aardig dokter Levinder was, hoe revolutionair de behandeling.

Ze slikte het laatste stukje van haar wrap door en verliet de personeelskamer.

Zodra ze de gang op liep zag ze hem, met vlugge passen en een blocnote in de hand op weg naar de uitgang.

Adam.

Wat deed hij hier? Hij had haar nooit eerder opgezocht in het ziekenhuis zonder eerst te bellen.

'Adam!' riep ze.

Hij draaide zich om. Hij maakte een opgelaten en gestreste indruk. Hoewel ze, zoals gebruikelijk binnen de psychiatrie, haar gewone kleren aanhad, was er een barrière tussen hen.

'Wat doe jij hier?' vroeg ze.

In plaats van te antwoorden keek hij nerveus over haar schouder. Niemand had hen gezien.

'Nathalie, ik ben hier voor mijn werk, meer kan ik er niet over kwijt.'

'Waarom heb je daar niets over gezegd?'

'Het is... Daar kan ik geen antwoord op geven, je weet toch dat ik mijn bronnen altijd bescherm.'

'Hoe ben je binnengekomen?'

Ze knikte veelbetekenend naar de afgesloten deur.

'Ik moet gaan, we hebben het er later wel over.'

Uit zijn blik sprak een plotse vastbeslotenheid.

'Beloof me dat je tegen niemand zegt dat je mij hier hebt gezien. Het is belangrijk.'

Zonder haar reactie af te wachten draaide hij zich om en liep naar de deur. Hij toetste de viercijferige code in en verliet de afdeling.

14

UPPSALA,
MAANDAG 28 APRIL 2014

Een zwarte regen viel uit een onzichtbare hemel. Lichtflitsen en donder in haar ogen en oren. Een doffe knal trok als een schokgolf door haar lichaam. Rickard viel in de fontein. Ze snelde naar hem toe om hem te redden. Hij lag voorover in het water, het bloed kleurde het rugpand van zijn jas donkerrood.

Ze pakte hem bij de schouders. Met al haar kracht draaide ze hem om. Toen ze zijn gezicht zag, zakte ze door haar knieën.

Het was niet Rickard. Het was Adam.

Iemand gilde. Een ijselijk geluid, alsof de hele wereld sidderde van angst.

Als iemand die op het nippertje aan de verdrinkingsdood ontsnapte schoot ze overeind. Ze deed haar ogen open. Staarde naar het patroon van het behang en realiseerde zich dat ze thuis was. Ze stond snel op, alsof ze moest vluchten, nog altijd half gevangen in haar droom.

Håkan had haar zelfs na de ergste nachtmerries altijd weten te kalmeren. Nu was ze op zichzelf aangewezen.

De rest van de maandagochtend was als zalf op de wonde. Een kop koffie staand voor het aanrecht, de kinderen wakker maken, dan het ontbijt (dat extra zeurderig werd omdat Gabriels havervlokken op waren), tandenpoetsen en schooltassen inpakken, zorgvuldig Tea's kleren uitkiezen terwijl ze Gabriel zover probeerde te krijgen om zijn dagelijkse dosis ritalin te slikken, en vervolgens veel te laat de deur uit.

Het enige wat afweek van de routine was dat Gabriel en Tea vroegen of ze een hut had gebouwd op de salontafel. Ze had Adams spullen niet opgeborgen, maar er een laken overheen gelegd zodat de kinderen niet zouden zien waar ze mee bezig was. Tot haar verbazing gehoorzaamde Gabriel haar toen ze zei dat hij nergens aan mocht komen, maar ze besefte dat ze de spullen voor vanavond toch beter kon verplaatsen.

Hollend het schoolplein over, vlug door naar het politiebureau waar een jonge inspecteur het artikel over Galaxen inscande, vervolgens naar het ziekenhuis, gedrang bij het inklokken en hup, in haar beroepsrol. De verplichte ochtendvergadering met het geleuter over de zomervakantie was die dag zowaar een welkome onderbreking van haar gepieker geweest. Tot haar opluchting leek geen van haar collega's te weten wat ze had meegemaakt. Ze bleef het gek vinden dat Håkan het wel had uitgedokterd.

Nu zat ze in haar ruime kamer op de derde verdieping met uitzicht op ontluikende bomen van het bos Slottsskogen aantekeningen te maken na haar ronde. Keer op keer dwaalden haar gedachten af en moest ze zichzelf dwingen zich te concentreren.

Voor haar ronde had ze met Frank gesproken. De politie had geen nieuwe sporen van Rickards moordenaar gevonden. Wel hadden ze ontdekt dat de acteur Carl-Henric Gyllenborg de dag voor de moord om 12.13 uur Rickard had gebeld. Het gesprek had twee minuten en zeven seconden geduurd. Gyllenborg had een wapenvergunning voor twee pistolen en een revolver, maar niet voor de Smith & Wesson waarmee de moord was gepleegd.

Over een paar uur zou Gyllenborg verhoord worden. Dat dat niet eerder was gebeurd kwam doordat hij dat weekend in zijn huisje op Kymmendö had gezeten – waar hij 'tussen de bedrijven door zijn creatieve batterijen oplaadde, zonder mobiele telefoon of internet'.

Frank had het artikel over Galaxen gelezen, maar hij richtte zich volledig op Gyllenborg en had nauwelijks aandacht voor Nathalies vermoeden dat er een B over het hoofd was gezien in het onderzoek.

'Heb je iets tegen de DPG gezegd over mijn ontmoeting met Rickard?'

'Nee, je had me toch gevraagd om mijn mond erover te houden? En daarbij geloven we geen van beiden dat er een verband is tussen de moord en jou. Of denk je daar nu anders over?'

'Nee.'

'Misschien wel als het een of andere jaloerse gek is,' speculeerde Frank. 'Maar zolang jij zulke vermoedens niet hebt, kunnen we er niets mee.'

Ze kreeg steeds sterker het gevoel dat ze de zaak zelf moest oplossen. Zij was de enige die Adam goed genoeg had gekend om zijn gangen na te gaan.

Het volgende punt op de agenda was een afspraak met de hoofdredacteur van UNT, en daarna met chef-arts Jacques Levinder. Als iemand haar kon helpen met het artikel en 'B', dan was het wel een van die twee.

Tijdens haar ronde was ze meerdere keren de gang gepasseerd waar ze Adam had gezien. Hij had nooit verteld wat hij daar deed of hoe hij de code had gekregen. Ze was ervan overtuigd dat het met de tip en 'B' te maken had.

Het probleem was dat er geen patiëntenlijsten uit die tijd waren, en om op goed geluk te gaan zoeken naar patiënten met een naam die begon met een B was sisyfusarbeid.

Ze logde uit uit het systeem en keek op haar mobiel. Geen nieuwe sms'jes. Misschien had haar stalker het voor gezien gehouden nadat ze was thuisgekomen. Zodra ze niet actief aan iets dacht, hoorde ze de woorden 'goed dat je naar huis bent gegaan' steeds opnieuw in haar hoofd, als een plaat die bleef hangen. De stem die ze erbij hoorde was blikkerig en anoniem, en kon van iedereen zijn.

Gisteravond, een kwartier nadat ze Frank had gesproken, was een politiewagen langs haar huis gereden. Zoals afgesproken had ze Frank gebeld en gezegd dat ze zich veilig voelde. Met haar telefoon en Adams jachtmes op haar nachtkastje was ze uiteindelijk in slaap gevallen.

Nu gaven de digitale cijfers 11:18 uur aan. Het was tijd om naar de praktijk te gaan en de patiënten te ontvangen met wie ze voor de lunch een afspraak had.

Voor ze wegging, rolde ze haar yogamat uit op de vloer en deed ze twintig push-ups en dertig sit-ups. Dat deed ze sinds een jaar elke dag, zonder uitzondering. Ze mocht beslist niet meer aankomen. Ze was nu perfect in al haar rondingen, en zo wilde ze blijven.

Het was drie minuten lopen naar de praktijk. Halverwege bliepte haar telefoon. Het was een sms'je van Bengt Vallman.

> Ik heb voor zaterdag 19.00 gereserveerd bij De Kikker voor een hapje en een drankje. Trouwens, ik heb gesolliciteerd op de vacature van chef-arts bij jou in de kliniek. Laat dat voorlopig ons geheimpje blijven!

Het bericht bracht haar van haar stuk. Ze wist niet wat ze ervan moest vinden dat een man met wie ze flirtte misschien haar collega zou worden. Ze besloot nog even te wachten met antwoorden.

In de wachtkamer zat haar zesentwintigjarige patiënte Elisabeth Rapp. Nathalie begroette haar met een knikje en zei dat ze haar zo meteen zou ontvangen. Elisabeth Rapp staarde strak naar haar telefoon en vertrok geen spier.

Elisabeth was een van haar onwillige patiënten. Dit was de eerste keer dat ze zelf een afspraak had gemaakt. Normaal gesproken meed ze de gezondheidszorg en kwam ze drie van de vier keer niet opdagen.

Nathalie ging haar kamer binnen, logde in op haar computer en nam kort het patiëntendossier door – een gewoonte waaraan ze vasthield, ook al wist ze wat erin stond.

Elisabeth Rapp was al sinds haar dertiende psychiatrisch patiënt in Uppsala. Ze was opgegroeid in pleeggezinnen in Malmö, Stockholm, Gävle, Östersund en ten slotte Uppsala. Haar ouders waren overleden en ze had geen broers of zussen. Als kind was ze extravert en druk geweest, en vandaag de dag zou ze nog voor het einde van de kleuterschool minstens één etiketje opgeplakt hebben gekregen.

Drugs, gedwongen opnames en zelfmoordpogingen.

Elisabeth had aspergerachtige trekjes en een laag zelfbeeld. Ze kon haar gevoelens maar moeilijk uiten en nam vaak haar toevlucht tot abstracte bewoordingen of ondoorgrondelijke uitdrukkingen.

Ze liep stage als schoonmaakster in het stadstheater van Uppsala, slikte een hoge dosis antidepressiva en had al drie jaar niet meer geprobeerd zichzelf iets aan te doen.

Nathalie vond dat ze goed contact had met Elisabeth. Ze leken op elkaar wat lichaamsbouw en houding betrof. Nathalie dacht vaak dat dat een van de redenen was waarom ze Elisabeths vertrouwen had gewonnen, aangezien negentig procent van de communicatie non-verbaal was.

Nathalie deed de lamellen dicht om inkijk te voorkomen, maar zette wel het raam open om frisse lucht binnen te laten. Ze keek even in de spiegel, haalde haar handen door haar haar en liep de wachtkamer in.

Elisabeth gaf een slap handje, maar keek Nathalie vastberaden en opstandig aan.

Ze had een lief, meisjesachtig gezicht. Het enige wat niet strookte met haar popperigheid waren haar zwartgeverfde haar en volle lippen. Nathalie wist dat ze haar lippen had laten opvullen.

Ze gingen tegenover elkaar aan het bureau zitten. Elisabeth kauwde op kauwgom en knipte nerveus met haar vingers.

'Laten we beginnen,' zei Nathalie. 'Je wilde me zien om iets te vertellen?'

Geen reactie.

'Is er iets gebeurd?' probeerde ze.

Elisabeth zuchtte en schudde haar hoofd, maar zo zachtjes dat Nathalie het interpreteerde als een bevestiging. In een poging om een gesprek op gang te krijgen gooide ze het over een andere boeg. 'Slaap je goed?'

'Best oké. Met pillen dan.'

'Neem je er elke avond een?'

'Staat dat niet in mijn dossier?'

'Jawel, maar ik wil het van jou horen.'

Het bleef even stil. Voor het raam klonk gepruttel van een langsrijdende scooter, dat het gekwetter van de vogels overstemde.

'Hoe gaat het bij het theater?'

Ze haalde haar schouders op en snoof.

‘Heb je een recept nodig? Ben je daarom hier?’

‘Nee,’ klonk het toonloos. Ze keken elkaar aan. Twee seconden contact. Genoeg voor Nathalie om een innerlijke strijd tussen verstand en gevoel te zien. Elisabeths borstkas zwol op.

‘Er zijn niet veel waarheden waarop het hart kan vertrouwen.’

‘Nee,’ beaamde Nathalie, en ze vermoedde dat dit weer een van Elisabeths uitdrukkingen was waarmee ze de wereld probeerde te begrijpen. ‘Wat bedoel je precies?’

‘Er gebeuren zoveel verschrikkelijke dingen,’ stelde Elisabeth.

Nathalie voelde aan dat Elisabeth nog niet uitgesproken was en wachtte.

‘Ik bedoel moord en zo...’

Nathalie voelde een koude rilling langs haar ruggengraat, zag Rickards stervensblik, hoorde het geklater van de fontein en voelde het bloed aan haar handen.

‘Ik zag op *Flashback* dat je een soort van getuige was van dat met die acteur...’ ging Elisabeth aarzelend verder.

‘Wanneer heb je dat gelezen?’

‘Vanmorgen. Het was net geplaatst.’

Dan had Håkan het niet daarvandaan, concludeerde Nathalie.

‘Is het waar?’ vroeg Elisabeth.

‘Ja,’ zei Nathalie om verder te komen in het gesprek. ‘Maar dat heeft toch niets met jou te maken?’

‘Nee.’

‘Maakte je je zorgen?’

‘Ja.’

‘Was dat waarom je me wilde zien?’

Een onzeker glimlachje trilde rond Elisabeths mondhoek toen ze haar gezicht naar Nathalie keerde.

‘Ja. Ik was bang. Jij... Je bent toch mijn enige vriendin, of zo.’

De koude rilling werd een warme stroom. Zo'n bekentenis had Nathalie niet zien aankomen, en het was niet alleen een misvatting, maar ook triest.

'Met mij gaat het prima,' stelde ze Elisabeth gerust. 'Toen je deze afspraak maakte, zei je dat je me iets wilde vertellen?'

Elisabeth staarde leeg voor zich uit.

'Elisabeth, de tijd is bijna om. Als je iets wilt zeggen...'

Elisabeth trok een pruilerig gezicht, haar stem werd blikkerig, alsof het iemand anders was die sprak. 'Wie spreekt zaait, wie luistert oogst.'

'Ja, dat klopt,' zei Nathalie. 'En ik luister nu naar je, Elisabeth. Je hebt jezelf toch niet weer iets aangedaan?'

'Nee.'

'En het gaat niet zo slecht met je dat je dat wel van plan bent?'

'Nee.'

Plotseling versteende Elisabeth, met haar blik gefixeerd op het prikbord achter Nathalie.

Nathalie draaide zich om en probeerde te zien waar Elisabeth naar keek. Een dienstrooster, een folder van het ziekenhuisrestaurant, de openingstijden van de bibliotheek, de telefoonnummers van ergotherapie en verslavingszorg, de contactgegevens van de psychiatriepraktijk van chef-arts Jacques Levinder en een plattegrond met daarop alle afdelingen van de kliniek.

Na de verhuizing vanuit Ulleråker afgelopen maart was er een schier oneindige behoefte aan informatie, hoewel de hele psychiatrie, met uitzondering van de forensische tak, nu was ondergebracht in één nieuw gebouw op het terrein van het academisch ziekenhuis.

'Heeft het iets met dokter Levinder te maken?' vroeg Nathalie, en ze draaide zich om naar Elisabeth, die was opgestaan.

'Ik moet gaan,' zei Elisabeth, en ze liep de kamer uit.

15

De roos dobberde op het bruisende water. De kroonblaadjes zogen zich langzaam vol, alsof ze niet begrepen waar ze waren beland na dagen wachten in de bloemenzaak op Kungsgatan.

Nathalie stond bij de fontein op Olof Palmes plats, waar Adam was neergeschoten. Op de rotonde om haar heen wachtten taxichauffeurs op klanten. Achter haar stond het oude stationsgebouw, links lagen het nieuwe stationsplein en de busterminal. Rechts lag de parkeerplaats waarvandaan Adams moordenaar was gevlucht. Het geluid van een auto die met gierende banden wegreed, de vage getuigenverklaring van de taxichauffeur...

Haar fantasie over de aanslag op Adams leven vermengde zich met beelden van de moord op Rickard. De rozenblaadjes werden donker als bloed.

Ze dwong zichzelf om op te kijken. Het was halfvijf. Gestreste mensen bewogen zich tussen treinen, bussen, auto's en fietsen. Een man in een groene overall ruimde zwerfafval op met een grijper, twee jongens renden rondjes om de fontein en riepen elkaar toe in het Arabisch. Op een bankje onder de linden zaten drie alcoholisten te drinken en te praten, afwisselend zachtjes smoezend en druk gebarend.

Niemand sloeg acht op haar. Ze voelde zich de eenzaamste mens op aarde.

De roos zonk en vlijde zich tegen de bodem, alsof hij haar gedag zei.

Ze maande zichzelf constructief te denken, ze was hier niet om zich te wentelen in zelfmedelijden.

Adam was op een vrijdag rond middernacht vermoord. Toen was het hier niet zo druk geweest als nu, maar druk genoeg voor de moordenaar om het risico te lopen gezien te worden – net als bij Rickard.

Waarom zou hij of zij dat risico nemen? Waarom dezelfde werkwijze herhalen met Rickard? Tot de revolver aan toe? De dader moest hebben geweten dat de politie de twee zaken aan elkaar zou koppelen.

Nathalie keek nog één keer naar de roos op de bodem en zette koers naar het gebouw van UNT. De klok op het stationsgebouw gaf tien over halfvijf aan. Hoofdredacteur Tomas Telin verwachtte haar en uiterlijk halfzes moest ze de kinderen van school halen.

Telin was positief verrast geweest toen ze belde. De krant had haar die middag geprobeerd te bereiken en Telin wilde haar maar wat graag spreken. Elisabeth had de waarheid gesproken over de post op *Flashback*; dat was het eerste wat Nathalie had nagetrokken na Elisabeths vertrek.

Na enig getouwtrek had Telin beloofd niet over hun afspraak te schrijven, in ruil voor een exclusief interview, mocht ze ooit besluiten haar verhaal te doen.

Sinds het middaguur hadden journalisten van alle mogelijke media achter haar aan gezeten. Ze had hen stelselmatig genegeerd, een strategie die ze had geleerd in al haar jaren als arts. Als er iets belangrijk was in de psychiatrie, dan was het grenzen stellen. Vandaag was het haar zelfs gelukt om haar moeder af te poeieren met niets meer dan een kort gesprek en de belofte om haar vanavond te bellen.

Voor ze het ziekenhuis verliet, had Frank gebeld om te zeggen dat hij het artikel over de jeugdzorginstelling had gelezen. Hij betwijfelde of Adams notitie een B was en had het niet laten zien aan de daderprofielgroep. Geërgerd door zijn onwillige houding had ze zowel haar gesprek met Elisabeth Rapp als haar afspraak met Tomas Telin voor hem verzwegen.

De enige die vandaag nog niet van zich had laten horen was haar stalker. Frank had verteld dat hij of zij volgens de DPG niet dezelfde persoon was als de moordenaar.

'De dader is vastberaden en gaat confrontaties niet uit de weg, terwijl jouw stalker laf en bang voor conflicten is,' had Frank samengevat.

Dat klonk logisch, maar ze was niet overtuigd.

Daarna had hij haar laten weten dat haar beveiliging stopgezet zou worden. Omdat ze het vreselijk vond om beveiligd te worden, maakte ze geen bezwaar.

Ze stak Kungsgatan over en passeerde de ingang van het stadstheater. Het gesprek met Elisabeth Rapp schuurde als een steentje in haar schoen. Ze was teleurgesteld in zichzelf omdat ze haar niet aan het praten had gekregen.

Ze had Elisabeths dossier van de laatste vijf jaar vluchtig doorgenomen. Verder terug reikte het gedigitaliseerde dossiersysteem niet. Oudere dossiers waren alleen beschikbaar op papier en om die op te vragen had ze toestemming van de zorgwaakhond nodig.

Ze had een verzoek ingediend en dat aangemerkt als urgent, maar ze wist dat ze misschien alsnog weken zou moeten wachten.

Tot dusver had ze uit het dossier begrepen dat Jacques Levinder, zoals de meeste chef-artsen van de kliniek, korte periodes verantwoordelijk was geweest voor Elisabeth. Maar ze leken geen direct contact te hebben gehad: in de praktijk hadden arts-assistenten zich over haar ontfermd, en Nathalie had geen aannemelijke reden kunnen vinden waarom Elisabeth haar kamer uit was gestormd na het zien van zijn naam.

Ze had Elisabeth meerdere keren geprobeerd te bellen. Voor ze het ziekenhuis verliet, had ze een oproep gestuurd voor een controlebezoek op woensdagochtend om tien uur.

Jacques Levinder had ze ook niet te pakken gekregen. Hij was aan het golfen op de Azoren en zou volgens zijn vrouw rond middernacht thuiskomen.

Toen Nathalie de ingang van UNT naderde, zag ze haar op de stoep voor het gebouw staan. De zon scheen op haar rode haar, dat flakkerde als een vlam in de grillige wind. Ze rookte een sigaret en wankelde op haar hoge hakken.

'Mama. Wat doe jij hier?'

Sonja keek om en Nathalie zag aan de glazige glans in haar ogen dat ze gedronken had. Ze was verbaasd. Haar moeder vertoonde zich gewoonlijk nooit in beschonken staat in het openbaar.

Nathalie snelde naar haar toe.

'Wat doe je hier? Hoeveel heb je gedronken?'

'Dat waren twee vragen te veel,' zei haar moeder met een glimlachje, en ze trapte haar sigaret uit op de stoep.

Nathalie zag haar blauwige tanden en rook haar zure adem. Ze trok haar moeder mee naar een bankje aan de overkant van de straat.

'Wat doe je hier?' herhaalde Nathalie, terwijl haar irritatie aangevuld werd met schuldgevoel omdat ze haar moeder eerder die dag had afgepoeierd.

Heel even trok de mist in Sonja's blik op. Ze greep Nathalie bij de arm en vroeg: 'Gaat het wel met je, lieverd?'

'Hoe bedoel je? Dat kan ik beter aan jou vragen.'

Sonja knikte naar het gebouw van de krant.

'Ga je met ze praten?'

'Hoezo?'

'Je bent sterk,' zei haar moeder. 'Kan ik vijfhonderd kronen van je lenen? Ik heb mijn portemonnee thuis laten liggen. Ik moet naar de kapper.'

'Ik kan je geld geven voor een taxi,' antwoordde Nathalie, en ze gebaarde naar een taxi die als een geschenk uit de hemel net iemand afzette bij hotel Gillet. 'Ik kom vanavond langs, dan eten we samen.'

'Eerst zien, dan geloven,' verzuchtte haar moeder. 'Misschien ga ik liever naar Håkan, hij heeft gezegd dat ik welkom was als ik me zorgen maakte...'

'Heeft Håkan dat gezegd?'

Ze was oprecht verbaasd. Normaal gesproken meed Håkan haar moeder als de pest.

'Ja, niet iedereen is zo'n egoïst als jij,' zei Sonja, en ze stapte met tegenzin in de taxi.

'Ik wil je niet in de buurt van Tea en Gabriel hebben als je gedronken hebt, dat weet je.'

Nathalie gaf de chauffeur twee briefjes van honderd en zei dat hij Sonja haar wisselgeld moest geven als hij haar had afgezet aan Rosenvägen.

Sonja keek haar door het raampje strak aan. De taxi reed weg en Nathalie belde haar vader.

'Hoi, met mij. Stoor ik?'

'Nathalie, wat leuk! Ik ga net een vergadering in. Is het belangrijk, of kan ik je later terugbellen?'

'Gaat het wel goed met mama? Ik kwam haar net tegen in de stad, en ze had meer gedronken dan anders. Ik heb haar in een taxi naar huis gezet.'

'Je weet hoe ze kan zijn. Ik heb haar vanmorgen nog gesproken, en toen was alles normaal.'

'Ze leek me neurotischer dan ooit,' verzuchtte Nathalie.

'Ik begrijp het,' zei haar vader afstandelijk, zoals altijd als er iemand in de buurt kwam die hem kon horen. 'Ik zal haar na mijn vergadering bellen. Nu moet ik gaan, ik spreek je later.'

Hij hing op. Nathalie haalde diep adem en liep naar de ingang.

16

'Ga zitten,' zei Tomas Telin met een gebaar naar de bezoekersstoel.

Zonder te wachten tot ze ging zitten vouwde hij zijn twee meter lange lichaam dubbel als een zakmes en plofte neer op zijn stoel achter zijn overvolle bureau.

'Je wilde het over Adam hebben,' vervolgde Telin, en hij reed zijn stoel naar achteren tot een van de wieltjes tegen de muur knalde. Achter hem waren de jaloezieën van het raam op Dragarbrunnsgatan dicht.

Met een verbluffende snelheid sloeg hij het ene been over het andere en vouwde zijn handen over zijn rechterknie. Zijn nagels waren geel en gebarsten en ze ving een zwakke rooklucht op. Ze vermoedde dat hij achter het gebouw een sigaret had gerookt, vlak voor hij haar had verwelkomd met een energieke handdruk die ze nog steeds kon voelen.

'Fijn dat je tijd vrij kon maken,' zei ze. 'Ik heb maar een kwartiertje, dus ik kom meteen ter zake, als...'

'Prima,' onderbrak Telin haar. 'Hier houden we van efficiëntie. Verschrikkelijk, wat er toen met Adam is gebeurd. Denk je dat er een verband is met de moord op die acteur, hoe heette hij ook alweer... Ekengård?'

'Klopt,' zei ze. 'Maar daarvan ben jij toch zeker net zo goed op de hoogte als ik?'

Telin stootte een schor lachje uit.

'Dat zou je denken, maar tegenwoordig... Over een maand ga ik met pensioen, dus ik concentreer me niet zo op de details. Ik probeer liever het grote geheel te overzien, de ethische aspecten in het oog te houden en de komende reportages voor te bereiden. Voor namen en dat soort dingen heb ik een hele redactie tot mijn beschikking. Het zal voor artsen toch niet anders zijn, jij kent vast ook niet al je patiënten bij naam? Zo was het althans toen ik vorig jaar aan mijn galblaas...'

'Adam,' kapte ze hem af, en ze vroeg zich af of dit bezoek haar iets zou opleveren.

'Juist, sorry, ik babbel maar door,' verontschuldigde Telin zich.

'Wat kun je je nog herinneren van de bedreiging door acteur Carl-Henric Gyllenborg?'

'Niet meer dan wat ik aan de telefoon al zei. Hier heb ik de recensie,' zei Telin, en hij gaf haar een geplastificeerd krantenknipsel aan.

Toen ze het artikel zag, kreeg ze een brok in haar keel. Ze kuchte het weg en keek in Telins blauwe ogen, waarboven witte, borstelige wenkbrauwen prijkten.

'Komt het vaak voor dat recensenten bedreigd worden?'

'Nee,' antwoordde Telin. 'Die paljas was een trieste uitzondering. En Adam stond nog maar aan het begin van zijn...'

Telin fronste en richtte zijn blik naar de gang. 'Maar ik steunde Adam, ik raadde hem aan om aangifte te doen.'

Ze knikte. Uit haar handtas pakte ze een kopie van het artikel over Galaxen, dat ze over tafel naar Telin toe schoof. Telin pakte zijn leesbril en boog voorover.

Ze wees op de krabbel waarin ze een B zag en liet de agenda zien, waarin dezelfde aantekening vier keer voorkwam.

Tomas Telin zette zijn bril af en keek haar strak aan.

'Dit is nieuw voor mij,' zei hij. 'Ik weet alleen nog dat Adam een anonieme tip had gekregen waarvan niemand op de redactie, ikzelf incluis, wist waarover het ging. Hij was zwijgzaam, maar gefocust. Het gebeurde wel vaker dat hij de impact van zijn artikelen overschatte, maar wat deze tip betrof leek hij echt beet te hebben.'

Telin keek nog eens goed naar Adams aantekeningen en zoog op het pootje van zijn bril.

'Het lijkt me onmiskenbaar dezelfde B, dat ben ik met je eens. Maar het is nooit duidelijk geworden wie of wat die B was.'

Gezoem in haar handtas. Ze verontschuldigde zich en pakte haar mobiel, terwijl haar hart tekeerging. Ze keek op het scherm. Drie woorden.

Kom je gauw?

Het was van Gabriel. Ze slaakte een onhoorbare zucht van verlichting en stopte haar mobiel terug.

'Was er iets bijzonders aan dit artikel?' vroeg ze.

Met een soepele beweging legde Telin zijn handen in zijn nek terwijl hij zijn blik naar de ventilator aan het plafond richtte. Een donkere schaduw gleed over zijn gezicht, als een korte zonsverduistering aan een straalblauwe hemel.

'Ja, eigenlijk wel,' besloot hij. 'Adam was erg betrokken bij die zaak, hij had het voortdurend over het lot van die jongeren.'

'Het artikel is op 30 maart verschenen,' zei ze. 'De tweede had Adam een afspraak bij Ofvandahls en kreeg hij die tip. Daarna had hij nog drie afspraken met B, tot de dag voor de moord, dus op vrijdag 9 april.'

Ergens achter een stapel mappen ging een mobiel. Telin trok een geïrriteerd gezicht en zette het geluid uit.

'Dus jij denkt dat de tip iets met het artikel te maken had?' vroeg hij.

'Dat lijkt me wel aannemelijk, als dat een B is,' antwoordde ze. 'En daarbij kwam ik Adam toevallig tegen in de kliniek, drie dagen nadat hij die tip had gekregen. Hij zei dat hij daar was voor zijn werk en dat ik het er met niemand over mocht hebben.'

'Daar heeft hij nooit iets over gezegd,' zei Telin, en hij haalde zijn schouders op. 'Maar ik weet nog dat ik aan een politieagent heb verteld dat Adam zich intensief bezighield met die jeugdzorginstelling, dat die klus hem gespannen en nerveus maakte. Dat kun je gerust bij ze navragen...'

Ze voelde een rilling door haar lichaam trekken, als wanneer de tandarts tandsteen wegschraapte. Daar had Frank niets over gezegd.

'Weet je de naam van die agent nog?'

Tomas Telin hoestte en knikte.

'Ja, dat was die vriend van Adam, hoe heette hij ook alweer... Frank Hammar?'

17

Frank Hammar keek naar de personeelsingang van de schouwburg. Het was kwart voor vijf. Inspecteur Maria Sanchez had er al vijf minuten geleden moeten zijn. Ze had niet de gewoonte om te laat te komen, maar hij besloot haar nog vijf minuten te geven voor hij haar zou bellen.

Hij dacht aan Nathalie, verlangde naar haar. Binnenkort zou ze begrijpen dat ze meer hoorden te zijn dan vrienden.

Hij was al verliefd op haar sinds de eerste keer dat hij haar zag, maar toen was zij gelukkig met Adam en was hij met Louise. Toen Adam stierf waren Louise en hij echt verliefd. Ze trokken zich terug van de wereld in het algemeen en Nathalie in het bijzonder. Hij wist niet waarom, maar Louise was daarachter de drijvende kracht geweest. En toen had die blaaskaak van een Håkan uiteindelijk Nathalie zover gekregen om met hem te trouwen.

Louise en Frank waren naar Stockholm verhuisd. Ze hadden een gelukkig huwelijk gehad, maar waren in de loop der jaren uit elkaar gegroeid. Hij was een zelfverklaarde bohemien en workaholic, zij een oppervlakkige ijdeltuit die meer interesse had in de laatste wenkbrauwmode dan in politiek en maatschappelijke vraagstukken. Een halfjaar geleden was de koek op geweest.

Nu Nathalie zo vaak in Stockholm was, waren zijn gevoelens voor haar weer opgelaaid. Ze was stoerder en mooier dan ooit.

Toen hij zijn fiets, een Crescent met drie versnellingen, op slot zette in het fietsenrek, kwam Maria Sanchez bij de 7-Eleven de hoek om hollen. Ze was buiten adem en zweetpareltjes glinsterden op haar goudbruine voorhoofd. Zoals altijd was ze onopvallend gekleed in een spijkerbroek en een lichtblauw windjack.

'Storing in de metro,' zei ze. 'Sorry.'

'Geeft niet,' zei Frank. Hij trok zijn wolvengrijns en gaf haar een klap op haar schouder.

Maria Sanchez was de rijzende ster van de regionale recherche. Ze was op haar vijfde geadopteerd uit Peru en had in haar zevenentwintig jaar in Zweden de politieacademie, een halve rechtenstudie en twee zilveren medailles in de nationale taekwondokampioenschappen in haar zak kunnen steken. Ze reisde uitsluitend met het openbaar vervoer, was overtuigd vegetariër en lette erop dat de hele afdeling netjes het afval scheidde.

'Nog nieuws?' vroeg ze.

'Nee. Onze zangvogeltjes in de onderwereld beweren niets te weten over die revolver, en het team van FO heeft in Rickards computer geen biografie of iets anders van interesse aangetroffen.'

'Ik heb net te horen gekregen dat het Forensisch Instituut klaar is met de analyse van de kauwgom,' zei Sanchez, hoorbaar trots dat ze beter op de hoogte was dan haar baas.

Ze hield hem een paar seconden lang in spanning en zei toen: 'Helaas geen match met onze databanken.'

'Zoals verwacht,' zei Frank.

'Ja, de dader is vast geen boefje of gestoorde seriemoordenaar op verlof van zijn terbeschikkingstelling. We zoeken iemand die met tien jaar tussentijd zijn slachtoffers in koelen bloede neerschiet en in een fontein dumpt...'

'Carl-Henric Gyllenborg heeft in beide zaken een motief,' zei Frank. 'En het is op zijn minst merkwaardig te noemen dat hij in de dagen na de moord onbereikbaar in zijn huisje aan de scherenkust zat.'

Ze gingen naar binnen door de personeelsingang.

'We hebben een afspraak met Carl-Henric Gyllenborg,' zei Frank tegen de jonge receptioniste.

'Oké,' zei ze, en ze keek op haar computerscherm. 'Drie trappen op, en dan de gang links. Zijn naam staat op de kleedkamerdeur, ik zal bellen om te zeggen dat jullie eraan komen.'

Toen het slot zoemde, trok Frank de messingen deur open en liet met een hoffelijk gebaar Sanchez voorgaan. Hun stappen weergalmden op de stenen trap en vermengden zich met het geluid van stemmen in alle toonaarden, verre pianoklanken en een boor die dwars door alle massief stenen muren heen klonk.

De deur van de kleedkamer zat op slot. Er werd niet opengedaan toen ze klopten. Toen Frank voor de derde keer zijn vuist hief, kwam achter hen over de gang een man in een overall aanlopen.

'Dat heeft geen zin, ze zijn nog aan het repeteren.'

'We hebben een afspraak met Carl-Henric Gyllenborg,' zei Frank. 'Waar kunnen we hem vinden?'

'Het grote podium. Loop maar mee, ze kunnen elk moment klaar zijn. Anders wordt het voor de derde keer deze week overwerken.'

Ze volgden de man over de gang, een wenteltrap op en tussen twee zwarte gordijnen door, die op twintig meter hoogte aan rails aan het plafond hingen, samen met schijnwerpers, kabels en andere half verscholen voorwerpen. De man knikte naar het verlichte podium.

Frank en Maria stapten over kabels en katrollen. Ze bleven zo dicht mogelijk bij het podium zonder in het licht te stappen. Op het podium stond een man met een zwarte cape en een hoed teksten te declameren met zijn gezicht richting een schijnwerper. Carl-Henric Gyllenborg.

Achter hem laaide een lange, smalle vlam op. Het orkest in de orkestbak begon te spelen. Een ensemble van zeven in het wit geklede personen stapte vanuit de coulissen het podium op en zong 'Questo è il fin di chi fa mal' uit *Don Giovanni.*

Gyllenborg wankelde naar achteren. Plotseling viel hij in een gat in het podium en was hij weg.

Frank keek Maria vragend aan. Ze fluisterde: 'Dit is de slotakte, nog een paar minuten.'

Toen de laatste toon was weggestorven, gingen de lichten aan. Zangers, acteurs en podiumtechnici liepen kriskras door elkaar en volgden de aanwijzingen op van een vrouwenstem uit de zaal.

Frank en Maria liepen terug naar de kleedkamer. Nu stond de deur open. Carl-Henric Gyllenborg begroette hen met een buiging en een brede glimlach op zijn langwerpige gezicht. Hij pakte een witte handdoek en droogde zijn voorhoofd af.

'Welkom in mijn stulpje,' zei hij met een heldere stem en een dictie die Frank deed denken aan de matineefilms die zijn vader op zondagmiddag op tv placht te kijken.

Ze schudden hem de hand en toonden hun legitimatie. Gyllenborg liet niet doorschemeren of hij Frank herkende. De acteur was een kop kleiner dan Frank, maar had een statigheid die de hele kamer vulde. Met een zwierig gebaar nam hij zijn zwarte flambard af en haalde een hand door zijn blonde haardos.

In het echt is hij nog knapper, dacht Maria toen ze zijn smeulende blik ving. Verwaande zak, dacht Frank, en hij voelde zich een boerenpummel.

'Het spijt me dat u even moest wachten,' zei Gyllenborg. Hij legde zijn hoed op tafel en deed de deur achter hen dicht. 'Maar op vrijdag is de première, en dan moet alles kloppen.'

Hij gebaarde naar twee krukken en nam zelf plaats aan de kaptafel. Deed een openstaand laatje dicht en wierp een blik in de spiegel.

'Een dramatisch effect, dat vagevuur,' begon Maria.

'Ja,' zei Gyllenborg met een glimlachje. 'Ik land dan wel op een dikke matras, maar het luistert zeer nauw. Maar ik ben blij dat we de slotakte zo doen. Eerst wilde de regisseur dat ik me zou verhangen aan een dameskous, maar dat vertikte ik.'

'Een interessante uitvoering,' zei Frank, en hij vroeg zich af waarom hij die aansteller nog aanmoedigde ook.

'Zeker,' zei Gyllenborg. 'Deze mix van Molière en Mozart is de eerste van vele geplande coproducties met de Opera. Maar dat is vast niet de reden van uw komst, toch?'

Zijn blauwe ogen richtten zich op Sanchez en een snaaks lachje speelde om zijn mondhoek.

'Nee,' zei ze. 'Waar was u afgelopen zaterdagavond?'

'Zaterdagavond?' echode Gyllenborg. 'Toen was ik thuis in mijn appartement, ik lag al vroeg onder de wol. Op zondagochtend ben ik naar mijn huisje op Kymmendö gereden en ik ben vanmiddag pas teruggekomen, zoals u weet. We hadden een paar dagen vrij omdat de regisseur ziek was.'

'Dus u hebt geen alibi voor de moord op Rickard Ekengård?' vroeg Maria.

'Nee, maar al waren we misschien niet de beste vrienden, ik ben zeer aangeslagen. Hij was een... uniek acteur.'

'Nu krijgt u de rol van Gustaaf III, nietwaar?' vervolgde Maria.

'Ach!' riep Gyllenborg uit, en hij spreidde zijn armen alsof hij al helemaal in zijn koningsrol zat. 'Daar is mij niets van bekend.'

'Volgens de filmmaatschappij bent u de eerste gegadigde,' hield Maria vol. 'Ik heb een uur geleden nog met producent Jack Lahger gesproken.'

Gyllenborg nam een slok uit een theekop met een afbeelding van Napoleon erop. Zijn gezicht verhardde en zijn joviaal-charmante toon was als sneeuw voor de zon verdwenen toen hij zei: 'Daar gaat mijn agent over. Ik kan er verder niets over zeggen.'

'Maar u was teleurgesteld toen Rickard de rol kreeg,' bracht Frank in. 'Met het oog op wat u in de personeelskantine hebt gezegd...'

'U hebt geen idee hoeveel spijt ik daarvan heb! Dat was de laatste keer dat ik Rickard zag...'

Franks mobiel zoemde. Toen hij zag dat het Nathalie was, drukte hij haar weg. Hij richtte zijn aandacht weer op Gyllenborg en zei: 'U hebt hem vrijdag rond het middaguur gebeld. Waarom?'

'Deze kleedkamer was dubbel geboekt. Ik liet hem weten dat ik niet van plan was mijn boeltje te pakken, alleen maar omdat zijn kleedkamer verbouwd zou worden. Vraagt u dat gerust na bij de beheerder van het gebouw. Klas Pedersén is zijn naam.'

'Wat zei Rickard?' vroeg Maria.

'Dat hij de kleedkamer zou nemen die hem was toegewezen, en dat was deze. Ik zei dat hij dat mooi kon vergeten.'

'Rickard werkte aan een autobiografie,' zei Frank. 'Weet u daar iets van?'

'Nee, dat is nieuw voor mij.'

'Hoe was hij de afgelopen weken?' vroeg Maria.

'Hoe bedoelt u?'

'Maakte hij een gespannen of gestreste indruk?'

'Niet voor zover ik heb gemerkt.'

Frank gooide het over een andere boeg.

'Kunt u zich de moord op journalist Adam Starlander nog herinneren, bijna exact tien jaar geleden?'

'Ja, dat weet ik nog,' zei Gyllenborg met een bezorgd gezicht. 'Een vreselijke zaak. Denkt u dat het dezelfde dader is?'

'Wat denkt u?' kaatste Maria Sanchez terug.

Met een theatraal gebaar liet Gyllenborg zich tegen de rugleuning zakken. Hij stak zijn kin naar voren zodat hij op haar neerkeek en antwoordde: 'Ik heb werkelijk geen flauw idee.'

'U hebt Adam Starlander enkele dagen voor hij werd vermoord bedreigd,' zei Maria.

'Ja,' zei Gyllenborg, en weer spreidde hij zijn armen. 'Ik ben niet de meest evenwichtige persoon, ik ben een gevoelsmens. Daarom ben ik ook zo goed in mijn vak,' zei hij, en hij rondde af met een gebaar naar zichzelf in de spiegel.

'Kent u Nathalie Svensson?' vroeg Frank.

'Nee, wie is dat?'

'Zij was erbij toen u Adam bedreigde in die boekhandel,' verduidelijkte Frank, en hij peilde Gyllenborgs lichtblauwe ogen. Daarin was geen spoor van herkenning te zien.

'Zegt de voorletter B u iets?'

Stellig en met een lege blik schudde Gyllenborg zijn hoofd. Op de gang passeerde een vrouw die een aria zong.

'Nu moet u mij toch eens uitleggen waar u op zinspeelt,' zei Gyllenborg. 'Ik heb een lange repetitie achter de rug en moet uitrusten voor we weer verdergaan.'

Uit een jas die aan een kleerhanger hing pakte Gyllenborg een elektronische sigaret, en hij nam een paar haaltjes.

'Ik probeer te stoppen,' verklaarde hij. 'Roken is slecht voor mijn stem. En snus is uiteraard geen alternatief,' besloot hij met een knikje richting Franks opbollende bovenlip.

De stoom kwam uit Franks oren, maar hij hield zich in. Tot zijn opluchting nam Maria het van hem over.

'Bewaart u uw pistolen en uw revolver thuis?' vroeg ze.

'Ja.'

'Wanneer hebt u ze voor het laatst gebruikt?'

'Twee weken geleden, tijdens het oefenen op de schietvereniging.'

Maria veranderde van onderwerp.

'Uw adres is Götgatan 47, klopt dat?'

'Ja, maar dat wist u toch zeker al?' antwoordde Gyllenborg.

'Hoe komt u meestal hiernaartoe?' vroeg Frank.

'Op de fiets. Hoezo?'

'Welk merk fiets is dat?'

'Een heel gewone DBS met drie versnellingen, een blauwe. Hij staat buiten in de fietsenstalling, mocht u hem willen zien.'

'We zullen uw fiets moeten meenemen,' zei Frank. 'We hebben een inbeslagnamebevel bij ons. Op dit moment doen onze collega's een huiszoeking bij u. We zullen ook uw wapens onderzoeken.'

De kilte keerde terug in Gyllenborgs ogen.

'Ben ik verdachte?'

'U hebt in beide zaken een motief en u kunt met vuurwapens omgaan,' zei Frank.

'Ik wil dat u nu vertrekt,' zei Gyllenborg.

'We willen eerst graag een DNA-monster bij u afnemen,' zei Maria, en ze haalde de kit uit haar tas.

Gyllenborg knikte stijfjes. Frank zag dat Maria hem iets langer dan noodzakelijk met het wattenstaafje betastte.

18

Toen Frank en Maria weer buiten in Nybrogatan stonden, ging Franks telefoon. Het was Nathalie weer. Hij zei tegen Maria dat ze elkaar over een uurtje op het bureau zouden zien. Ze knikte en gebaarde naar het forensisch team dat klaarstond om Gyllenborgs fiets mee te nemen. Frank nam op en liep de trap van de schouwburg op, waar een handjevol mensen zich koesterde in de avondzon.

'Hoi, heb je even?' begon Nathalie.

Hij hoorde meteen dat ze van streek was.

'Ja hoor,' zei hij.

'Ik heb Adams oude hoofdredacteur gesproken, Tomas Telin...'

'O ja?'

Frank liep naar de buste van Strindberg, waar hij redelijk ongestoord kon praten. Nathalie vervolgde: 'Waarom heb je nooit gezegd dat Telin jou heeft verteld dat Adam druk bezig was met dat artikel over de jeugdzorginstelling? En dat hij er gespannen en nerveus onder was?'

Aan de andere kant van de lijn werd het stil.

Nathalie keerde het gebouw van UNT de rug toe en liep in

westelijke richting door Dragarbrunnsgatan. Ze moest voortdurend uitwijken voor mensen die net zo gestrest als zij op weg naar huis van hun werk waren. Frank schraapte zijn keel en kaatste terug: 'Dus je hebt op eigen houtje Telin opgezocht? Ik had toch gezegd dat je je er niet mee moet bemoeien, Nathalie! Je moet erop vertrouwen dat ik mijn werk doe.'

'Hoe kan ik daarop vertrouwen als je me niet de waarheid vertelt?'

Frank zuchtte en keek naar de meeuwen die krijsend boven de wandelaars en de boten in de Nybroviken cirkelden.

'Omdat de politie geen informatie vrijgeeft over lopende onderzoeken, net zomin als artsen over hun patiënten praten.'

'Maar ik ben verdomme toch niet zomaar iemand! Kom op, Frank! Waarom heb je niets gezegd?'

Twee jonge Duitse toeristes kwamen zijn kant op om een foto van Strindberg te maken. Frank liep de drie treden af naar het trottoir. Het meeuwengekrijs zwol aan toen een kind een stukje brood in het water gooide. Frank verhief zijn stem en zei: 'Ik kan me dat gesprek met Telin nog wel herinneren. Het artikel over Galaxen maakte inderdaad deel uit van het onderzoek, maar dat schoot me pas weer te binnen toen ik het opnieuw las. Maar we hebben het er nooit over gehad of Adams krabbel in de kantlijn een B was.'

'Zie je dan niet dat het een B is?' drong ze aan.

'Ik begrijp waar je heen wilt, maar het kan ook iets anders zijn geweest, een acht of zomaar wat geklad.'

'Hebben jullie ook onderzoek gedaan naar Galaxen?'

'Ik heb de informatie over Adams werk doorgespeeld aan mijn baas, commissaris Erlander.'

'Alf Erlander?'

'Ja, hoezo?'

'Hij was een neef van Håkans vader, dat weet je toch?'

'Ja, dat heb je weleens verteld,' zei Frank.

'Hij is omgekomen bij een auto-ongeluk... slechts een paar maanden na Adams dood.'

'Ik weet het. Ontzettend tragisch, hij was een uitstekende baas.'

Nathalie moest aan Håkan denken. Hij had al lang geleden het contact met Alf verbroken. Toen ze had gevraagd waarom, had ze geen duidelijk antwoord gekregen. Alleen dat familiebanden je niet verplichtten om met iemand om te gaan.

Op zich typisch Håkan, zo'n antwoord, maar toch vond ze het raar. Zelf had ze Alf Erlander nooit ontmoet.

'Heeft Erlander ook met Jacques Levinder gesproken?' vroeg ze.

'Ja,' zei Frank, en hij deed een stap terug van het trottoir toen een fietskoerier met dertig kilometer per uur aan kwam sjezen. 'Maar dat heeft niets opgeleverd.'

'Ik denk dat die tip waar Adam mee bezig was te maken had met Galaxen,' zei Nathalie. 'Dat die B iets wist wat hij of zij wilde onthullen. Ik denk dat Adam daarom opdook op mijn afdeling in het ziekenhuis. Ik weet niet wat het verband tussen Galaxen en mijn afdeling was, maar ik kan zo van alles bedenken.'

Ze zag Adam voor zich op de gang. De vastberadenheid in zijn bruine ogen, zijn hand op haar schouder. *Beloof me dat je tegen niemand zegt dat je mij hier hebt gezien. Het is belangrijk.*

Opnieuw een zucht van Frank. Hij begon weer richting Nybrogatan te lopen. Het zwarte busje van Forensische Opsporing reed weg richting Birger Jarlsgatan.

'Zolang we niets concreets hebben, kunnen we er niets mee. We weten niet eens waar die B voor staat. En bovendien wijst veel erop dat Adam beroofd was.'

'Je weet dat ik daar niets van geloof,' zei Nathalie geïrriteerd. 'Ik had vandaag een patiënt die hevig reageerde op de naam Jacques Levinder.'

Nathalie vertelde over haar afspraak met Elisabeth, terwijl Franks opmerking over beroepsgeheim onafgebroken in haar achterhoofd galmde. Daarom noemde ze Elisabeth niet bij naam.

'Het lijkt me nogal vergezocht dat het iets met Adam te maken heeft,' zei Frank. 'Je moet het haar de volgende keer maar vragen. Het lijkt me beter als je het nu loslaat, Nathalie. Het is niet goed voor je.'

Die woorden troffen haar als een verlammende pijl terwijl ze haar auto van het slot haalde. Misschien had hij gelijk?

'Tussen ons gezegd en gezwegen kan ik je vertellen dat we Jacques Levinder hebben nagetrokken,' zei Frank. 'Hij heeft niets op zijn kerfstok, nog geen parkeerboete. En het opvangtehuis staat in het hele land bekend om zijn goede resultaten.'

'Het zal wel,' zei ze.

'Gaat het wel met je, Nathalie? Je klinkt moe.'

'Ja hoor,' zei ze, en ze zonk neer achter het stuur. 'Ik moet nu de kinderen ophalen, ik spreek je later.'

'Voor je ophangt, nog één ding: we hebben die twee sms'jes van je stalker nagetrokken.'

'En?'

'Het eerste, dat welterustenberichtje, is verstuurd in de buurt van Stureplan. Het tweede, waarin stond dat het fijn was dat je naar huis was gegaan, was afkomstig uit de omgeving van het Centraal Station in Uppsala.'

Ze keek om zich heen. Hier ergens in de buurt, constateerde ze. En op die parkeerplaats stond de auto waarin naar alle waarschijnlijkheid Adams moordenaar was gevlucht.

'Dus dan weet je dat,' zei Frank. 'Zorg goed voor je schattebouten, ik spreek je morgen.'

'Dank je, Frank. Sorry dat ik zo narrig was.'

Toen ze haar telefoon op de bijrijdersstoel legde, zag ze zichzelf in de achteruitkijkspiegel. Ze zag het bodemloze donker van haar pupillen, zag Adams gedrevenheid, hoorde Rickards wegstervende fluistering.

Al haar aarzeling en angst waren op slag verdwenen toen ze de motor startte. Ze zou de duisternis niet uit de weg gaan. De waarheid onder ogen zien, hoe verschrikkelijk die ook was. Hoe had ze ooit kunnen twijfelen? Haar vlaag van zwakte had haar dubbel zo vastbesloten gemaakt.

Levinder kon ze morgen pas zien. Maar er was iemand anders die ze nog liever wilde spreken.

Ze keek op de klok.

17.30 uur.

Als ze doorreed, zou ze het nog redden voor de naschoolse opvang dichtging.

Tien minuten later parkeerde ze haar auto voor een bruine flat van zeven verdiepingen in Flogsta, Elisabeths laatst bekende adres. Ze stapte uit en keek om zich heen. De wijk, die voor bijna negentig procent werd bewoond door studenten, was nog net zo somber en claustrofobisch als toen ze er zelf had gewoond in het eerste jaar van haar studie geneeskunde. In haar hoofd hoorde ze weer het helse Flogstageschreeuw, dat elke avond rond tienen uit de vensters van de flats klonk wanneer de studenten het uitschreeuwden van beklemming. Vanwege hun studie, vanwege de deprimerende woonomstandigheden, vanwege de toekomst die misschien niet zo rooskleurig was als ze hadden gehoopt.

Ze liep naar ingang 56. Er was een koude wind uit het noorden opgestoken. Een donkere wolkenbank kwam aandrijven over de daken en wierp lange schaduwen over gras, asfalt en bakstenen.

Het trappenhuis was net zo armoedig als de voorgevel. De helft van de lampen aan het plafond was kapot. Het stonk er naar etenswalmen, groene zeep en kattenpis. Nathalie haastte zich naar Elisabeths kamer, rechts in de gang op de begane grond.

Ze drukte met haar duim op de bel en hoorde het knetterende geluid aan de andere kant van de bruine deur.

19

UPPSALA,
DINSDAG 29 APRIL 2014

Om kwart voor negen parkeerde Nathalie haar Volvo voor de psychiatrische praktijk van Jacques Levinder in Övre Slottsgatan.

'Het is de ingang links van het antiquariaat in het bruin met roze gebouw van drie verdiepingen,' had hij gezegd toen ze tien minuten geleden had gebeld. Ze kon meteen langskomen, als ze maar om halftien klaar waren.

Gek genoeg had hij niet gevraagd waar het over ging. Net zo gek was het dat de anders zo norse man vriendelijk en verwelkomend had geklonken.

Nathalie stapte uit en trok haar nieuwe lentejas strak om zich heen. Die nacht was de temperatuur gedaald tot drie graden boven nul en sneeuwkorreltjes van een millimeter doorsnede dwarrelden rond in een nijdige wind. Gabriel had op en neer gesprongen van blijdschap, terwijl Tea had geklaagd dat ze het koud had toen ze de kinderen afzette op het schoolplein. Geheel volgens de wet van Murphy had ze net de winterkleren opgeborgen, en in de wegtikkende seconden van het strakke ochtendschema had ze geen tijd gehad om ze weer tevoorschijn te halen.

Elisabeth Rapps abrupte vertrek bezorgde haar hoofdbrekens. Ze was niet thuis en nam de telefoon niet op. Maar omdat Nathalie weinig wist van haar leven buiten de sporadische consulten, had het geen zin om te speculeren. Misschien logeerde ze bij een vriend of vriendin, misschien was haar beltegoed op, misschien had ze gewoon geen zin om op te nemen. Nathalie hoopte dat ze vandaag Elisabeths oude dossier uit het regionale archief zou krijgen.

Haar hoge hakken klikten op de stoep, waar de weinige sneeuwvlokken die het hadden gehaald smolten zodra ze de keien raakten. Voor ze het gebouw binnenging, keek ze over haar schouder de straat af. Niemand die haar volgde.

Hopelijk is het voorbij, dacht ze. Haar stalker had niets meer van zich laten horen, en de vorige avond was een oase van knusheid geweest. Na het eten had ze de kinderen geholpen met hun huiswerk. Toen ze als beloning een halfuurtje mochten gamen, had Nathalie het laatste vragenformulier van Gabriels ADHD-arts ingevuld. Daarna had ze de open haard aangestoken, tosti's en melk geserveerd en een hoofdstuk uit *Harry Potter* voorgelezen. Håkan had niets van zich laten horen. Dat was prettig, maar ook een beetje vreemd in het licht van de gebeurtenissen van de laatste dagen.

De tijdelijke harmonie was slechts verstoord door een telefoontje van haar moeder. Met een dikke tong van de wijn had ze gezegd dat ze Adam zo miste en dat Nathalie een stomme vergissing had gemaakt door bij Håkan weg te gaan. Zoals altijd toonde ze geen greintje zelfinzicht wat haar eigen huwelijk of haar drankprobleem betrof, maar Nathalie had haar naar de mond gepraat en haar de belofte ontfutseld dat ze zou gaan slapen.

Tot haar spijt had ze geen tijd meer gehad om Adams spullen te doorzoeken. Toen de kinderen voor het slapengaan nog een bakje yoghurt aten, was ze alle ramen en deuren nagelopen en had ze Adams jachtmes onder haar bed gelegd. Ze kon zich niet voorstellen dat ze het zou durven gebruiken, maar de wetenschap dat het daar lag was geruststellend op zich.

Na het voorlezen was ze tussen Tea en Gabriel in slaap gedommeld en ze had de hele nacht met haar kleren aan geslapen. De afgelopen twee nachten had ze er voor het eerst spijt van gehad dat ze zo afgelegen was gaan wonen. Op deze plek waren bos, duisternis en water de enige stille getuigen.

Wie ben je? Wat wil je van me? Telkens als ze zich die vragen stelde, kwam ze tot een ander antwoord. Alsof ze naar een rorschachtest keek en steeds weer nieuwe figuren zag.

De veiligheidsdeur van Levinders praktijk zwaaide met zo'n kracht open dat ze de tocht in haar gezicht voelde.

'Welkom!' Jacques Levinder lachte en gaf haar een stevige, droge handdruk. Afgezien van zijn roodverbrande kleur zag hij er nog net zo uit als op de openingsreceptie van het nieuwe psychiatrische ziekenhuis. Hij was een kop kleiner dan zij en zijn kale kruin glom in het licht van de lamp in de hal. Zijn baard was keurig getrimd en hij was onberispelijk gekleed in een grijs pak, zijn buik bulkte over zijn riem. Glanzend gepoetste bruinleren schoenen, een donkerblauwe stropdas met een geel fleur-de-lismotiefje.

Met een joviaal gebaar nodigde hij haar uit in een hoekkamer met eikenparket, twee Perzische tapijten en pompeuze rococomeubels. Aan de wand hingen twee elandgeweien en een antiek jachtgeweer. Onder de geweien stond een golftas met een stuk of tien clubs erin.

'Wat het uitzicht betreft heb ik niets te klagen,' zei Levinder tevreden, en hij maakte een gebaar naar de universiteit, de kerktorens en het slot. 'Wat een weer voor april, nietwaar? Dat was op de Azoren wel anders, kan ik je vertellen. De enige die tijdens het studentenlentefeest van morgen blij is met zulk weer is de politie... Hoe kouder, hoe rustiger, zoals je vast wel weet.'

Nathalie keek verrast naar de zon, die ze hiervandaan aan de ijsblauwe hemel zag staan boven het wervelende sneeuwgordijn. De vlokken fonkelden als diamanten rond de toren van de domkerk.

'Hetzelfde geldt voor de drukte op de spoedeisende psychiatrische hulp,' zei ze, en ze trok haar jas uit. 'Hoewel bij ons soms juist mooi weer dat effect heeft.'

'Ja, dat is waar,' zei Levinder, en hij hing haar jas op een knaapje. 'Je weet vast wel dat ik veel doorverwijzingen krijg van het studentengezondheidscentrum.'

Ze gingen tegenover elkaar zitten aan een donker bureau. Levinder schoof een kaartspel opzij, vouwde zijn handen op tafel en keek haar ernstig aan.

'Bedankt dat je tijd vrij kon maken,' begon ze. 'Misschien heb je al gehoord dat ik getuige was van de moord op Rickard Ekengård.'

Jacques Levinder trok verbaasd zijn wenkbrauwen op.

'Nee, dat wist ik niet... ik heb natuurlijk wel gelezen over die moord, maar niet dat jij...'

Hij keek haar aan met zijn grijze ogen. Kil en uitdrukkingsloos als twee stenen in een beek.

'Ja,' ging ze verder. 'Misschien kun je je nog herinneren dat mijn verloofde, Adam Starlander, tien jaar geleden voor het station is neergeschoten.'

'Ja, natuurlijk weet ik dat nog,' zei Levinder, en hij knikte invoelend zoals alleen iemand met tientallen jaren ervaring in de psychiatrie dat kon.

'Ik probeer te weten te komen waarom Adam is vermoord,'

zei ze. 'De dader is nog steeds op vrije voeten, zoals je wellicht weet?'

Levinder streek over zijn kale schedel en keek uit het raam, waar de roze façade van het slot door de sneeuw heen schemerde.

'Heb je Adam weleens ontmoet?' vroeg ze.

Hij richtte zijn blik weer op haar, knikte peinzend en zei: 'Hij werkte als verslaggever voor UNT, toch? Schreef hij niet over de opening van Galaxen?'

'Inderdaad,' zei ze.

'En later schreef hij over die vernielingen waarmee we te maken kregen, toch?'

Ze vroeg zich af of die wedervragen van Levinder een retorisch trucje waren om zelf geen antwoord te hoeven geven.

'Dat klopt,' zei ze. 'Hoe zat het eigenlijk met die vernielingen?'

'Ach!' riep Levinder uit met een scheef glimlachje. 'Dat waren gewoon wat opgeschoten jongeren, kinderen van ouders uit de buurt die het tehuis niet in hun woonwijk wilden hebben. Ze waren bang dat de waarde van hun villa's zou dalen.'

'Wat voor indruk had je van Adam?'

Levinder vouwde zijn handen op zijn buik.

'Ik heb hem niet vaak genoeg ontmoet om te zeggen dat ik hem kende. Hij schreef die artikelen, dat was het.'

'De maandag voor de moord dook hij op op afdeling 50 van Halleråker. Ik liep mijn coschappen daar en jij was verantwoordelijk chef-arts, maar die maandag was je afwezig in verband met de vernielingen aan Galaxen.'

'Dat is lang geleden, maar als jij het zegt, zal het wel zo zijn.'

'Adam was bezig met een tip die hij op de krant had gekregen…'

'Ik weet niet hoe ik je zou kunnen helpen.'

'Ik denk dat hij op de afdeling was in verband met die tip. Heb je enig idee waarover die had kunnen gaan?'

Levinders grijze ogen flitsten even op, voor ze weer dof en ondoorgrondelijk werden.

'Hoe zou ik dat kunnen weten? Zoals je zei was ik die dag niet eens aanwezig. Wie was verantwoordelijk chef-arts?'

'Christian Weiss, maar hij kwam alleen heel even langs voor een zitting van de districtsrechtbank en weet nergens van. Ik heb hem nog gebeld voor ik hierheen kwam.'

Jacques Levinder keek haar vorsend aan. Ze vervolgde: 'Heeft de politie je verhoord over Adam?'

'Ja. Ik wist niets over die tip, noch wat hij op de afdeling deed. En zoals ik zei weet ik nu nog minder. Het is al meer dan tien jaar geleden.'

'Wie heeft je destijds verhoord?'

'Een commissaris... Erlander heette hij, geloof ik.'

'Vroeg hij ook naar Galaxen?'

Jacques Levinders blik dwaalde af naar het elandgewei.

'Ik meen van wel, maar daar was niets bijzonders aan. Je verloofde had gewoon een paar artikelen geschreven over onze innovatieve behandelmethodes. Het lijkt me onwaarschijnlijk dat die tip die je noemde iets met ons te maken had. Dan had hij daar wel vragen over gesteld, toch?'

'Weet je nog of een inspecteur met de naam Frank Hammar erbij was toen je werd verhoord over Adam?'

'Nee, alleen commissaris Erlander. Hoezo?'

Ze gaf geen antwoord en schoof in plaats daarvan het artikel over Galaxen naar hem toe. Levinder zette zijn leesbril op en veerde op toen zijn ogen waren gefocust.

'Ja!' riep hij uit. 'Dit was bij de opening. Toen hadden we nog geen idee hoe succesvol ons concept zou worden. Weet je wel aan hoeveel districten we ons model hebben verkocht?'

'Nee.'

'Zeventien! Straks zijn we in het hele land te vinden.'

'Ben je er nog steeds actief bij betrokken?'

'Alleen als bestuurslid.'

'Samen met Olof Jönsson en Pierre Hielmstedt?'

'Ja, onder anderen.'

'Waren zij erbij toen je Adam ontmoette?'

'Zoals je ziet worden ze beiden geciteerd in het artikel,' antwoordde Levinder met een knikje naar de krant.

Ze leunde voorover en wees op de aantekening waarin ze een B zag.

'Zie je wat hier staat?'

Levinder kneep zijn ogen tot spleetjes.

'Nee,' zei hij, en hij keek naar de klok boven de deur. 'Over vijf minuten komt mijn patiënt.'

'Het is een B,' zei ze. 'Heb je enig idee waar die voor zou kunnen staan?'

'Is dit een soort raadseltje?'

'Ik denk dat Adam bezig was met een tip over de psychiatrie en Galaxen. En dat zijn afspraken met deze B te maken hadden met de tip.'

Zo. Nu had ze misschien te veel gezegd. Maar ze had niet veel tijd meer en ze was amper een stap verder gekomen sinds ze hier was.

Levinder reageerde niet, maar zijn pupillen vernauwden zich. Nathalie ging verder: 'Kun je je nog een patiënte met de naam Elisabeth Rapp herinneren?'

Met een vlugge beweging stond Jacques Levinder op, trok zijn stropdas recht en deed een stap bij zijn stoel vandaan om aan te geven dat de audiëntie voorbij was.

'Elisabeth Rapp?' herhaalde hij. 'Zonder mijn beroepsgeheim te schenden kan ik zeggen dat ze niet mijn patiënt is. Waarom vraag je dat?'

'Ze is mijn patiënt,' antwoordde ze. 'Ze zag een folder van jouw praktijk en reageerde daar hevig op, maar ze wilde niet zeggen waarom.'

'Ik heb geen flauw idee,' zei Levinder. 'Als je mijn hulp nodig hebt, mag je haar gerust doorverwijzen, maar onthoud wel dat ik alleen gecompliceerde gevallen aanneem.'

Nathalie stopte het artikel terug in haar map, stond op en vroeg: 'Was Elisabeth Rapp patiënt in Galaxen?'

Een scheef lachje en het antwoord: 'Je weet net zo goed als ik dat ik daar geen antwoord op kan geven.'

Hij liep naar de deur en opende die. Ze wierp een blik op het geweer.

'Jaag je nog steeds?'

'Leuk dat je langskwam,' zei Levinder.

Hij ging op dezelfde plek voor het raam staan als waar hij haar had zien aankomen. Wachtte en keek naar de sneeuwvlokken, die rondwervelden alsof ze de grond nooit zouden bereiken.

Hun wegen zijn net zo onberekenbaar als een mensenleven, hun bestemming net zo onvoorspelbaar, filosofeerde hij. Die gedachte bracht een glimlach op zijn gezicht en hij snoof de geur van Nathalie Svenssons parfum op.

Nu kwam ze naar buiten. Zelfverzekerde stappen, zonder achterom te kijken. Ze stapte vlug in haar auto en reed weg over Övre Slottsgatan, in de richting van het slot. Toen ze linksaf Drottninggatan insloeg en uit het zicht verdween, liep hij terug naar zijn bureau.

Over tien minuten is ze bij het ziekenhuis, dacht hij, en hij pakte zijn mobiel.

20

Dat heeft niet veel opgeleverd, dacht Nathalie, en ze sloeg rechts af Nedre Slottsgatan in. Hoewel haar vragen Jacques Levinder overduidelijk een ongemakkelijk gevoel hadden bezorgd, wist ze niet zeker of hij de waarheid verzweeg of ronduit tegen haar had gelogen. Woorden en gezichtsuitdrukkingen en de toon van zijn stem wervelden rond in haar hoofd als de sneeuw voor haar voorruit. De ruitenwissers veegden de prut heen en weer en het zicht kwam en ging net als haar herinneringen aan Adam. Had de tip iets te maken gehad met zaken waar Levinder meer van wist?

Ze passeerde de zwanenvijver, waar de eenden en zwanen met hun kop in hun verenpak gestoken langs de kant zaten. Toen ze vaag het Villa Kakelbont-achtige gebouw aan de overkant van de ovale vijver zag, moest ze – getriggerd door het kaartspel op Levinders bureau – denken aan het pokertoernooi waaraan Adam een avond kort voor zijn dood had deelgenomen.

Wanneer was het precies geweest? Ze werd in Adams kielzog getrokken en de herinneringen stoven op als zand op de zeebodem.

Adam in zijn nette pak, met een stropdas die hij had geleend van haar vader. Het kaartspel dat hij kort daarvoor had gekocht en dat hij voortdurend schudde zonder het onder de knie te krijgen. Nathalie had met Louise gegeten in Smålands Nation, het gebouw van de Smålandse studentenvereniging. Varkenshaas met gebakken aardappels. Louise had geflirt met een knappe ober uit Kalmar. Het was Louises verjaardag geweest. 7 april. Twee dagen voor de moord.

Adam, die nooit speelde om geld, zou meedoen aan een pokertoernooi in Flustret. Hij was gestrest en had gezegd dat hij bezig was met een artikel over de plannen van de staat om casino's te openen in Zweden. Hij zou vroeg weer thuis zijn, wat hij waarschijnlijk ook was – daar werd haar herinnering vaag.

Ze had over Adams bezoek aan Flustret verteld aan Frank en een andere agent. Ze hadden het nagetrokken, maar het had nergens toe geleid.

Woensdag 7 april. Een en twee dagen voor de afspraken met B in het 'hotel' en 'O'L'. Vierentwintig uur voor de afspraak op het station.

Was er een verband tussen de tip en het pokertoernooi? Het zou haar op zich niet verbazen als Adam aan meerdere artikelen tegelijk had gewerkt, ambitieus als hij was.

Ze parkeerde de auto voor het ziekenhuis en belde Frank.

21

UPPSALA, 2004

Voor de ingang van Flustret kronkelde een lange rij door de lenteavond. Adam sloot aan achter drie mannen van middelbare leeftijd in pak, die grapjes maakten en elkaar op de rug sloegen op een manier die beneveling, kameraadschap en opwinding over het aanstaande toernooi verried.

Met een vlugge blik om zich heen stelde hij vast dat er alleen mannen in de rij stonden. De meeste waren van middelbare leeftijd en gekleed als voor een chic diner. De enigen die niet in het plaatje pasten waren vier mannen van Adams leeftijd, met paardenstaarten en leren jacks met het logo van een van Uppsala's motorclubs op de rug.

Gelukkig heb ik een pak aangetrokken, dacht Adam, en hij schoof een stukje door toen de rij achter hem aanzwol. Het was belangrijk om op te gaan in de massa, hij moest eruitzien alsof hij was gekomen om te pokeren. Als iemand hem herkende, zou hij zeggen dat hij hier in zijn vrije tijd was en niet als journalist. De organisatoren wilden vast graag dat het gerucht over de pokeravonden in Flustret zich zou verspreiden, maar ze letten er ongetwijfeld op dat alleen de juiste soort informatie uitlekte. Als ze dachten dat hij een kritische onderzoeksjournalist was, zou hij er bij kop en kont uit vliegen. Als uitkwam waarom hij hier daadwerkelijk was, zou het nog veel erger kunnen aflopen.

Hij haalde diep adem, probeerde te ontspannen. De frisse lucht was aangenaam koel in zijn longen. Het was een mooie avond, achter het geelwitte houten gebouw gloeide het lentegroen van Stadsträdgården in de ondergaande zon.

Zijn hart bonkte niet meer in zijn keel. Hij had de situatie onder controle. Nathalie was de enige die wist dat hij hier was, en zij praatte haar mond niet snel voorbij.

Het verbaasde hem dat er zoveel belangstelling was voor poker. Voor hem was het spel een noodzakelijk kwaad. Hij was op jacht naar de waarheid, naar een onthulling die zijn carrière een boost zou geven. Met zo'n scoop zou hij misschien zelfs een baan krijgen bij een van de grote kranten in Stockholm. Maar in de eerste plaats was hij hier om het weerzinwekkende te onthullen dat zich in de luwte voltrok.

Hij liet zijn blik nog eens ronddwalen. Nog altijd geen bekende gezichten. Volgens de organisatie zouden er ongeveer tweehonderd deelnemers zijn. Hij had zich een avond en nacht lang voorbereid, al zou het doorlezen van de regels hem niet ver brengen.

Bij de ingang moest hij zijn legitimatie laten zien aan twee kale mannen met een uitgestreken smoelwerk. Hij betaalde vijfhonderd kronen, werd afgevinkt en kreeg een briefje waarop stond dat hij lid was van Uppsala's pokervereniging. Met die constructie was het een besloten club, wat inhield dat ze legaal om geld konden spelen.

Die opzet kwam hem uitstekend uit. Hij hoopte achteraf een lijst van alle deelnemers te kunnen opvragen. Maar dat was nu nog niet aan de orde. Zijn volgende zet was onvoorspelbaar en hing af van de tegenstander, als bij een schaakpartij die gelijk opging.

In de grote salon was het rumoerig. Op de dansvloer stonden een stuk of twintig ronde tafels opgesteld. Daarop lagen kaarten en stapels fiches in verschillende kleuren klaar. De aanwezige mannen maakten links en rechts een praatje, dronken en pronkten; zo te zien was de machtsstrijd al voor het spel begonnen. Adam kreeg een glas mousserende wijn van een meisje in een witte blouse en zwart schort en begaf zich onopvallend naar de rand van de salon.

Nog altijd herkende hij niemand. Wat als de tip die hij had gekregen niet klopte? Wat als ze niet zouden komen?

Kalm blijven, sprak hij zichzelf toe. Hij trok de knoop van zijn stropdas losser en deed alsof hij aan zijn champagne nipte om niet uit de toon te vallen.

Tot zijn verbazing zag hij Frank. Hij stond met een biertje in de hand te praten met een andere man, die aan zijn gemillimeterde haar en zijn twee meter lange bodybuilderslijf te zien net als Frank van de politie was. Frank zag er voor zijn doen netjes uit in een grijs jasje over een zwart T-shirt, en hij had zijn eeuwige blauwe spijkerbroek verruild voor een zwarte.

Instinctief liep Adam de andere kant op. Hij zou maar moeilijk kunnen luistervinken als hij met Frank in gesprek raakte. Hij vond het vreemd dat Frank niet had gezegd dat hij ook zou komen. Maar ze hadden elkaar al een paar dagen niet gesproken, en hij had zelf ook niet verteld dat hij hier zou zijn.

Frank verdween uit zijn blikveld. Een halve minuut later zag Adam ze. Twee heren die de salon binnenliepen, met hun zelfverzekerde glimlach, dure pak en glimmend gouden horloge. Algauw sloten meer mannen zich bij het gezelschap aan. Toen ze allemaal hun drankje hadden gekregen en proostten, telde Adam in totaal zes personen. Vier van hen herkende hij, van wie twee een grote verrassing waren.

Onder zijn overhemd ging zijn hart als een razende tekeer. Met geveinsde desinteresse naderde hij hen van opzij op zijn zogenaamde rondje door de salon. Zijn plan was eenvoudig en bestond eruit te proberen iets op te vangen waarin hij verder kon graven. Zijn camera had hij thuisgelaten, want die had hij toch niet mee naar binnen mogen nemen.

Hij hield de mannen in het oog. Hoe dichtbij durfde hij te komen? Zouden ze hem herkennen?

Hij liep naar een lege plek achter de mannen. Keerde zijn oor naar hen toe en voelde de spanning door zijn lichaam razen toen hij merkte dat hij hen woord voor woord kon verstaan.

Op dat moment klom de voorzitter van de kersverse pokervereniging op het podium en vroeg ieders aandacht.

Hij heette iedereen hartelijk welkom en gaf toen het woord aan een croupier van een casino in Kopenhagen, die de regels uitlegde. Ze kregen hun plaats aan tafel toebedeeld volgens een vooraf gedane loting. Adam belandde recht tegenover een van de mannen die hij kende. De man gaf geen blijk van herkenning, niet wat Adam noch de zeven andere mannen aan tafel betrof. Misschien was het een soort herenakkoord: hier was je om te pokeren, of je nu crimineel, directeur, student of journalist was.

Tot Adams opluchting trokken meerdere spelers hun jasje uit. Hij volgde hun voorbeeld, maar toen hij de natte plekken onder zijn oksels voelde, trok hij zijn jasje weer aan.

Het spel begon. Adam moest zich inspannen om het te volgen. Hij wilde geen aandacht trekken door te laten merken hoe slecht hij was in poker. Af en toe keek hij tersluiks hoe het de mannen aan de andere tafels verging. Een van hen zat tussen Frank en een van de kerels van de motorclub.

Na twee uur en dertig rondes verloor Adam zijn laatste fiches. Tot zijn vreugde hadden twee van de andere mannen hun tafel ook al verlaten. Ze zaten met een biertje aan de bar. Adam liep erheen, bestelde een alcoholarm biertje en ging een paar meter verderop staan.

Toen een halfuur later de laatste van het trio eruit vloog, kwam hij bij zijn kompanen aan de bar staan. Hij oogde zichtbaar teleurgesteld, wilde niet eens een biertje toen hem dat werd aangeboden.

Adam wilde dichterbij komen, maar hij durfde niet. Hij nipte van zijn bier en wachtte. Toen, als op een onhoorbaar bevel, knikten de mannen eensgezind en liepen naar de uitgang. Adam zette zijn glas zo snel op de bar dat het bijna omviel.

Tot zijn verbazing werden ze ook bij vertrek afgevinkt.

Wat zou er nu gebeuren? De mannen leken niet van plan om naar huis te gaan. Zou hij zo'n mazzel hebben dat ze naar de plek gingen waarover hij had gehoord? Dat er iets zou gebeuren wat de onwaarschijnlijke tip bevestigde?

Hij had een droge mond en zijn hart bonkte in zijn keel. Hij kon zich wel voor zijn kop slaan dat hij zijn camera niet had meegenomen, maar hij moest er maar het beste van maken.

Buiten had de schemering plaatsgemaakt voor de nacht. De gekleurde lampjes in de bomen brachten licht in de duisternis, daarbij geholpen door de lantaarns rond de zwanenvijver en de warm verlichte muren van het slot.

Het trio stapte in een zwarte BMW met getinte ruiten. Adam zag dat geen van hen achter het stuur plaatsnam. Hij was blij dat hij de mede-eigenaar van de Saab zover had gekregen hem vanavond de Saab te gunnen.

De BMW reed de parkeerplaats af. Adam startte de motor en zette de achtervolging in.

22

UPPSALA,

DINSDAG 29 APRIL 2014

'Hoi Frank, met Nathalie. Heb je even?'

'Wacht even, dan ga ik naar mijn kamer.'

Ze hoorde stemmen en een deur die dichtging.

'Nu hoor ik je,' zei Frank. 'Hoe gaat het?'

'Gaat wel, ik ga zo aan het werk,' zei ze. 'Ik zit in de auto en verzamel moed om de sneeuwstorm in te gaan. Zijn jullie al wat opgeschoten?'

'Het gaat langzaam, helaas,' verzuchtte Frank. 'We hebben Rickards mobiel en laptops doorgespit en met zijn collega's en vrienden gesproken. Het enige wat we hebben gevonden is een warboel aan affaires met vrouwen.'

'Geen memoires?'

'Geen woord. Misschien was hij er nog niet aan begonnen?'

'Hij zei van wel, maar ik weet het verder ook niet.'

'Bij zijn collega's en vrienden was er niets van bekend. Wel vreemd dat hij het jou wel heeft verteld, vind je niet?'

Ja, dacht ze. Maar in feite was alles aan hun hartstochtelijke nacht even onwerkelijk geweest.

'Hoe ging het met Gyllenborg?' vroeg ze.

'De huiszoeking heeft niets opgeleverd,' zei Frank. 'Zijn wapens waren in orde, maar we wisten al dat de moord met een ander wapen is gepleegd. Zijn fiets komt overeen met sommige getuigenverklaringen en met de bandensporen, maar dat geldt voor de meeste fietsen in de stad.'

Sneeuwvlokken stoven op, alsof iemand voor haar auto met een laken wapperde. Ze knipperde met haar ogen en keek hoe laat het was. Vijf voor tien.

'Hebben jullie Adams zaak nog onderzocht?'

'We hebben verder geen link met Rickard gevonden, afgezien van het moordwapen. Maar ik denk dat je gelijk hebt over die B in het artikel. Dat denkt onze handschriftexpert ook.'

Daar hoef je geen expert voor te zijn, dacht ze geërgerd. Ze vroeg: 'Gaan jullie behalve Jacques Levinder nog meer mensen verhoren in verband met de jeugdzorginstelling? Hoe zit het met die twee andere mannen uit het artikel, die politicus Olof Jönsson en advocaat Pierre Hielmstedt?'

'Nee,' antwoordde Frank, en hij hoestte. 'Daar is geen aanleiding voor. Levinder was de enige met wie Adam contact had.'

Dat was niet wat Levinder had gesuggereerd...

'Ik reed net langs Flustret,' zei ze. 'Hoe zat het met het onderzoek naar die pokeravond waar Adam ook naartoe was geweest?'

'We hebben naar dat toernooi gekeken toen we in kaart brachten wat hij deed in de dagen voor zijn dood, maar daar kwam niets bijzonders uit,' zei Frank.

Ze staarde door de voorruit en kreeg het gevoel dat de waarheid over Adam binnen handbereik lag, maar zo onzichtbaar was als een ijsbeer in een sneeuwstorm.

'Was er een deelnemerslijst van het toernooi?' vroeg ze.

'Ja,' bevestigde Frank afwezig.

'Kun je die naar me faxen? Misschien kan ik er iets mee. Hoeveel spelers met een naam die begint met een B er waren, bijvoorbeeld.'

'Ik weet het niet, Nathalie. Daar ligt onze focus niet. We richten ons nu volledig op Rickard Ekengård.'

Tot haar verbazing vervolgde hij: 'Maar goed, dat kan ik wel voor je doen. Als het maar tussen ons blijft, want je zult begrijpen dat ik daarmee buiten mijn boekje ga. Naar welk nummer kan ik het faxen?'

Nathalie gaf hem het nummer en vroeg hem een kwartier te wachten, zodat ze zeker wist dat ze de fax persoonlijk kon ontvangen.

Ze beëindigde het gesprek en beloofde te bellen zodra ze de lijst in handen had.

Ze had haar mobiel net in haar jaszak gestopt toen ze een sms'je kreeg.

Ik moet je nog eens zien. Je bent zo'n mooie, sensuele vrouw.
Ik wil je iets langer vasthouden dan de vorige keer 😉

Bengt Vallman. Ondanks alle ellende gaf het haar een kick dat hij zo aanhoudend was. Wijn en seks waren het beste medicijn tegen zorgen, dacht ze.

Ik zie je in De Kikker, wordt gezellig.

Net toen ze het portier opende, ging haar telefoon. Hij is wel erg opdringerig, dacht ze, tot ze zag dat het Håkan was.

Even overwoog ze niet op te nemen, maar toen bedacht ze dat er misschien iets met de kinderen was. Ze keek hoe laat het was en zag dat ze nog drie minuten had. Ze trok het portier weer dicht en nam op.

'Dag, met mij,' begon hij toonloos.

'Ik ben op mijn werk. Is het belangrijk?'

'Maatschappelijk Werk heeft ons laatste samenwerkingsgesprek verschoven naar volgende week woensdag, dezelfde tijd.'

Ze had een hekel aan het woord 'samenwerkingsgesprek'. In hun geval stond het voor het tegenovergestelde. Håkan werkte slechts mee omdat zijn collega's hadden gezegd dat de rechtbank in uitspraken over ouderlijk gezag veel waarde hechtte aan bereidheid tot samenwerken.

'Waarom bel jij me om dat te vertellen?'

'Omdat ik onze contactpersoon bij Maatschappelijk Werk heb aangeboden dat te doen.'

Håkan, altijd even behulpzaam. Gadver.

'Staat genoteerd,' zei ze. 'Trouwens, spreek jij je oude collega Pierre Hielmstedt nog weleens?'

'Nee, hoezo?'

'Jagen jullie niet meer samen?'

'Nee, je weet toch dat ik daarmee ben opgehouden toen de kinderen kwamen?'

'Wat voor iemand is Pierre?'

'Wat is dit allemaal?'

Ze zweeg, kreeg het benauwd. Ze deed het portier een stukje open.

'Ik zat na te denken over de moord op Adam. Hielmstedt is mede-eigenaar van jeugdzorginstelling Galaxen, waar Adam over schreef voor hij werd vermoord.'

Het werd weer stil. Een paar sneeuwvlokjes dwarrelden de auto in, verkoelden haar huid. Ten slotte gaf Håkan antwoord.

'Ik weet niet waar je mee bezig bent, maar Pierre Hielmstedt is een van de beste advocaten van de stad.'

'En Alf Erlander, de neef van je vader. Waarom heeft je familie het contact met hem verbroken?'

Op vijandige toon antwoordde Håkan: 'Ik heb hier echt geen tijd voor. Nu moet ík aan het werk. Dag Nathalie.'

Ze bleef zitten met haar telefoon in haar hand, liet de sneeuwvlokken op haar huid vallen en de wind binnenwaaien, tot ze uiteindelijk uitstapte en zich naar het ziekenhuis haastte. De kou die ze voelde kwam van binnenuit en stamde uit een andere wereld.

Op de trap van het medisch centrum zag ze iets groens opfladderen bij de fietsenstalling links van haar. Als verlamd bleef ze staan. Sneeuwvlokken prikten in haar ogen. Een paar seconden lang was ze verblind.

Ze vloekte hardop, voelde de adrenaline door haar aderen gieren en de kou verjagen. Toen ze de sneeuw uit haar ogen had geveegd, zag ze iemand met een groene jas naar de infectiekliniek fietsen. Even later was hij of zij verdwenen achter een gordijn van sneeuw.

Haar hand greep naar de telefoon in haar zak. Zou ze Frank bellen? Ze haalde haar telefoon tevoorschijn, maar bedacht zich. Overdreef ze nu niet een beetje? Ze kon niet voor iedereen met een groene jas de politie bellen.

Doelbewust liep ze de laatste treden op, met gebogen hoofd en een hand voor haar ogen. Voor ze de hoek bij het medisch centrum omging, wierp ze nog een blik op de fietsenstalling. Geen mens te zien. Gesterkt in haar overtuiging dat ze overdreef liep ze door.

Het psychiatriegebouw, dat door sommige van haar collega's het P-huis was gedoopt, leek wel een ruimteschip in de sneeuwstorm. De futuristische façade bestond voor negentig procent uit rechthoekige, blauw getinte ruiten van onbreekbaar glas. Het was het volmaakte tegenbeeld van het befaamde gebouw van de medische faculteitsvereniging en het slot, dat normaal gesproken te zien was achter de bomen van het bos. Nathalie vond het een mooi gebouw.

Op een ochtend, na een slapeloze nachtdienst, had ze eens met één been aan elke kant van de goot gestaan die de duizend jaar oude straatkeien scheidde van het nieuwe, gladde beton, en gedacht dat die goot net zo goed symbool stond voor Uppsala's verdeeldheid tussen oud en nieuw als voor haar leven. Voor en na Adam, voor en na de kinderen.

Nu stapte ze er snel overheen, maar de associatie schoot haar altijd weer even te binnen wanneer ze de hobbelige keitjes voelde overgaan in glad beton.

Toen ze haar jas had opgehangen in haar kamer, snelde ze naar het kantoortje op de begane grond, waar de fax stond waarvan ze Frank het nummer had gegeven. Het was niet ideaal, maar dit was het enige faxnummer dat ze uit haar hoofd kende.

Ze keek op de klok. Zeven over tien.

Nu zou Frank de fax moeten sturen, als hij zich aan zijn belofte hield. Als door telepathie gaf de fax een klikje en begon te ratelen. Ze stapte er vlug op af en zei tegen de doktersassistenten dat het voor haar was.

Ze moest zich inhouden om het papier niet uit de fax te trekken, die trager leek te malen dan ooit.

Haar hart ging tekeer toen ze het logo van de politie van Uppsala en de dagtekening zag: 7 april 2004.

Het was de deelnemerslijst van het pokertoernooi in Flustret.

Twaalf pagina's in totaal, met namen en tijdstippen.

23

Met de pagina's in haar hand nam ze de lift naar haar kamer. Ze zag dat haar eerste patiënt van die dag, een leraar met paniekaanvallen, al in de wachtkamer zat. Hij was een kwartier te vroeg en moest nog even wachten. Ze was Frank dankbaar dat hij was afgeweken van het protocol en haar de lijst had gestuurd. De vraag was of ze iets bruikbaars zou vinden, of dat ze slechts dieper in het verdriet over Adam dook. Haar dringende wens om de lijst te zien leek haar opeens overdreven. Dacht ze echt dat ze iets zou vinden wat de politie over het hoofd had gezien? Plotseling was die vraag net zo tastbaar als de vellen papier in haar klamme hand.

Net toen ze de deur wilde dichtdoen, kwam de chef-arts van de kliniek, Torsten Ulriksson, aanlopen over de gang. Hij knikte en stak zijn hand op, zoals altijd wanneer hij haar wilde spreken.

'Hé Nathalie, goed je te zien. Heb je even?'

'Natuurlijk, kom binnen,' zei ze. 'Ga zitten.'

'Eigenlijk wilde ik alleen even vragen hoe het gaat. Ik heb gehoord wat je hebt meegemaakt...'

'Het gaat wel, hoor. Ik ben blij dat ik aan het werk kan en me op iets anders kan richten.'

'Het moet verschrikkelijk zijn geweest,' zei Ulriksson.

Nu wil hij dat ik me ziek meld, dacht ze, voor hij verderging: 'Waarom ga je niet met iemand praten? Daar hebben we hier toch mensen voor.'

'Later misschien,' zei ze. 'Ik heb veel te doen en...'

Toen ze hoorde hoe stom dat klonk, onderbrak ze zichzelf en zei: 'Ik heb alles onder controle. Ik heb veel steun van de politie.'

'Kun je je werk aan?' vroeg Ulriksson, terwijl hij haar indringend aankeek.

'Zeker, zoals je weet is routine de beste remedie in dit soort situaties. Niet dat ik getraumatiseerd ben, maar je begrijpt wat ik bedoel, toch?'

Waarom spreek ik mezelf steeds tegen? Tot haar opluchting knikte Ulriksson.

'Goed zo,' zei hij. 'Maar kom naar me toe als je hulp nodig hebt, beloof je dat?'

'Beloofd,' zei ze met een knikje. 'Dank je.'

Toen hij weg was, pakte ze met trillende hand de stapel papier. Op pagina twee vond ze Adams naam. Hij was om 19.13 uur aangekomen bij Flustret.

Op pagina zeven vond ze zijn naam opnieuw. Hij had het etablissement om 22.33 uur verlaten.

Nu herinnerde ze zich dat hij rond middernacht was thuisgekomen en haar had gewekt. Waar was hij anderhalf uur lang geweest? Op de redactie om te schrijven?

Ze bladerde terug naar pagina twee en scande methodisch de deelnemers die voor Adam waren gearriveerd. Het viel haar op dat het alleen mannen waren, van wie ze een paar namen herkende: twee collega's, een voormalige leraar van de kleuterschool van haar kinderen, een manische patiënt met een uitkering en gokschulden, haar kapper in Svartbäcksgatan.

Plotseling sloeg de kou haar om het hart, alsof de wind dwars door het dichte raam de kamer binnenwaaide. Ze moest twee keer met haar ogen knipperen. Geen twijfel mogelijk.

Om 18.55 uur waren ze aangekomen. Jacques Levinder, Pierre Hielmstedt en Olof Jönsson.

Met bonkend hart bladerde ze weer naar pagina zeven. Adam had Flustret twee minuten na de drie mannen verlaten.

Hij is ze gevolgd, stelde ze vast, en ze stond zo snel op dat ze haar heup stootte aan haar bureau.

Wat was er het daaropvolgende uur gebeurd?

Ze ging weer zitten en deed haar ogen dicht. *Dit kan me de Grote Prijs voor de Journalistiek opleveren, Nathalie.*

Ze dacht terug aan haar gesprek met Levinder. Hij had er met geen woord op gezinspeeld dat hij Adam had gezien in Flustret.

Verstrooid bladerde ze door de lijst. Ze schrok op toen ze Franks naam zag staan. Hij was een halfuur voor Adam aangekomen en om twee uur 's nachts vertrokken. Waarom had hij daar niets over gezegd?

Voor ze daar een antwoord op kon bedenken, vond ze tot haar verbazing ook Håkan, Carl-Henric Gyllenborg en nog een aantal bekende namen op de lijst. Het leek wel of de halve stad die avond in Flustret was geweest, maar geen van hun gezamenlijke kennissen was kort voor of na Adam aangekomen of vertrokken.

Håkan pokerde nooit, maar toen ze zag dat hij daar was geweest met zijn collega's van het advocatenkantoor, begreep ze dat hij was meegegaan in de hoop zijn kansen op vennootschap te vergroten, wat voor hem boven alles ging.

Ze keek op de klok boven de deur. Halfelf.

Haar patiënt moest nog maar even wachten. Ze belde Frank. De telefoon ging meerdere keren over en net toen ze wilde ophangen, nam hij op.

'Waarom heb je niet gezegd dat jij die avond ook in Flustret was?' begon ze.

Op de achtergrond hoorde ze een schrapend geluid en Frank die iets onhoorbaars zei en een kort antwoord kreeg.

'Frank, hoor je me?'

'Ja,' antwoordde hij. 'Ik ben met het forensisch team in Rickards appartement. Wat zei je?'

Ze herhaalde haar vraag.

'Omdat het niets met de zaak te maken heeft,' verklaarde Frank. 'Ik heb Adam de hele avond niet gezien.'

'En de heren van Galaxen?' drong ze aan. 'Jacques Levinder, Pierre Hielmstedt en Olof Jönsson?'

'Ik heb gezien dat zij er waren,' beaamde Frank. 'Maar het antwoord is nee: ik wist het niet. In dat geval had ik het natuurlijk wel verteld. Maar destijds wist ik amper wie ze waren.'

'Bedoel je dat hun namen niet zijn opgedoken in het onderzoek?' vroeg ze, en ze liep naar het raam.

'Inderdaad. Erlander was degene die de lijsten checkte, en hij zei dat er geen aanknopingspunten waren.'

Ze leunde met haar voorhoofd tegen het glas, voelde de koelte.

'Dus de drie mannen werden niet verhoord over die avond?'

'Alleen Levinder,' zei Frank, en hij klonk vermoeid. 'Ze hebben alle drie een alibi voor de moord, dus ze waren niet interessant voor het onderzoek.'

'Hoe bedoel je?'

'In Erlanders verhoor van Jacques Levinder staat dat hij thuis, in zijn villa, een pokeravond hield in de nacht dat Adam werd vermoord. Hielmstedt en Jönsson waren erbij. Ze gingen pas rond drie uur 's nachts weg, uren na de moord dus.'

'Ik heb vanmorgen een bezoek gebracht aan de praktijk van Jacques Levinder.'

'Wát zeg je?'

Toen ze het hele verhaal had verteld, vroeg Frank haar voor de zoveelste keer om zich niet te bemoeien met het onderzoek. Ze ging er niet op in en vroeg: 'Gaan jullie Levinder nog eens verhoren?'

'Misschien, maar dat is hoe dan ook niet jouw zaak.'

'Alsjeblieft, Frank, je moet me helpen. We zijn toch vrienden?'

'Ja,' snoof hij. 'En juist daarom wil ik niet dat je de speurneus uithangt.'

Om het gesprek niet te laten ontsporen zei ze: 'Carl-Henric Gyllenborg was ook in Flustret... net als Håkan en een heleboel andere kennissen.'

'Gyllenborg?' zei Frank. 'Weet je dat zeker?'

'Heb je dat ook al niet gezien?'

'Ik had geen tijd om de hele lijst door te lopen. Zoals ik zei werd dit spoor al vroeg afgeschreven.'

'Hij kwam om 18.55 uur aan en vertrok om 00.40 uur,' zei Nathalie.

'Daar zal ik hem eens over aan de tand voelen,' zei Frank verbouwereerd. 'Misschien is hij Adam die avond tegengekomen en heeft hij hem weer uitgescholden over die recensie. Misschien heeft Adam hem afgepoeierd en heeft Gyllenborg toen besloten om wraak te nemen...'

'Maar Adam zou het verteld hebben als hij Gyllenborg weer was tegengekomen,' wierp Nathalie tegen. 'Ik denk echt dat het met Galaxen te maken heeft.'

'Hou op, Nathalie. Je moet erop vertrouwen dat wij ons werk doen.'

Toen ze had opgehangen, bleef Nathalie met de telefoon in haar hand voor het raam staan. Ze zag haar eigen spiegelbeeld in de ruit. Een groep van een stuk of twintig jongeren kwam aanlopen over de heuvel naar de ingang, onder begeleiding van een man en een vrouw. Ze herinnerde zich dat de kliniek vandaag bezoek zou krijgen van een schoolklas. Gelukkig was dat niet haar verantwoordelijkheid.

Tijd om mijn patiënt binnen te laten, besloot ze, en ze constateerde dat ze hem al zeven minuten te lang had laten wachten.

Net toen ze zich wilde omdraaien, zag ze iets wat haar verlamde van schrik. Helemaal achteraan in de groep liep iemand in een groene anorak, met de capuchon diep over het hoofd getrokken. Gympen en een spijkerbroek, een zwarte sporttas in de rechterhand.

Nathalie bleef als versteend staan. Ze zag diegene vlak achter twee meisjes met een rugzak en een paardenstaart aan lopen. Op een paar meter van de ingang keek hij of zij omhoog naar Nathalie. Ze kon niet zeggen of het een man of een vrouw was, maar ze kreeg sterk de indruk dat diegene niet bij de groep hoorde.

Toen de groene jas door de ingang uit zicht verdween, bracht ze haar vinger naar haar telefoon. Voor ze de eerste één kon intoetsen, werd ze gebeld. Ze schrok van het getril en hapte naar adem, net als Tea wanneer ze moest hoesten.

'Verdomme,' vloekte ze zachtjes toen ze zag dat het haar moeder was. Ze snelde naar de vaste telefoon op haar bureau en belde 112. Vertelde wie ze was en waarom ze belde, werd doorverbonden met de hoofdinspecteur van dienst. Hij beloofde onmiddellijk een wagen te sturen en vroeg: 'Hoeveel uitgangen heeft het pand?'

'Minstens vier.'

'Denkt u dat deze persoon gevaarlijk is?'

'Geen idee, ik weet niet eens wat hij of zij van me wil!'

Toen ze de wanhoop in haar stem hoorde, ging haar hart nog heviger tekeer.

'Doe de deur op slot en blijf in uw kamer,' zei de hoofdinspecteur. 'We zijn over tien minuten bij u.'

Nathalie negeerde de instructies en rende haar kamer uit, de gang door naar het trappenhuis. Ze ging voor de balustrade staan en zag de schoolklas samendrommen op de begane grond.

Daar.

De persoon in de groene anorak stond naar de informatieborden te kijken. Nog altijd met de capuchon als perfecte vermomming.

Nu heb ik je.

Ze stormde de trap af.

24

'Goed, we zijn klaar hier,' zei forensisch onderzoeker Yngve Höök, en hij deed zijn tas dicht. 'Dan gaan we nu naar de berging op zolder.'

'Doe dat. Ik kom over vijf minuten.'

Frank bleef staan in Rickard Ekengårds woonkamer in Banérgatan. Door het raam scheen het licht van een ochtend die zo loodgrijs was dat er geen streepje blauw te zien was. Ze hadden het appartement minutieus doorzocht zonder enig aanknopingspunt te vinden. Nu was hun hoop gevestigd op de berging op zolder en de computers, die nog steeds doorzocht werden op het bureau.

De memoires waarover die aansteller had opgeschept tegen Nathalie waren vast gewoon een praatje geweest om indruk te maken, dacht Frank. Hij staarde naar de leren bank, zag voor zich hoe Rickard zijn arm om Nathalie heen sloeg. Hij geloofde er geen bal van dat er niets tussen hen was gebeurd, zoals Nathalie beweerde. Met het oog op de vele affaires waarop ze waren gestuit in de zoektocht naar een motief, leed het geen enkele twijfel dat Ekengård haar in bed had proberen te krijgen.

Beelden die hij niet wilde zien doken op voor zijn geestesoog.

Hij richtte zijn blik op de film- en theateraffiches aan de muren. Zag Rickard in verschillende poses en was blij dat hij dood was. *King Lear, Hamlet, De ingebeelde zieke* en Jean uit *Miss Julie.*

Nu is voor jou het doek definitief gevallen, dacht Frank.

Toen hij terugliep naar de woonkamer ging de voordeur open. Yngve Höök stak zijn hoofd naar binnen.

'We hebben de berging open gekregen,' zei hij. 'Met de sleutel die we in het badkamerkastje hebben gevonden.'

'Ik kom eraan.'

Op zolder was het vochtig en het rook er naar schimmel. De lucht was rauw en koud, alsof de winter zich nog vastklampte aan de houten balken van het dak, waar het ochtendlicht door vierkante raampjes naar binnen viel.

Frank ritste zijn leren jack dicht en ging voor de berging staan, terwijl Yngve Höök de deur van kippengaas opendeed.

Rickards berging was net zo volgestouwd als die van zijn buren. Op de vloer stonden een koffer, een sporttas, twee blikken verf, een leeg bierkrat, een globe en een paar zwarte winterlaarzen. Langs de wanden stonden een deur, een gedemonteerde kledingkast en een boekenkast vol dozen waar zo te zien boeken in zaten. Midden in de berging hingen een zwarte bokszak en een paar bokshandschoenen.

Boven in de boekenkast stond een trofee met een verguld boksfiguurtje erop. Frank vroeg om een paar plastic handschoenen. Toen hij daar zijn ruwe handen in had gewurmd, pakte hij de trofee. Op de sokkel zat een zilveren plaatje met een zeearend en de inscriptie BOKSVERENIGING UPPSALA 1998.

Frank voelde een rilling langs zijn ruggengraat lopen. Dit was de eerste link tussen Rickard en Uppsala. Rickards achtergrond van talloze pleeggezinnen was evenwel een oerwoud waar zelfs Maatschappelijk Werk zich geen weg doorheen kon kappen, en ze waren dan ook nog lang niet klaar met het in kaart brengen ervan.

1998. Zes jaar voor de moord op Adam. Waarschijnlijk geen verband, redeneerde hij, en hij zette de trofee terug. Maar omdat Yngve Höök de inscriptie had genoteerd op zijn blocnote, moest hij de trofee meenemen in het onderzoek. Niemand zou kunnen zeggen dat hij zijn werk niet grondig deed.

Hij bekeek de zeearend en herinnerde zich dat die het symbool van Uppland was. Het enige provinciesymbool dat hij uit zijn hoofd kende. En wel omdat hij zichzelf ook als een arend beschouwde.

Ik heb overzicht, ik heb de scherpste blik, dacht hij met een scheef glimlachje.

25

Haar hartslag verpulverde elke gedachte. Het enige wat ze wilde was haar stalker te pakken krijgen. In haar achterhoofd zeurde een zwak stemmetje dat dat weleens gevaarlijk kon zijn, maar haar angst woog niet op tegen haar vastbeslotenheid.

Wie? Waarom?

Toen Nathalie de eerste verdieping passeerde, wierp ze een blik op de begane grond. De schoolklas stond bij de informatiebalie, maar de persoon in de groene anorak was er niet meer bij.

De zon scheen door het schuine, dertig meter hoge dak van het atrium, dat ontworpen was om de patiënten het gevoel van een hotel te geven. De grote, open ruimte bood weinig verstopplekken.

Als je daar ergens bent, dan zal ik je vinden, sprak ze zichzelf bemoedigend toe, en ze plantte haar nagels in haar handpalmen.

Een ouder echtpaar blokkeerde de roltrap. De man had een bochel, O-benen en een rollator, de vrouw was zo dik dat niets of niemand langs haar heen kon. Nathalie vloekte inwendig. Zocht met haar blik de begane grond af, langs de receptie, de bibliotheek, het restaurant en de diverse zithoeken.

Nergens een groen jack.

Toen het echtpaar eindelijk de begane grond bereikte, spurtte ze naar de receptie. Ze klapte in haar handen en riep: 'Hallo, sorry, mag ik even jullie aandacht?'

Een stuk of twintig verbaasde gezichten keerden zich naar haar toe, waaronder ook die van de twee leraren en de nieuwe receptioniste. Door de adrenaline kon het haar niet schelen of ze hysterisch overkwam.

'Mijn naam is Nathalie Svensson en ik ben arts hier. Ik heb een belangrijke vraag. Toen jullie hierheen kwamen, liep er achteraan in de rij iemand in een groene anorak met de capuchon op. Dat zag ik vanuit mijn kamer.'

Ze haalde diep adem en probeerde zichzelf te kalmeren.

'Weet iemand wie dat was?' vroeg ze.

Een van de leraren, een vrouw met een blond pagekapsel, deed een stap naar voren en liet haar blik over de groep glijden.

'Nee, niemand van ons draagt zo'n jas, toch?'

Enkele leerlingen schudden hun hoofd.

'Ik liep met Ida zo ongeveer de hele tijd achteraan en we hebben niemand gezien met een groene jas,' zei een meisje met een rugzak.

Ze keek naar een meisje met lila haar, dat haar hoofd schudde en zei: 'Nee, er liep niemand achter ons, duizend procent zeker.'

'Maar ik heb het echt gezien,' riep Nathalie uit, en ze hoorde hoe wanhopig ze klonk. 'Weten jullie het zeker?'

Twee knikjes van de meisjes. De receptioniste vulde aan: 'Ik heb ook niemand in een groene anorak gezien.'

'Oké, bedankt,' zei Nathalie. Ze draaide zich om en spiedde rond.

Niets. Ze beende naar de bibliotheek, liep een rondje langs de kasten. Het enige wat ze zag was de verbaasde blik van een bibliotheekmedewerker toen hij opkeek van een naslagwerk. De deur van het restaurant zat op slot en alle toiletten waren vrij. Ze trok de deuren een voor een open.

Toen ze terugkeerde naar het midden van het atrium, maande ze zichzelf tot kalmte en liep ze weer naar de receptie. De schoolklas stond op de roltrap op weg naar de eerste verdieping. De meisjes met de rugzakken stonden achteraan en keken haar met grote ogen na.

'Als je iemand ziet in een groene anorak, bel me dan onmiddellijk op mijn mobiel. Het is belangrijk, ik leg het later wel uit.'

De receptioniste, die volgens haar badge Mona heette, leunde vertrouwelijk voorover en vroeg zachtjes: 'Het gaat zeker over een patiënt?'

'Ja,' antwoordde Nathalie.

Twee geüniformeerde agenten kwamen binnen door de hoofdingang. Nathalie vertelde wat er was gebeurd en de agenten vroegen nogmaals naar het aantal uitgangen.

'Vier,' zei ze, en dat beaamde Mona, die er een plattegrond bij pakte en het liet zien.

De agenten maakten een bezorgde indruk. Ze trokken dezelfde conclusie als Nathalie.

'Als diegene zich uit de voeten wilde maken, heeft hij of zij dat waarschijnlijk al gedaan. We wachten op versterking en doorzoeken dan het hele gebouw.'

Nathalie zag de grote wijzer van de klok in de receptie naar vijf voor elf verspringen.

'Ik heb een patiënt die zit te wachten,' zei ze.

Na een korte discussie werd besloten dat een van de agenten met haar mee naar boven zou gaan.

Op de roltrap voelde ze haar shirt aan haar bezwete rug plakken. Zowel zijzelf als de agent, een knappe, donkere dertiger met de naam Sebastian Cannavarro, hield de blik strak op het atrium gericht.

Terwijl ze langs de verdiepingen omhooggleden zag ze voor zich hoe ze daarbeneden krijsend had rondgerend. De situatie deed haar meer dan ze wilde toegeven.

Het duister, dat ze in zich meedroeg sinds Adam was vermoord, begon zich weer te roeren.

26

Weer op haar kamer had Nathalie op de automatische piloot haar afspraak met de leraar met angstaanvallen afgehandeld, en hij was tevreden weggegaan met een nieuw recept voor antidepressiva en slaappillen.

Met een krachtsinspanning keerde ze terug naar haar bureau. Het was kwart over elf. Tot haar verbazing zag ze dat de makelaar met een gespleten persoonlijkheid zojuist had afgezegd, wat inhield dat ze voor de lunch geen patiënten meer had.

Ze belde Frank en vertelde wat er was gebeurd. Bezorgd zei hij dat ze de aanwijzingen van zijn collega's moest opvolgen en hij beloofde een overvalalarm voor haar te regelen. Toen ze hadden opgehangen, opende Nathalie de map met Elisabeth Rapps papieren dossier, dat tijdens haar afspraak met haar patiënt was bezorgd vanuit het regionaal archief. Voor ze begon te lezen stond ze op, wierp een blik in de spiegel en deed de deur op slot.

De map bevatte ruim honderd pagina's tekst, de eerste helft uitgetypt, de rest geschreven op de computer. Het eerste contact dateerde van 2007, toen Elisabeth op haar achttiende verjaardag was overgeschreven vanuit de kinderpsychiatrie. De laatste aantekening was van oudejaarsavond 2009, de dag voordat alle medische dossiers geautomatiseerd werden. Een lijdensweg van twee jaar, gecomprimeerd in formele bewoordingen die vrijwel nergens recht deden aan de pijn van de patiënt.

Nathalie zette haar headset op en belde Elisabeth. Er werd niet opgenomen, ze hoorde slechts het anonieme voicemailbericht van de provider. Nathalie sprak een bericht in, vroeg of Elisabeth haar wilde bellen en zei dat ze hoopte haar morgen op controle te zien.

Ze bladerde naar de eerste pagina en begon te lezen. Ze was erop getraind om dossiers vluchtig te scannen; meestal bestonden ze voor tachtig procent uit standaardinformatie die ze er met haar jarenlange ervaring gemakkelijk uitfilterde.

In de proloog van de roman over Elisabeths leven stond niets nieuws. Korte achtergrondinformatie over haar jeugd in meerdere pleeggezinnen in verschillende steden, tot ze op haar veertiende bij een pleeggezin in de buurt van Ulleråker was beland. Twee zelfmoordpogingen met pillen en een door haar polsen open te snijden, drie gedwongen opnames, pogingen tot behandeling met zeven verschillende medicijnen, drie overdoses GHB en contact met een stuk of twintig artsen.

Een van hen was Jacques Levinder, maar als chef-arts van de afdeling had hij haar niet zelf behandeld.

Hier en daar vond ze aantekeningen over Elisabeths destructieve persoonlijkheid, haar gebrek aan samenwerking en symptomen die duidden op asperger. Drie keer werden haar karakteristieke uitdrukkingen geciteerd als voorbeeld van haar onbegrijpelijke manier van communiceren.

Ze kon niet goed met geld omgaan en had daarom verschillende voogden en bewindvoerders gehad.

Toen Nathalie haar eigen naam zag staan – een ontmoeting op de spoedeisende hulp van een jaar geleden, die ze zich vaag herinnerde – begon ze aandachtiger te lezen.

Elisabeth had gezegd dat ze uitsluitend wilde praten met een curator genaamd Erica Bodén, die werkzaam was in jeugdzorginstelling Kometen in Tierp. Daar had Elisabeth op haar dertiende gewoond en Erica Bodén had haar vertrouwen gewonnen.

Nathalie veerde op. Curator Erica Bodén. Was dat niet die aardige moeder van Tea's klasgenootje Hanna? Had ze tijdens de laatste oudervergadering niet gezegd dat ze een nieuwe baan had in Galaxen? Nathalie stond op en liep hetzelfde rondje als altijd wanneer ze moest nadenken.

Ja, zo zat het, herinnerde ze zich. Dat ze daar niet eerder aan had gedacht. Maar van die nachtelijke ontmoeting met Elisabeth op de spoedeisende hulp kon ze zich niet veel meer herinneren. Door de chaos van de afgelopen dagen leefden haar herinneringen hun eigen leven.

Nergens stond in welke instellingen Elisabeth had gezeten. Frank eiste een concrete aanleiding voor hij naar de officier van justitie ging om de dossiers van de kinderpsychiatrie en Galaxen op te vragen. Nathalie had sterk het vermoeden dat de verklaring voor Elisabeths reactie op Jacques Levinder daar te vinden was.

Misschien is er een andere oplossing, dacht Nathalie, en ze bleef staan naast haar bureau. Ze moest een slimme manier verzinnen om het aan Erica te vragen.

Ze liet zich op haar stoel vallen en bladerde verder. Op de eenna-laatste bladzijde had het grootste pietje-precies van de kliniek, Lars-Åke Ohlsson, die leed aan een dwangstoornis en door zijn studenten achter zijn rug om 'meneer OCD' genoemd werd, een overzicht van de belangrijkste gebeurtenissen in Elisabeths loopbaan als patiënt opgenomen. Ohlsson had Elisabeth vier maanden geleden behandeld op de spoedeisende hulp, toen ze een acute behoefte aan slaappillen had gehad.

Normaal gesproken moest Nathalie diep zuchten als Ohlsson weer eens eindeloos uitweidde over details, maar nu zat ze ingespannen te lezen. Tot haar verbazing had Ohlsson zelfs gebeurtenissen opgenomen uit de tijd dat Elisabeth nog onder de kinderpsychiatrie viel.

Met hernieuwde energie las ze het chronologische overzicht. Toen ze zag dat Elisabeth op afdeling 50 had gelegen op de avond dat Nathalie Adam was tegengekomen op de gang, gingen de haartjes op haar armen overeind staan. Elisabeth was destijds vijftien jaar geweest en de kinderpsychiatrie had in Ulleråker een bed geleend.

Met haar had Adam een afspraak, concludeerde ze. Dat was de enige logische verklaring.

Elisabeth had diep in de put gezeten en had gedreigd met zelfmoord, maar na een etmaal onder observatie was ze ontslagen en zou ze de dagbehandeling in gaan. Er was niets opmerkelijks voorgevallen, geen enkele aanwijzing waarom ze Adam zou willen spreken.

Nathalie twijfelde. Waarom zou een vijftienjarig psychisch ziek meisje contact opnemen met Adam terwijl ze was opgenomen? Wilde ze dat hij ergens over zou schrijven in de krant? Was Elisabeth de tipgever? Maar waarom noemde hij haar dan B?

Nathalie las vluchtig verder tot de dag dat Adam was vermoord. Er was geen aantekening van die datum. Maar twee dagen later stond er iets wat elke zenuw in haar lichaam op scherp stelde.

Elisabeth was zwaar onder invloed van drugs aangetroffen bij het Centraal Station. Toen de drugs eenmaal uit haar lichaam waren, was ze psychotisch geworden, voor de eerste en enige keer in haar leven. Door middel van gesprekstherapie en genoeg neuroleptica om een olifant te verdoven was ze hersteld, na drie weken gedwongen opname onder streng toezicht.

Het enige wat ze in die periode had losgelaten was steeds weer hetzelfde onsamenhangende verhaal over een jas, en drie uitdrukkingen die Nathalie nooit eerder had gehoord.

Er werd op de deur geklopt. Drie keer.

Ze wilde net 'binnen' roepen, toen ze zich herinnerde dat ze de deur op slot had gedaan.

Met wankele tred liep ze naar de deur. Op een halve meter afstand bleef ze staan en vroeg: 'Wie is daar?'

27

UPPSALA, 2004

De zwarte BMW sloeg rechts af Nedre Slottsgatan in. Adam bleef alleen achter op de parkeerplaats. Ondanks de duisternis van de nacht wachtte hij vijf seconden voor hij de motor startte. Er was op dit uur niet veel verkeer op de weg en hij was doodsbang om ontdekt te worden.

Toen hij de straat op reed, zag hij de BMW in noordelijke richting langs de zwanenvijver rijden. Zijn hart bonkte in zijn borstkas en zijn handen glibberden om het stuur. Waar gingen de mannen naartoe? Hadden ze altijd een chauffeur die hen oppikte?

Hij overwoog iemand te bellen. Zou hij Nathalie laten weten waar hij was, of een fotograaf van de krant bellen?

Nee, besloot hij. Nathalie lag vast al te slapen, of ze was nog op Louises verjaardagsfeest. In het laatste geval zou ze alleen maar ongerust worden en hem vragen rechtstreeks naar huis te komen.

En de fotograaf? Nee, deze scoop wilde hij met niemand delen. Als hij geduld had, zou hij nog wel een kans krijgen om alles vast te leggen. Als de tipgever gelijk had, vonden de activiteiten van de mannen plaats met een zekere regelmaat.

Hij baalde ervan dat hij het kenteken niet had genoteerd toen de auto nog voor Flustret stond. Als hij wist wie de eigenaar was, had hij nog een draad kunnen spinnen aan het web waarin hij de mannen zou vangen.

Met veertig kilometer per uur reed de BMW door Slottsgatan. De hemel was pikzwart. In het licht van de straatlantaarns leek de auto op een tor waarvan het pantser voortdurend nieuwe kleurschakeringen aannam. Links doemde het slot op, dat het park in een fluwelig duister hulde, slechts hier en daar doorbroken door lantaarns tussen de ontluikende loofbomen.

Adam wierp een blik op het dashboard. 22.38 uur.

Toen hij opkeek, werd hij verblind door licht dat weerkaatste in zijn achteruitkijkspiegel. Tot zijn schrik reed er vlak achter hem een Volvo 740.

Waar kwam die vandaan? Was hij gevolgd vanaf Flustret?

Zijn handen klemden zich nog steviger om het stuur. Was dit een hinderlaag? Wisten de mannen wat de tipgever had verteld?

Nee, nu draaf je door. Dat zei Nathalie altijd als hij zich liet meeslepen door zijn fantasie. 'Je leest te veel spannende boeken en ziet verbanden tussen willekeurige gebeurtenissen die niets met elkaar te maken hebben.' Ze heeft gelijk, prentte hij zichzelf in, en hij blies opgelucht uit toen de Volvo een dwarsstraat insloeg.

De BMW stopte op de kruising met Drottninggatan en reed toen rechtdoor de heuvel naar de domkerk op. Bij studentenvereniging Stockholms Nation was een feest aan de gang en de bastonen waren tot in de auto te horen. Toen het gedreun wegstierf, dwaalden Adams gedachten af naar het gruwelijke relaas van de tipgever. Als het waar was, zou hij er met zijn pen een eind aan maken.

Ze reden door over Akademigatan, langs de linkerarm van

de domkerk, rechtsaf St. Olofsgatan in en verder over de Fyrisrivier. Toen ze de spoorwegovergang naderden, hoopte Adam dat het sein op rood zou springen. Dat gebeurde natuurlijk niet, en hij hield dertig meter afstand als een jol op sleeptouw.

Ze reden over Vattholmavägen richting het noorden, passeerden de moskee en de kerk van Gamla Uppsala. Adam meende vaag de vier koningsheuvels te zien in verschillende tinten zwart, maar het kon net zo goed een beeld uit zijn herinnering zijn.

Op de E4 kwam hij voorzichtig dichterbij om te voorkomen dat een van de weinige andere auto's tussen hem en de BMW zou komen rijden.

Na vier monotone kilometers gaf de BMW richting aan naar rechts. Adam minderde vaart en nam meer afstand.

De BMW sloeg af. Zonder richting aan te geven nam Adam dezelfde afslag. Op het bord bij de uitrit las hij nog net LÄLUNDA en DUVBODA. Hij bevond zich tussen Jälla en Storvreta en wist dat rechts het natuurreservaat Storskogen lag. In de zondagseditie van vorige week had een collega een artikel geschreven over het met zwerfkeien bezaaide naaldbos, dat rechtstreeks uit een sprookjesboek leek te komen.

Ze reden over steeds smallere weggetjes het bos in, langs fabriekjes en boerderijen en bomen die steeds dichter naar de rand van de weg kropen. In sommige bochten verloor hij de BMW uit het oog, maar er waren zo weinig zijwegen dat hij hem hier niet zou kwijtraken.

Zijn hartslag versnelde toen hij aanvoelde dat ze hun bestemming naderden. Alles klopte met de informatie die hij had gekregen.

Na een paar minuten kwamen ze uit bij een akker zo groot als minstens tien voetbalvelden. Aan alle kanten was bos. Op een heuvel aan de oostelijke bosrand stond een grote jachthut, verlicht door de maan, de wegverlichting en een stuk of vijf lampen op het erf. Drie vierkante ramen verspreidden een warmgeel schijnsel in de duisternis.

Adam stopte en deed zijn lichten uit toen hij zag dat de BMW naar de jachthut reed.

Zijn hart hamerde in zijn borstkas en hij had een droge keel. Ze waren er.

De auto parkeerde in de lichtcirkel van een van de lampen op het erf. Voor de jachthut stonden nog twee auto's, maar Adam kon niet zien van welk merk.

De mannen stapten uit. Adam deed zijn raampje open en hoorde hun stemmen op een koele bries over de akker. Buiten rook het naar aarde, gras en bos.

Hij bleef doodstil zitten en zag de mannen de jachthut binnengaan. Hij kon niet goed zien met hoeveel ze waren. Misschien was de chauffeur in de auto gebleven, misschien niet.

Wat zou hij doen? Er lag een uitgestrekte akker tussen hem en de jachthut. Hij schatte de afstand op zo'n driehonderd meter. Hij durfde niet dichterbij te rijden. Het risico bestond dat de chauffeur of iemand anders de weg in het oog hield.

Zo snel hij kon reed hij achteruit tot de jachthut achter de bomen uit het zicht was verdwenen. Vijftig meter verderop vond hij een bosweggetje, waar hij de auto keerde en de motor uitzette.

De weg terug was verlicht door lantaarns en hij kon zich gemakkelijk oriënteren. De zaklamp die in de kofferbak lag nam hij niet eens mee. Als hij die op de akker zou gebruiken, vroeg hij erom om ontdekt te worden.

Het grind knerpte onder zijn schoenzolen. In de verte hoorde hij het ruisen van de snelweg als een lichtere toon onder het klagende gezwiep van de bomen. Hoewel hij het gevoel had dat hij alleen op de wereld was, was de beschaving dichtbij. Daaruit putte hij moed terwijl hij doorliep.

Achter de drie ramen van de jachthut brandde licht. Adam liep een stukje over de zandweg, voor hij over de greppel sprong en de akker op liep. Nog honderd meter. Achter een van de ramen zag hij schimmen bewegen. Er liep een rilling over zijn rug toen hij dacht aan wat de tipgever had gezegd.

Stap voor stap vooruit over de hobbelige grond. Zijn nieuwe nette schoenen waren glad. Af en toe dreigde hij uit te glijden, maar hij wist zijn evenwicht te bewaren.

Hij kon de jachthut steeds beter zien. Het was een rechthoekige blokhut met een schuin dak, en minstens honderd vierkante meter groot. In het licht van de verandalamp zag hij een rij elandgeweien aan de wand. Was het niet zo dat de drie mannen samen jaagden? Had een van hen dat niet gezegd toen Adam hem aan de telefoon sprak?

Hij wist niet of er in dit gebied gejaagd mocht worden – zelf jaagde hij rond het meer Valloxen ten oosten van Knivsta. Maar of ze een jachtvergunning hadden kon hij gemakkelijk natrekken. Hoe dan ook waren ze hier nu vast en zeker niet om te jagen.

Toen hij op vijftig meter van de hut was, hoorde hij in de verte een ronkend geluid. Hij bleef staan en spitste zijn oren.

Het was een auto. Het geluid werd harder, alsof het naderde. Adam hield zijn adem in. Met wijd open ogen staarde hij naar de weg. Toen hij het licht van de koplampen langs de bosrand zag glijden, liet hij zich op de grond vallen.

Hij voelde de kou en rook de aarde, tilde zijn hoofd op en zag de auto naar de jachthut rijden.

De deur ging open. Nieuwe stemmen op de wind toen twee

donkere schimmen naar de jachthut liepen, met tussen hen in een kleine figuur gekleed in het wit.

De deur van de jachthut ging weer dicht. Hij meende een klikje van een slot te horen. Hij wachtte drie seconden voor hij opstond. Staarde naar de ramen en klopte de aarde van zijn pantalon.

Hij liep verder door een brede voor. Toen hij nog dertig meter te gaan had, hoorde hij het slot opnieuw klikken. De voordeur vloog open. Twee personen liepen de veranda op. Als op bevel ging het portier van de BMW open en stapte de chauffeur uit.

Adam wierp zich op de grond. Een zaklamp werd aangeknipt. De lichtkegel maaide over de akker en vlak voor Adams gezicht glom de vette klei op. Opgewonden stemmen en geroep vanuit de jachthut.

Hij maakte zich zo plat mogelijk in de voor, drukte zijn lichaam en gezicht in de aarde.

28

UPPSALA,
DINSDAG 29 APRIL 2014

'Alles in orde?'

Agent Cannavarro stond in de deuropening.

'Ja hoor.'

'We hebben het pand en de directe omgeving doorzocht,' zei Sebastian Cannavarro op zo'n zakelijke toon, dat Nathalie onmiddellijk begreep dat het niets had opgeleverd. 'Helaas hebben we geen spoor van uw stalker gevonden. Niemand heeft iets gezien of gehoord, maar we hebben de beveiliging, de receptionisten en de afdelingshoofden ingelicht. Als iemand iets afwijkends ziet, nemen ze direct contact op met de patrouillerende agenten, en dat kunt u uiteraard ook doen.'

Hij gaf Nathalie een kaartje met twee telefoonnummers.

'We zijn tot 17.00 uur in de buurt. Als u ons onverhoopt niet weet te bereiken, kunt u 112 bellen.'

Zijn diepe stem en bruine ogen kalmeerden haar. Het verbaasde haar dat de politie zo voor haar klaarstond – het leek wel alsof ze een huisagent had gekregen, net zoals ze een huisarts had in de praktijk in Sunnersta. Ze nam aan dat Frank daarachter zat.

'Helaas kunnen we pas morgenochtend vroeg een overvalalarm voor u regelen, maar we zullen vannacht een paar keer langs uw huis rijden, dus u hoeft zich geen zorgen te maken.'

'Hopelijk heeft jullie aanwezigheid hem afgeschrikt. Of haar,' voegde ze eraan toe, hoewel stalkers van vrouwen in negenennegentig procent van alle gevallen man waren. Om dat te weten hoefde je niet in een daderprofielgroep te zitten.

Sebastian Cannavarro's portofoon bliepte. Hij rechtte zijn rug en antwoordde met vaste stem: '14-12 hier. Operatie beëindigd.'

Door het gekraak heen ving ze op: 'Vechtpartij gaande in het Engelse park... Twee mannen, beiden onder invloed van alcohol... geen andere betrokkenen...'

'We komen eraan,' zei agent Cannavarro, en hij knikte Nathalie gedag.

Ze zag zijn gespierde lichaam en brede rug verdwijnen over de gang. De rust was weergekeerd, maar toch voelde ze een rilling van bezorgdheid. Ze keek op haar horloge. Kwart voor twaalf. Ze besloot te lunchen in personeelsrestaurant Blå korset, dat in een van de centrale gebouwen iets verderop aan Sjukhusvägen lag. Ze wilde even weg uit haar eigen omgeving, ze wilde andere mensen om zich heen. Ze trok haar jas aan en nam de trap naar beneden.

Buiten rook het naar nat asfalt. Een vochtige rand aan weerszijden van de goot en een slinger van glinsterende druppels aan het dak verrieden dat het daarnet nog had gesneeuwd.

Ze pakte haar telefoon en belde Frank weer. Hij klonk kortaf.

'Ik kan nu niet praten, ben in de schouwburg om Gyllenborg te spreken.'

Nathalie vatte kort samen wat ze in Elisabeths dossier had gelezen.

'Dus zij moet degene zijn geweest met wie Adam had afgesproken,' concludeerde ze. 'Ik denk dat Elisabeth de tipgever was.'

'Elisabeth begint niet met een B,' wierp Frank tegen.

'Misschien had ze een koosnaam,' kaatste Nathalie terug.

Ze maakte een bochtje om een putdeksel met een A erop en vervolgde: 'Ik wil dat je toestemming regelt om haar dossier van Kinder- en Jeugdpsychiatrie in te zien. Daarin zou moeten staan in welke tehuizen ze heeft gezeten. Het liefst wil ik toegang tot de dossiers van Galaxen.'

Frank antwoordde niet meteen. Ze hoorde stappen op een gang en verre stemmen. Ten slotte zei Frank: 'We sporen haar op. Het duurt te lang als we op instanties moeten wachten. Nu moet ik ophangen.'

'Nog nieuws over Rickard?'

'Nee. Ik spreek je later.'

Frank hing op. Ze klemde haar mobiel stevig vast terwijl ze de helling naar het restaurant op liep. Zou het echt zo moeilijk zijn om die dossiers in handen te krijgen?

Kon ze misschien toch beter Erica Bodén bellen?

Toen ze bijna bij het restaurant was, bleef ze staan en keek naar de slingerende Sjukhusvägen rechts van haar. Zag ze het goed?

Met haar blik volgde ze een man die met snelle passen het zebrapad tien meter verderop overstak. De aktetas, de grijze jas en de keurig gepoetste bruine schoenen.

Håkan.

Wat deed hij hier in vredesnaam? Had hij haar niet gezien?

Ze vulde haar longen met koele lucht en riep hem.

Als door een wesp gestoken bleef hij staan. Net toen ze oogcontact maakten, reed een bus van de mobiele bloedbank voor hem langs. Ze kon niet zien of het verbazing was in zijn blik achter zijn ronde brillenglazen, of iets anders.

'Dag,' zei hij toonloos. Hij oogde opgelaten.

Toen hij geen aanstalten maakte om in beweging te komen, stak ze de straat over. Håkan had zich herpakt en was weer net zo correct als altijd. Als er iets in zijn blik te zien was geweest, dan was dat nu verdwenen, verborgen achter zijn façade van advocaat en verongelijkte ex-man.

'Wat doe jij hier?' vroeg ze, en ze zag dat zijn haar nat was, alsof hij zojuist had gedoucht.

'Dat gaat je niets aan,' antwoordde hij.

Ze zette haar handen in haar zij en keek weg. Hoog boven het dak van het personeelsrestaurant zag ze de lichten van het sportveld van de universiteit als grijze rechthoeken afsteken tegen een steeds blauwere hemel. Ze dacht aan Gabriel, die daar ergens rondrende en in bijna elke sport goed was, tenminste, de weinige keren dat hij zich kon concentreren.

Ze richtte haar blik weer op Håkan en zei: 'Doe niet zo idioot. Was je bij Gabriel gaan kijken?'

Een fractie van een seconde leek Håkan dat leugentje te overwegen.

'Nee. Zoals ik al zo vaak heb gezegd is het onze eigen zaak hoe we onze tijd indelen.'

'Zo klonk het anders niet tijdens ons laatste samenwerkingsgesprek bij Maatschappelijk Werk...'

Hij greep het handvat van zijn aktetas steviger vast en zwaaide stijfjes met zijn arm. Ze ving een zweem op van een aftershave die ze niet herkende van vroeger. Ze zag dat haar woorden de bokkige jongen in hem dwongen plaats te maken voor de volwassen man.

'Als je het zo nodig wilt weten: ik was op controle voor mijn hart.'

Haar boosheid maakte plaats voor verbazing.

'Heb je iets aan je hart?'

'Nee, het is niets ernstigs. Maar tijdens de laatste gezondheidscheck op mijn werk zag de bedrijfsarts iets afwijkends op mijn ecg. En dus werd ik doorverwezen voor een echo en een inspanningstest. Het zag er allemaal goed uit.'

'Mooi.'

'Nu weet je het. Ik moet gaan. Ik heb over een halfuur een rechtszaak.'

Terwijl hij met vlugge tred naar de parkeergarage liep, keek ze hem na tot hij opging tussen patiënten, bezoekers en hongerig personeel op weg naar het restaurant.

Plotseling drong tot haar door dat ze pijn in haar hand had. Ze realiseerde zich dat ze haar telefoon krampachtig vasthield, alsof het een wapen was dat ze niet mocht kwijtraken.

29

UPPSALA, 2004

Adam lag doodstil en hield zijn adem in. De stemmen van de mannen werden luider, alsof ze dichterbij kwamen. Hij durfde niet te kijken. De lichtkegel gleed steeds opnieuw over hem heen, maar hield niet bij hem stil.

Aarde in zijn mond, aarde in zijn neus. Hij voelde de koude grond door zijn dunne pak heen en zijn hart ging zo tekeer dat het leek alsof de aarde meedreunde. Ik had het genoeg moeten vinden om te zien waar de jachthut ligt, dacht hij. Als hij werd ontdekt kon er van alles gebeuren. Misschien zou hij deze akker nooit meer verlaten, misschien werd dit zijn graf.

Toen hij zijn adem niet meer kon inhouden en zuurstof opzoog, voelde het alsof hij aarde inademde. Een paar korreltjes kwamen in zijn keel en hij beet tot bloedens toe op zijn lip om niet te hoesten.

Seconden verstreken. De stemmen stierven weg. Toen hij een minuut lang naar het ruisen van het bos had geluisterd en niets dan duisternis had gezien, durfde hij zijn hoofd op te tillen.

De mannen waren weg. De deur was dicht en de auto's stonden op dezelfde plek als daarvoor. Het enige verschil was dat het licht achter een van de drie ramen gedoofd was.

Met pijnlijke ledematen van de inspanning stond hij op. Hij zette een paar passen en voelde de aardewallen langs de voren. Misschien komen ze straks weer naar buiten, dacht hij, en hij draaide zich om.

Met slappe benen haastte hij zich terug in de richting vanwaar hij was gekomen. Hij keek nog een paar keer achterom naar de jachthut, maar zag niemand. Toen hij weer over de greppel was gesprongen en zo hard hij kon langs de grindweg was gelopen, kwam hij bij de bosweg.

Toen hij de motor startte, trok er een schokgolf door zijn lichaam. Die werd niet alleen veroorzaakt door de spanning die zich ontlaadde, maar ook door woede en opwinding.

De tip klopte. Het afschuwelijke was waar.

Toen volgde zijn beslissing, even vanzelfsprekend als onvermijdelijk: hij zou morgen al terugkeren.

30

UPPSALA,
DINSDAG 29 APRIL 2014

Ik ben alweer te laat, dacht Nathalie, en ze zag de grote wijzer van de klok boven de ingang van de Berga-school naar kwart over vijf springen. Ze zag voor zich hoe Tea en Gabriel ongeduldig op haar wachtten. Ze zag de stapels papier die nog op haar bureau lagen, zag de chaotische gebeurtenissen van de afgelopen dagen die als een big bang haar bestaan aan diggelen bliezen.

Ze liet haar blik over de kinderen glijden die alleen of met hun vader of moeder de school verlieten, in de hoop om Erica Bodén te zien. Ze wist dat Erica haar dochter Hanna rond deze tijd ophaalde, en het leek haar het beste om persoonlijk een balletje op te gooien over Elisabeth en Galaxen. Toen ze op weg hierheen Frank had gebeld, had hij beloofd om Elisabeths dossiers van Kinder- en Jeugdpsychiatrie op te vragen. Hij had niet erg enthousiast geklonken, maar ze moest er maar op vertrouwen dat hij zijn werk zou doen.

Frank dacht nog altijd dat Carl-Henric Gyllenborg de dader was. Gyllenborg had toegegeven dat hij die bewuste avond in Flustret was geweest, maar beweerde dat hij Adam niet had gezien.

'Ik denk dat hij liegt,' had Frank het verhoor samengevat. 'Zodra we de uitslag van de DNA-analyse hebben en de kauwgom aan hem kunnen linken, zal hij bekennen.'

De mobiel in haar hand begon te rinkelen. Ze liet haar telefoon geen moment los zodra ze haar werkkamer verliet. Telkens als de angst haar aanvloog, klemde haar hand zich om die harde rechthoek, die een rustgevender effect op haar had dan de antistressbal die ze van een farmaceutisch bedrijf had gekregen.

Ze bleef staan op een hinkelbaan van stoepkrijt en nam op.

'Hoi, met Jossan! Zie ik je vanavond?'

O ja. De repetitie met het koor.

'Hoi Jossan, het spijt me, ik kan helaas niet. Ik, eh...'

Aan het ongeveinsde enthousiasme van haar koormaatje hoorde ze dat Jossan geen idee had wat er was gebeurd. Nathalie liep door en vervolgde: '... ik heb vanavond de kinderen. Maar volgende week ben ik er weer, wil je dat aan Wilhelmsson laten weten?'

Jossan vond het jammer, maar beloofde het door te geven, als Nathalie in ruil daarvoor beloofde haar zangoefeningen te doen.

Nathalie liep de school in. Op de tweede verdieping wachtten de uitgeputte medewerker van de naschoolse opvang en een chagrijnige Gabriel. Hoewel verderop drie jongens pingpong speelden, zat Gabriel in zijn eentje achter een scherm met Mario Kart.

'Hoi Gabriel, sorry dat ik zo laat ben,' zei ze.

Hij hield zijn blik op het scherm gericht, maar aan zijn schouderophaling zag ze dat hij haar had gehoord. De opvangmedewerker, Patrik, gebaarde dat ze even mee naar de naastgelegen kamer moest komen. Daar vertelde hij dat Gabriel een woedeuitbarsting had gekregen toen hij die dag niet op het podium was geëindigd bij de vijfkamp. Met de hele klas erbij had hij op de wc-deur gebeukt en zijn teleurstelling eruit geschreeuwd.

Ze spraken er even over en besloten het er nu niet met Gabriel over te hebben. Zijn uitbarstingen waren de laatste tijd afgenomen en ze konden weinig anders doen dan ze zo goed mogelijk pareren. Toch kon Nathalie haar schuldgevoel niet onderdrukken. Vanwege de scheiding, haar nieuwe leven, omdat ze te laat was.

Toen ze terug wilde gaan naar Gabriel, legde Patrik een hand op haar schouder en vroeg: 'Hoe gaat het eigenlijk met je, na alles wat er is gebeurd?'

'Het gaat wel. De kinderen weten van niets, en ik wil er liever niet over praten.'

Patrik knikte. Ze zag dat hij overwoog om te vragen hoe het met de strijd om het ouderlijk gezag ging. Al het personeel wist ervan, omdat Maatschappelijk Werk om hun mening had gevraagd. Voor hij zijn mond kon opendoen, haastte ze zich naar Gabriel. Ze greep de tweede joystick en vroeg of ze mocht meespelen. Toen hij zijn game had uitgespeeld, speelden ze samen een racespelletje. Ze liet hem winnen. Wilde zeggen dat het veel stoerder was om te winnen met autoracen dan met vijfkamp, maar realiseerde zich hoe stom dat klonk en zei in plaats daarvan: 'Goed gedaan! Nu moeten we naar Tea toe. Zullen we op weg naar huis pizza's halen?'

Gabriel begon te stralen en keek zo blij als alleen hij dat kon. Ze lachte terug en was opgelucht dat hij zo gemakkelijk af te leiden was. Zolang pizza en complimentjes genoeg waren, mocht ze zich gelukkig prijzen.

Tea zat diep verzonken in een boek met haar ene vlecht in haar mond, zoals altijd als ze uiterst geconcentreerd was, en merkte niet dat Nathalie binnenkwam. Ze keek niet eens op toen Gabriel joelde dat ze pizza zouden eten.

Nathalie voelde een nieuwe steek van schuldgevoel toen ze

zag dat alleen Tea en juf Eva er nog waren. Gelukkig vroeg Eva niets over wat er was gebeurd, maar haar blik sprak boekdelen.

'Alles goed?' vroeg Nathalie overdreven opgewekt.

'Prima,' zei Eva. 'Dat boek dat Tea leest is voor tienjarigen, maar volgens mij heeft ze er geen enkele moeite mee. Toch, Tea?'

Tea keek op, schoof haar bril hoger op haar neus en knikte ernstig. Nu ze uit haar concentratie was gehaald, sloeg ze het boek dicht en viel ze haar moeder om de hals. Haar kleine lijfje was gemaakt om te knuffelen, het was de vertrouwde energie waarmee Nathalie elke ochtend haar batterijen oplaadde.

Met in elke hand een rugzak liep Nathalie met de kinderen de gladgesleten stenen trap af.

Na het gebruikelijke doornemen van de dag sprong Gabriel op de trapleuning en gleed achterstevoren naar beneden.

'Ik ben aan het oefenen voor het pretpark. Wanneer gaan we?'

'Jullie gaan met papa. Op donderdag.'

'Hebben we dan vrij van school?' vroeg Tea.

'Ja, dan is het 1 mei. Jullie hoeven maandag pas weer naar school.'

'Jippie!' riep Gabriel, en hij stormde het schoolplein op zonder in de gaten te hebben dat de deur voor Nathalie en Tea's neus dichtviel.

'Is papa lief voor jullie?'

Voor Nathalie die idiote vraag anders kon formuleren, antwoordde Tea: 'Ja, natuurlijk! We gaan naar het pretpark!'

'Dus het gaat goed met hem?' vroeg Nathalie. Ze wist dat ze het niet moest doen, maar ze was zijn onverwachte verschijning bij het ziekenhuis nog niet vergeten.

'Ja hoor,' zei Tea, en ze duwde de deur open.

Toen ze het schoolplein op liepen stond ze daar. Bij het klimrek, waar Hanna aan haar knieholten hing.

Zonder aarzelen stapte Nathalie op Erica Bodén af. In haar ooghoek zag ze Gabriel een bal naar de korf midden op het plein gooien.

'Erica!' zei ze. 'Hoe is het?'

'Nathalie, hoi! Goed, en met jullie?'

Gelukkig, ze weet het niet.

'Gecontroleerde chaos, zoals altijd,' zei ze met een krampachtig lachje. Ze gaf Tea een duwtje in haar rug en vroeg: 'Wil jij ook niet even klimmen?'

'Nee,' zei Tea, en ze schuifelde met haar voeten.

Nathalie wist dat aandringen zinloos was en wendde zich weer tot Erica.

'Ik hoorde dat je tegenwoordig bij Galaxen werkt?'

'Ja, dat klopt,' zei Erica. 'Sinds twee weken. Ik was toe aan iets nieuws, ik werkte al zeven jaar bij Kometen... Zowel de patiënten als ikzelf hadden behoefte aan verandering, je kent het vast wel.'

'Heb je het naar je zin?'

'Zeker, ik heb geweldige collega's. Maar we hebben te weinig artsen. Misschien iets voor jou?'

'Dank je, maar ik ben tevreden waar ik zit,' antwoordde Nathalie. 'Maar ik zou graag een keertje langskomen.'

'Leuk, je kunt me altijd bellen. Ik heb nog niet veel te doen zo in het begin.'

'Eigenlijk zou het mij morgen goed uitkomen, dan moet ik er toch zijn,' verzon Nathalie. 'Hoe ziet jouw agenda eruit?'

'Morgen is prima,' antwoordde Erica verbaasd.

'Om negen uur?'

'Perfect,' zei Erica. 'En als ik je zover kan krijgen om af en toe bij te springen, ben ik meteen de held van de afdeling.'

Tea trok aan Nathalies arm. Gabriel kwam al stuiterend met

de basketbal aanrennen en riep dat hij een capricciosa met extra champignons wilde.

Nathalie zei Erica gedag en liep naar de auto.

Ze zouden pizza's halen bij de Griek in Sunnersta. Als ze gegeten hadden, het huiswerk gedaan was, de kinderen in bad waren geweest en in bed lagen, zou ze de laatste spullen in Adams dozen bekijken. Het onverwachte ingangetje dat ze dankzij Erica had gekregen gaf haar het gevoel eindelijk ergens te komen.

31

UPPSALA, 2004

De klok gaf 23.32 uur aan. Adam pakte zijn rugzak en stapte de voorjaarsnacht in. Ditmaal had hij zijn camera, een zaklamp, zijn mobiele telefoon, een schroevendraaier en zijn jachtmes bij zich. Hij had geen idee of de mannen weer in de jachthut waren, maar als dat zo was, zou hij hen proberen vast te leggen. Als er niemand in de jachthut was, zou hij inbreken.

De temperatuur was aangenaam, maar het waaide harder dan gisteren. Bomen en struiken ruisten onstuimig, alsof zij net zo nieuwsgierig waren wat er zou gebeuren.

Zo zachtjes als hij kon sloot hij het portier. Op de grindweg was het stil. Hij liep langs de linkerberm, klaar om zich in de greppel te verstoppen als er een auto aankwam. Buiten het licht van de weinige lantaarnpalen moest hij het doen met het kille schijnsel van de maan. Vol en rond hing die als een fletsgrijze bol boven de sparrentoppen. Hij voelde zich ermee verwant op een manier die hij niet kon verklaren. Toen hij er gedurende vier, vijf stappen naar keek, zag hij aan de linkerkant een donkere rand; een nuance die hem opviel. Hij had in zijn agenda gezien dat het morgen Goede Vrijdag was. Als hij tijd overhad, zou hij een column schrijven over toeval.

Hij richtte zijn blik weer op de weg en zag Nathalie voor zich in het donker. Hoe ongerust ze was geweest toen hij zei dat hij naar de redactie ging om een fout in een artikel recht te zetten. Het kwam weleens voor dat hij midden in de nacht naar de redactie moest, en daarom had hij het een geloofwaardig smoesje gevonden. Maar nu wist hij het niet meer zo zeker. Het leek alsof ze hem doorhad, maar had besloten er niets van te zeggen.

Niemand wist dat hij hier was. Dat was een onvermijdelijk risico. Geen weldenkend mens had hem alleen laten vertrekken op deze opdracht. Net zomin als iemand hem zou geloven zonder bewijs.

Hij bereikte de akker, zag licht achter vier ramen van de jachthut. Hij stapte voorzichtig over de greppel om niet te struikelen en zijn camera te beschadigen. Ditmaal droeg hij een spijkerbroek, een windjack en hoge, stevige stappers, en stond hij heel wat stabieler op zijn benen dan gisteren in zijn pak en nette schoenen.

De tegenwind voelde koel tegen zijn voorhoofd. Wat zou hij te zien krijgen? Hoe dichtbij durfde hij te komen?

Er stonden drie of vier auto's voor de jachthut. Hij kon niet zien of het dezelfde waren als gisteren. Hij had een van de mannen gebeld en hem iets gevraagd over Galaxen, maar hij had niet kunnen achterhalen hoe de mannen de avond zouden doorbrengen.

Stap voor stap kwam hij dichterbij. Plotseling nam hij voor zich een beweging waar. Een schim die hij eerder voelde dan zag.

Zijn hart sloeg over en stuurde een schokgolf naar zijn oren en ogen. Een secondelang zag en hoorde hij niets.

Toen kreeg hij de controle over zijn zintuigen terug. Hij hoorde geklapwiek en gekras, dat verdween richting het westen en verstomde aan de bosrand langs de weg.

Een ekster, misschien twee, gokte hij. Hij bleef staan en haalde diep adem voor hij doorliep.

Toen hij de plek bereikte waar hij zich gisteravond op de grond had geworpen, ging de deur van de jachthut open. Als versteend bleef hij staan.

Vier mannen stapten de verlichte veranda op. Een vonk, een vlam en sigaretten die werden opgestoken. Geen zaklamp, geen opgewonden stemmen. Ze hadden geen idee dat hij hier was.

De mannen lachten en maakten grapjes. Helaas kon Adam niet horen wat ze zeiden, maar uit de intonatie en de lichaamstaal maakte hij op dat ze aangeschoten waren.

Geruisloos deed hij zijn rugzak af en pakte hij zijn camera. Hij draaide de telelens erop en liep een stukje naar voren.

Nu zag hij hun gezichten in het gele schijnsel van de lamp boven de deur. Het waren de drie mannen van de pokeravond, en nog een. Nummer vier stond met de rug naar hem toe. Hij kwam hem bekend voor. Zijn houding, zijn stem die af en toe door de andere heen klonk.

Vijftig meter. Nu of nooit. Zo'n kans zou hij misschien nooit meer krijgen.

Hij sloop dichterbij. De zachte aarde dempte zijn voetstappen. Het was zo donker dat hij niet eens zijn eigen handen zag, maar zijn camera kon hij zelfs in zijn slaap bedienen. Even later had hij scherpgesteld op de mannen.

Hij stond twintig meter bij hen vandaan. Toen nummer vier zich naar hem toe draaide, verloor Adam bijna zijn evenwicht.

Dit kon niet waar zijn. Hij liet de camera zakken, knipperde met zijn ogen en keek nog eens.

Nee, geen twijfel mogelijk. Hij was het.

Even leek de wind dwars door zijn hoofd te waaien en alles

wat hij voor waar hield weg te blazen.

Toen herpakte hij zich. De waarheid moest aan het licht komen, hoe pijnlijk ook.

Adam drukte op de ontspanner en maakte de eerste foto.

32

UPPSALA,
DINSDAG 29 APRIL 2014

'Dat was verrukkelijk,' riep Sonja uit, en ze stopte de laatste champignon van de capricciosa in haar mond. 'Waar zei je ook alweer dat je ze gehaald had?'

'Bij de Griek in Sunnersta,' zei Nathalie, en ze ruimde de schoongeschraapte borden van de kinderen af.

Haar moeder nam een slok van haar rode wijn en knikte goedkeurend. 'Ik vind je een goede moeder, Nathalie, dat weet je toch?'

'Hm,' antwoordde ze, en ze constateerde dat haar moeders glas halfleeg was.

Het besluit om haar moeder één glas wijn te serveren ging tegen alle logica in, maar als ze weigerde, bestond het risico dat Sonja de bus naar huis zou nemen en beduidend meer zou drinken. Toen bij thuiskomst haar moeder totaal onverwacht voor de deur had staan wachten, had ze er maar het beste van gemaakt. Als haar moeder haar nodig had, zou ze er voor haar zijn. Bovendien kon Sonja na het eten de kinderen bezighouden, zodat Nathalie verder kon met Adams spullen. Dat wilde ze gedaan hebben voor ze morgen naar Galaxen ging.

'Heb je nog iets ontdekt over Adam?' vroeg Sonja.

Nathalie spoelde een lege plastic verpakking om, waarin ze hüttenkäse had gemengd met een banaan en een handje cashewnoten, en gooide die in de afvalbak voor plastic.

'Nee, en ik wil het er niet over hebben,' zei ze afwerend, en ze zette de vaatwasser aan. 'Wil jij bij Gabriel en Tea blijven?'

'Natuurlijk,' zei Sonja. Ze nam een slok wijn en stond op. 'Is het goed als ik de rest voor straks bewaar?'

Haar smekende toon had iets treurigs, waartegen Nathalie niet goed bestand was, en dus liet ze het glas op tafel staan. Toen ze het aanrecht had afgenomen en twee keer had gekeken of de oven uit was, ging ze naar de woonkamer. Ze hoorde haar moeder boven met Tea praten, op die aanstellerige toon waarvan ze zich ook bediende als ze vroeger Estelle knuffelde. Nathalie voelde een lichte irritatie over het feit dat haar moeder Tea voortrok; haar schattige, brave prinsesje, dat altijd ieders lievelingetje was, al was ze allesbehalve spraakzaam.

Met een knagende ongerustheid bleef Nathalie staan op het parket. Ze keek door het raam. De lenteavond vlijde zich zachtjes over de tuin. Het licht aan de overkant van het water was alleen te zien voor wie wist dat het er was. Geen verdachte schaduwen in de tuin, de enige beweging kwam van twee of drie vinken die rondfladderden in de ontluikende berken.

Ze checkte haar telefoon en bekeek het kaartje dat ze van agent Cannavarro had gekregen. Ze had nog geen politiewagen voor haar huis gezien, maar ze vertrouwde erop dat ze zich aan de afspraak hielden en die nacht een paar keer zouden langsrijden.

Ze liep naar de salontafel en streek over het laken dat ze over Adams spullen had gelegd. Ze had zich er nog niet toe kunnen zetten om de dozen op te bergen. Tot haar verbazing hadden Tea en Gabriel nergens aangezeten. Het leek wel alsof ze de ernst ervan inzagen. Ze had het nooit met hen over Adam gehad, alleen af en toe zijn naam laten vallen, maar toch leek het alsof ze het wisten.

Toen ze even bij de kinderen ging kijken, zat Gabriel aan zijn bureautje op zijn iPad te gamen.

'Hé lieverd.'

Hij keek niet op van het bliepende kleurengeweld op zijn scherm.

'Heb je geen huiswerk?' probeerde ze, en haar blik viel op de sticker van de Friends Arena, die tussen een stuk of tien andere op zijn kastdeur zat.

'Ik wil je best helpen met je huiswerk,' zei ze. 'Mag ik even kijken?'

Ze gebaarde naar zijn rugzak op de vloer. Toen hij niet reageerde, trok ze de rits open. Erin trof ze lunchresten en klamme gymspullen aan. Ze ging op haar hurken zitten, legde haar hand op Gabriels schouder en keek even mee met het ondoorgrondelijke spelletje op zijn scherm.

'Is alles goed? Ben je nog steeds teleurgesteld omdat je geen medaille hebt gewonnen?'

Hij haalde zijn schouders op.

'Je mag nog een halfuurtje spelen, oké?' besloot ze.

Ze liep terug naar de woonkamer en belde Frank. Terwijl de telefoon overging, trok ze het laken weg, vouwde het op en legde het op de bank. Frank nam niet op.

Toen ze een van Adams blocnotes pakte, kwam Gabriel de trap af stormen.

'Ik wil tv-kijken!'

Zonder Nathalie een blik waardig te keuren sprong hij op de bank en pakte de afstandsbediening. Hij sloeg er drie keer mee op de salontafel en zette de tv aan.

'Maar Gabriel,' zei ze. 'We hadden toch afgesproken dat...'

Verder kwam ze niet, want toen kwamen haar moeder en Tea ook de woonkamer binnen.

'Ik wil ook tv-kijken,' zei Tea.

Sonja glimlachte verontschuldigend en ging naar de keuken. Nathalie legde de blocnote weer in de doos.

'Oké,' zei ze. 'Jullie mogen een halfuur tv-kijken, maar daarna eten jullie nog een broodje en dan is het bedtijd. En geen ruzie over wat jullie kijken. Jullie mogen het Kinderkanaal opzetten, ik heb geen zin in die hysterische commerciële zenders.'

Gabriel wierp haar een boze blik toe, maar zette toen het Kinderkanaal op. Nathalie pakte het laken en legde het weer over de dozen.

'En nergens aankomen,' sommeerde ze.

Tea schoof haar bril hoger op haar neus en keek Nathalie bezorgd aan met haar wijsneuzige blik.

'Zijn die spullen van hem? Op wie je vroeger verliefd was?'

Nathalies wangen gloeiden.

'Ja, maar dat was lang voordat jullie geboren waren, liefje.'

Tot haar opluchting brulde Gabriel: 'Stil! Je praat erdoorheen!'

Nathalie liep naar de keuken. Sonja stond bij de gootsteen.

'Ik kan wel tv-kijken met de kinderen, als jij iets anders wilt doen,' zei ze, en zonder antwoord af te wachten liep ze weg.

Nathalie waste haar moeders wijnglas af en zette het in de kast. Ze hoorde geritsel bij het raam. Intuïtief voelde ze dat iemand naar haar keek. De schrik sloeg haar om het hart.

Met een ruk draaide ze haar hoofd. Er zat een goudvink voor het raam. Drie tellen lang staarde hij haar aan, toen vloog hij weg naar de voederplank.

Ze schudde haar hoofd, dwong zichzelf te glimlachen om het komische van de situatie, maar ze voelde niets dan onderhuidse angst voor de volgende stap van haar stalker. Hij of zij kwam steeds dichterbij en Nathalie voelde zich zelfs in haar eigen huis niet veilig.

Heb ik de voordeur op slot gedaan?

Ze wendde haar blik van het raam af en besloot te gaan douchen.

Ze kon maar beter iets nuttigs doen, zodat ze zich op de dozen kon storten als de kinderen sliepen. In de badkamer trok ze haar kleren uit, gooide ze in de wasmand en ging op de weegschaal staan. Een pond afgevallen. Normaal gesproken zou ze daar blij mee zijn geweest. Nu weet ze het slechts aan de stress van de afgelopen dagen.

Na een hete douche trok ze haar badjas aan en keek in de spiegel. Haar huid stak bleek af tegen haar natte, donkere haar, en in haar voorhoofd stonden duidelijke rimpels gegroefd.

Ik zie er net zo moe en afgetobd uit als ik me voel, dacht ze, en ze herinnerde zich wat Louise had gezegd over botox. Nathalie pakte het potje nachtcrème en gaf haar huid een hoognodige dosis vocht en elasticiteit.

Toen ze de badkamer uit kwam, zag ze tot haar verbazing dat de tv uit was en dat haar moeder met de kinderen in de keuken een broodje zat te eten. Sonja dronk thee en nergens was een wijnglas te zien, maar ze was opgewekt en tevreden zoals ze dat normaal gesproken alleen was wanneer ze dronk, fotografeerde of aalmoezen uitdeelde op een of ander liefdadigheidsevenement.

'Wil jij straks de kinderen naar bed brengen?' vroeg Nathalie.

'Ja hoor,' zei haar moeder met een glimlach.

In haar werkkamer zette Nathalie de computer aan en logde ze in op de datingsite. Zoals altijd zat haar inbox vol berichten van oude en nieuwe contacten. Ze las, bekeek foto's, wiste het ene en beantwoordde het andere bericht.

Ergens halverwege haar inbox vond ze een bericht van Bengt Vallman.

> Dag Nathalie, ik zie ernaar uit je zaterdag weer te zien – ik kan niet wachten, de uren lijken wel jaren. Maandag heb ik een sollicitatiegesprek voor de vacature van chef-arts in jouw kliniek. Heb je een paar tips? ☺ Bengt

Ze bekeek zijn foto, zijn intens blauwe ogen in zijn uitgesproken gezicht, zijn blonde haardos die zijn scherpe trekken een zachte omlijsting gaf. Achter hem een zonsondergang boven een schuimende zee. Hij had verteld dat hij zijn selfie had genomen op een surfplank voor La Côte des Basques.

Ze probeerde zich zijn stem te herinneren, maar zonder succes. Zijn ongeremde manier van doen prikkelde haar, maar schrikte haar ook af.

> Ja, wordt gezellig. N.

Daar moest hij het mee doen. Haar antwoord was zowel afstandelijk als tegemoetkomend. Bovendien gaf het haar de tijd om te wennen aan het idee hem als collega te hebben.

Ze scrolde verder.

Vijf seconden later schrok ze zo dat ze instinctief haar hand terugtrok van het toetsenbord. Was dat niet...

Ze klikte op het profiel en zag haar vermoeden bevestigd. Het was Jacques Levinder. Al was de foto schuin van achteren genomen en noemde hij zich 'The hot reader', toch herkende ze hem. Hij schreef dat hij goedgebouwd van lichaam en geest was en op zoek was naar vrouwen tussen de dertig en vijftig, het liefst met een voorkeur voor de harde hand.

Snuivend klikte ze zijn profiel weg. Wat dacht hij wel niet? Even overwoog ze om hem met een berichtje te laten weten dat hij betrapt was, maar ze besloot het niet te doen, want ze wilde zichzelf niet blootgeven.

De harde hand? Dat paste niet erg bij een psychiater en eigenaar van een jeugdzorginstelling. Aan de andere kant had iedereen recht op een privéleven, zolang het maar legaal was. Zoals zo vaak werd ze heen en weer geslingerd tussen de moraal van haar Über-ich en de losbandigheid van haar Es. Ruim een maand geleden was ze meegegaan met een bankier die haar wilde vastbinden. Ze was akkoord gegaan, om haar eigen grenzen te verkennen, maar ook omdat ze een paar drankjes te veel ophad. Ze had zijn appartement verlaten met een gevoel van bevrediging, maar ook met een schaamte die ze niet kon verklaren, maar die ze hoe dan ook niet nog eens wilde ervaren. Ze wist niet of het door haar zere polsen kwam of door de man zelf.

Haar telefoon ging. Nathalie wierp een blik uit het raam en viste haar mobiel uit haar zak. Het bos leek dichterbij te zijn gekomen, ook al wist ze dat het gezichtsbedrog was dat werd veroorzaakt door de invallende duisternis en de donkere wolken die uit het westen kwamen aanzetten.

Het was Louise.

'Hé Nathalie, hoe is het met je?'

'Niet geweldig, maar alles onder controle. Ik ga zo de kinderen naar bed brengen. En met jou?'

'Prima hoor, ik wilde alleen even vragen hoe het met je ging. Is er nog nieuws over het onderzoek?'

'Niet dat ik weet.'

'Ik moet steeds aan je denken. Heb je steun van iemand, ik bedoel, het moet vreselijk zijn om in je eentje in dat huis te zitten...'

Louise viel stil, alsof ze zich realiseerde dat het geen goed idee was om Nathalie nog banger te maken.

'Mijn moeder is er,' zei Nathalie.

Louise wist alles over Sonja's wel en wee, maar tot Nathalies opluchting ging ze daar nu niet op in.

'Je weet dat je me altijd kunt bellen, toch?'

'Ja, natuurlijk, dank je.'

'Heb je veel contact met Frank? Volgens mij is hij erg gestrest over het onderzoek.'

'We spreken elkaar dagelijks. Louise, ik moet ophangen, ik bel je morgen.'

'Vergeet niet dat we vrijdag naar *Dom Juan* gaan.'

'Ik moet nog maar zien of ik het kan opbrengen,' zei Nathalie, en ze beëindigde het gesprek.

Toen ze bovenkwam, lag Sonja in het grote bed tussen de kinderen voor te lezen.

'Welterusten lieverds, jullie mogen hier slapen als jullie willen. Tea, dan neem ik jouw bed,' zei Nathalie.

Tea knikte van ja.

Toen Nathalie de kamer uit wilde lopen, schoot haar te binnen dat Adams jachtmes nog onder het bed lag. Ze boog vlug voorover en stopte het in de zak van haar badjas.

Weer terug in de woonkamer trok ze nogmaals het laken weg. Ze plofte neer op de bank en liet haar blik over Adams spullen glijden: zijn agenda, de stapels foto's, de recensie van *Macbeth* en het artikel over Galaxen.

Waar zou ze beginnen?

Ze deed Adams horloge met het rode bandje om en staarde naar de stilstaande wijzers. Het voelde warm om haar pols. Ze pakte een stapel foto's en begon die systematisch door te nemen.

Even later kwam haar moeder de trap af. Ze fluisterde dat

de kinderen sliepen en dat ze in de keuken ging zitten met een kruiswoordpuzzel. Nathalie knikte en bladerde mechanisch verder door de foto's.

Wat was Adam op het spoor geweest? En waarom hield Elisabeth zich schuil?

De stroom van beelden werd onderbroken toen in de keuken Sonja's mobiel ging. Alsof ze was gewekt uit een droom keek Nathalie op de klok. Kwart over acht. Ze stond op en liep op haar tenen over het parket naar de keuken. Ze hoorde haar moeders stem. Net zoals ze verschillende dialecten kon oppikken, hoorde Nathalie dat Sonja toch weer was gaan drinken.

'Ze is weer met hem bezig, je weet wel... Nee, ik kan nu niet praten, ik spreek je later... Dag.'

Haar moeder zat aan de keukentafel en stopte vlug haar telefoon in haar handtas toen Nathalie binnenkwam. Op tafel stond een halfvol wijnglas naast een opengeslagen tijdschrift.

'Wie was dat? Wat bedoel je met "ze is weer met hem bezig"?'

Haar moeder keek haar glazig aan.

'Je moet in het nu leven en het verleden laten rusten.'

'Je zou niet meer drinken,' zei Nathalie, en ze pakte het glas. 'Waarom doe je dit?'

Ze goot de wijn in de gootsteen en zag de bag-in-box naast de koelkast.

'Eigenlijk zou ik je nu naar huis moeten sturen.'

Sonja staarde naar haar kruiswoordpuzzel en mompelde iets onverstaanbaars. Nathalie ging tegenover haar zitten.

'Nu wil ik het weten! Wie had je aan de lijn?'

'Gewoon een vriendin.'

'En je zegt tegen een vriendin dat ik door Adams spullen ga? Ben je niet goed bij je hoofd?'

'Ik praat met wie ik wil over wat ik wil. En ik vind dat je Adam moet loslaten.'

Sonja haalde diep adem en rechtte haar rug.

'En ik vind ook dat je terug moet gaan naar Håkan, al was het maar voor de kinderen.'

Nathalies tong was verlamd van woede.

'Nu ga ik naar bed,' zei haar moeder. Ze pakte met twee handen de tafelrand vast en stond op.

'Wanneer komt papa terug?'

'Vrijdag, zoals altijd,' antwoordde haar moeder, en ze liep de trap op.

Nathalie liet de bag-in-box leeglopen in de gootsteen. Ze besloot nooit meer drank in huis te halen, dat was de enige remedie.

De dieprode wijn stroomde door de roestvrijstalen gootsteen. De beelden van het bloed in de fontein kwamen weer bij haar boven. Ze gooide de doos weg en liet de kraan lopen tot het water een werd met het grijze metaal en de beelden vervaagden.

Toen ze de kraan dichtdeed, hoorde ze gekletter op de vensterbank voor het raam. Ditmaal schrok ze niet. Dikke regendruppels zochten zich schokkerig een weg omlaag langs de ruit, alsof ze wilden illustreren hoe onberekenbaar het leven was.

Nathalie dwong zichzelf terug te lopen naar de bank. Toen ze zat, ging haar telefoon.

Anoniem. Ze verstijfde en nam zo neutraal mogelijk op: 'Nathalie Svensson.'

Niemand zei iets, maar ze hoorde dat er iemand was. De lijn ruiste. Ze stond op, zag de berken in de tuin steeds heviger heen en weer zwiepen. Ze liep naar het raam en tuurde naar buiten.

'Hallo?' zei ze. 'Met wie spreek ik?'

Nog altijd geen antwoord, maar door de kletterende regen heen meende ze het geluid van stappen over het grind te horen.

'Hallo?' herhaalde ze, en ze liep naar het zijraam in de hal, dat uitkeek op de weg.

Op drie stappen van het raam zag ze het.

Op de weg, vlak achter de brievenbus, stond een gestalte, als een spook zonder gezicht.

Zonder na te denken schoot ze haar pantoffels aan en drukte de klink omlaag.

33

Frank liep zijn woning aan Narvavägen uit en zette koers richting Karlaplan. Het was vijf minuten lopen. Hij had het stuk al zo vaak afgelegd dat hij de details onderweg niet eens meer opmerkte, niets was nog nieuw voor zijn ogen of oren. Hij was als een adelaar: niets ontging hem, mits hij zich concentreerde.

Het begon te schemeren. De laaghangende, bolle wolken smolten samen met de boomkruinen rond Karlaplan, alsof die nacht alle elementen verenigd zouden worden tot één grote duisternis. Er stond een zwakke westenwind en het was slechts zeven graden, maar Frank had het niet koud in zijn gevoerde leren jack.

Op het zebrapad waar Nathalie getuige was geweest van de moord bleef hij staan. Hardlopers, hondenuitlaters, fietsers en flaneurs bewogen zich kriskras over het stervormige plein, allemaal op weg naar andere bestemmingen, en uiteindelijk naar een en dezelfde. Elk leven leidt naar de dood, zoals Franks vader altijd zei.

Frank haalde zich het beeld van Rickard voor de geest. Hij hoorde Nathalie beschrijven hoe de dader was opgestaan van het bankje en Rickard van achteren had aangevallen.

Had Rickard beseft wat er gebeurde? De woorden die hij tegen Nathalie had gezegd: 'He… hewas f…'

Wat had hij willen zeggen?

Het sms'je dat hij tien minuten voor de moord had gestuurd. Was ze bijzonder voor hem geweest? Nee, waarschijnlijk slechts een van zijn vele veroveringen. Niet verwonderlijk dat het zo met hem was afgelopen.

Een zwarte Range Rover toeterde en hij liep door. Toen hij het grind rond de fontein naderde, zag hij voor de berg verlepte rozen iemand staan. De straatverlichting was nog niet aan en in het schemerduister was de persoon niet meer dan een schim, gekleed in het zwart en met schouderlang zwart haar. Of was het een capuchon?

Hij voelde een rilling over zijn rug lopen. Het was algemeen bekend dat de dader vaak terugkeerde naar de plaats delict. Hij had het zelf nooit meegemaakt, maar misschien was het nu dan zover. Die middag was het laatste afzetlint weggehaald en het hele gebied was weer vrij toegankelijk.

Stap voor stap kwam hij dichterbij, het grind knerpte onder zijn zolen. De persoon kwam hem bekend voor. Hij wist zeker dat hij haar al eerder gezien had. Dat het een vrouw was, kon hij nu duidelijk zien. Ze stond stil te staren naar een punt tussen de rozen en het water, dat inmiddels weer in witte watervallen omlaag klaterde.

Maria Sanchez. Haar mooie, gespierde figuur, haar fiere houding en haar scherpe profiel herkende hij uit duizenden.

Toen we elkaar een uur geleden spraken, zei ze niet dat ze hiernaartoe zou gaan.

'Hé, Ma…'

Voor hij haar naam kon uitspreken, had ze zich al omgedraaid.

'Hoi Frank,' zei ze verbaasd. 'Wat doe jij hier?'

'Hetzelfde als jij, neem ik aan.'

'Het proberen te begrijpen, de plaats delict te doorgronden?'

Ze zei het zonder een spoortje ironie, met de diepe ernst die ze tijdens haar werk altijd uitstraalde.

'Ja,' zei hij met een halfhartig gebaar naar de rozen en de fontein. 'Maar nu herinneren alleen de bloemen nog aan wat er is gebeurd...'

'Zelfs het bloed is niet meer te zien onder al die blaadjes,' zei Maria. 'Nog nieuws van de DPG?'

Frank schudde zijn hoofd.

'En de uitslag van de DNA-analyse komt morgen pas,' verzuchtte hij.

'Denk je dat het Gyllenborgs DNA is op dat kauwgompje?' vroeg ze.

'Hij heeft voor beide moorden een motief en geen alibi.'

Maria's telefoon ging, een Spaans riedeltje dat hij niet kon plaatsen. Ze nam op en begon tegen de klok in rond de fontein te lopen.

Frank keek naar de rozen, hoorde het geruis van de fontein en dacht aan Nathalie. Haar ijver en haar overtuiging dat die patiente iets wist werkten hem op de zenuwen. Vooralsnog had het onderzoek niets opgeleverd, en vermoedelijk zou dat zo blijven. Als Nathalie wist hoeveel van zulke meisjes er op drift waren, zou ze zich niet zo druk maken.

In de dossiers zou ze misschien een paar verbanden vinden. Nathalie was een expert in het ontdekken van dingen die anderen over het hoofd zagen, maar dat zou het beeld er hopelijk niet duidelijker op maken. Het probleem was alleen dat ook de DPG interesse had gekregen in dat spoor.

Zijn verscheurdheid dreef hem naar een bankje. Hoe kon hij

de moorden het beste oplossen? Straffen en sparen in redelijke verhoudingen?

Hij moest zich in de eerste plaats op Rickard blijven richten. Een gesprek met de boksschool van Uppsala had uitgewezen dat Rickard daar slechts op bezoek was geweest om mee te doen aan een wedstrijd. Tot dusver waren de revolver en Gyllenborg de enige links met Adam. Zolang het zo bleef, hoefde hij zich geen zorgen te maken.

Deed hij het juiste? Ja, prentte hij zichzelf in. De straf voor twee moorden was ongeveer net zo hoog als voor één.

Maria verdween achter de zuil van water en hij ging op het bankje zitten. De groengeschilderde zitting was koud, maar hij voelde het nauwelijks. Hij draaide zijn hoofd opzij en zag Nathalie weer naast hem zitten, verfomfaaid en in shock. Haar vraag over de wond op zijn kin, de leugen die ze niet geloofde, maar waar ze niets over zei.

Vlugge passen over het grind. Maria Sanchez kwam tevoorschijn vanachter de waterstralen. Aan de fonkeling in haar ogen te zien was er groot nieuws. Frank stond op.

'We hebben een link tussen Rickard en de mannen uit het bestuur van de jeugdzorginstelling,' zei ze opgewonden.

'Wie had je aan de lijn?'

'Björck.'

Commissaris Björck, hun nijvere collega. Hij trok zelden overhaaste conclusies. Maria bleef op een meter afstand van Frank staan en vervolgde: 'Eind 1999 woonde Rickard Ekengård als pleegkind bij Olof Jönsson in Uppsala.'

'Wat? Je bedoelt de lokale politicus Jönsson? Klopt dat wel?'

'Ja, de administratie van Maatschappelijk Werk schijnt een zootje te zijn geweest, maar nu hebben we het zwart-op-wit. Rickard woonde daar van augustus tot december 1999. Olof

Jönsson had in een periode van vier jaar in totaal twaalf pleegkinderen, tot hij werd verkozen tot raadslid in de Provinciale Raad. Rickard was de enige die in die specifieke periode bij hem woonde. In totaal heeft hij bij zeven pleeggezinnen gewoond, tot hij op zijn achttiende naar Stockholm verhuisde. Maar in Uppsala heeft hij alleen bij Jönsson gewoond.'

'Waar is hij daarna naartoe verhuisd?' vroeg Frank, en hij streek over zijn stoppelbaard.

'Naar een gezin in Nynäshamn. De reden was dat Olof Jönsson geen pleegkinderen meer in huis nam toen hij fulltime de politiek in ging.'

Maria wierp een blik op de rozen en keek toen weer naar Frank.

'Dus daar hebben we een link tussen Rickard Ekengård en Adam Starlander,' concludeerde ze tevreden.

'Laten we niet te hard van stapel lopen,' zei Frank. 'Dat Rickard bij Olof Jönsson heeft gewoond betekent nog niet dat er een link is met Galaxen of de tip waarmee Adam Starlander bezig was.'

Die opmerking leverde hem opgetrokken wenkbrauwen en een vragende blik op.

'Maar we moeten Olof Jönsson natuurlijk zo snel mogelijk verhoren,' voegde hij eraan toe.

'Dat spreekt voor zich,' zei Maria. 'Een ander opmerkelijk detail is dat Olof Jönsson van 1998 tot 2005 bij de gemeente Uppsala op Sociale Zaken zat. Hij was dus betrokken bij beslissingen over gedwongen opnames in de jeugdzorg... Niet erg ethisch om zijn eigen jeugdzorginstelling van patiënten te voorzien, vind je niet?'

'Zo bont zal hij het toch niet gemaakt hebben?'

'Het zou me niet verbazen. Machtsgeile mannen kennen geen grenzen, is mijn ervaring.'

Haar blik verkilde. Het was alsof een reeks duistere herinneringen langstrok terwijl ze naar Narvavägen staarde. Toen wendde ze zich weer tot Frank.

'Volgens Björck woont Olof Jönsson in Saltsjöbaden, ik heb het adres. Zullen we meteen gaan?'

'Laten we eerst naar het bureau gaan, we moeten de zaak niet overhaasten. Is Björck op zijn plek?'

'Ja,' zei Maria. 'Mijn fiets staat bij Fältöversten, ik zie je op het bureau.'

'Ik neem de auto.'

'Ik ben sneller,' zei Maria, en ze draaide zich om.

Frank bleef staan met zijn hand op de rugleuning van het bankje en zag haar weglopen tussen de iepen. Wat eerst nog zo helder was geweest loste op en de contouren werden vaag, alsof de duisternis ook over het onderzoek viel.

Hoe zou hij dit aanpakken?

34

Ze kreeg de deur niet open. Die zat op slot, dat had ze zelf gedaan toen ze thuiskwam. Elke zenuw in haar lichaam leek uitgeschakeld door een dodelijk gif. Ze stond als versteend. In die ene seconde van verlamming kreeg de angst haar in zijn greep. Met één hand op het slot en de andere op de klink keek Nathalie nog eens door het zijraam. De zwarte gestalte was verdwenen.

Ze pakte haar mobiel en belde 112. De vrouw die opnam beloofde een patrouillewagen te sturen en verbond haar door met de dienstdoende hoofdinspecteur, ene Rundgren. Toen Nathalie zijn kalme stem hoorde, deed ze de deur open en liep de veranda op. Overal was het stil, afgezien van de regen en de wind die het water tot golven opstuwde.

Terwijl ze met Rundgren sprak, rende ze naar de brievenbus waar haar stalker had gestaan. Ze tuurde langs de grindweg, die de enige toegangsweg naar het huis was. Ze zag niemand. De invallende schemering vervaagde de omtrekken van de bomen. Door de wind en de regen heen meende ze het wegstervende geluid van een motor te horen. Hoofdinspecteur Rundgren beloofde dat er binnen vijf minuten twee agenten zouden zijn.

'Kunt u de Flottsundsbrug afzetten?' vroeg ze.

'We doen wat we kunnen,' antwoordde Rundgren. 'Hij of zij zou ook richting Sävja in het noorden of Knivsta in het zuiden kunnen rijden. Kunt u zeggen of het geluid van een auto kwam, of van een ander voertuig?'

'Nee,' antwoordde ze, 'maar ik denk van een auto...'

In haar hoofd was het net zo stormachtig als buiten. De kou en de nattigheid kropen op en opeens besefte ze dat ze daar stond in haar badjas en op pantoffels. Ze greep naar Adams jachtmes in haar zak, haalde het eruit en bekeek het glanzende lemmet.

'Hallo?' zei Rundgren. 'Bent u er nog?'

'Ja, ik ben er.'

'De wagens zijn onderweg, ze rijden nu door Sunnersta.'

Nathalie stopte het mes terug en haastte zich weer naar binnen. Pas toen ze de deur op slot had gedaan beëindigde ze het gesprek. Ze schopte haar pantoffels uit, keek uit het raam en sloop de woonkamer in. De ramen aan de tuinkant waren groot en zwart. Het leek alsof ze naar haar staarden.

Ze was bang. Ze was niet bang. Ze was bang. Ze was niet...

Ze liep de trap op naar de slaapkamer en deed de deur open. Tea en Gabriel lagen vredig te slapen in het grote bed. Ze voelde de vertrouwde warmte en rook de geur van hun adem, van hun lichaam. Gabriel had het dekbed van zich af geschopt. Ze legde het zachtjes terug en liep de kamer uit. In Gabriels kamer lag haar moeder op de sprei met open mond te snurken. Nathalie deed de deur dicht en liep weer naar beneden.

In de hal keek ze door het zijraam. Stilte alom. Geen stalker, geen politie. Ze had het koud, haalde een trui en een spijkerbroek, legde het mes naast Adams spullen op de salontafel en belde Frank.

Hij nam op. Zo te horen liep hij buiten.

'Goed dat je zo snel hebt gereageerd,' zei Frank toen ze het had verteld. 'Ik blijf aan de lijn tot de politie er is, oké?'

'Waar ben je?'

'Op Kungsbron, op weg naar het bureau. Nog steeds geen idee wie die stalker kan zijn?'

'Nee.'

'Heb je verder niets gezien? Geen details?'

Ze schudde haar hoofd, voelde haar ogen branden.

'Maar je denkt hoe dan ook dat het om dezelfde persoon gaat?'

'Ja,' zei ze. 'Dat kan haast niet anders.'

'Dat denk ik ook,' zei Frank. 'Je zult vast geen twee gekken achter je aan hebben.'

'Hij of zij komt steeds dichterbij. Wat moet ik doen?'

'Blijf binnen tot mijn collega's er zijn. Ik blijf aan de lijn.'

'Je bent een schat, Frank, dat weet je toch?'

Frank was even stil. Ze voelde dat hij aarzelde en hoorde het in zijn stem toen hij zei: 'Er zijn nieuwe...'

Hij schraapte zijn keel.

'... nieuwe ontwikkelingen,' vervolgde hij. 'Ik weet niet of het iets te betekenen heeft, maar Rickard woonde als pleegkind bij Olof Jönsson.'

Nathalie bleef midden in de woonkamer staan met haar blik op Adams spullen.

'Wat, meen je dat?' stamelde ze. 'Wanneer dan?'

'Eind 1999.'

Nathalie liep naar de salontafel en pakte de kopie van het artikel over Galaxen. Olof Jönsson stond links, Jacques Levinder in het midden en Pierre Hielmstedt rechts.

'Haal je nou niet meteen van alles in het hoofd,' waarschuwde Frank. 'We zullen uitzoeken of er eventueel een verband is. Op dit moment proberen we Olof Jönsson te bereiken.'

'Als Rickard bij hem woonde, wist hij misschien iets,' dacht ze hardop na. 'Misschien was hij van plan het in zijn biografie te zetten, misschien was het hetzelfde als wat Adam wilde onthullen...'

'Rustig aan!' zei Frank. 'Voor we Olof Jönsson hebben gesproken heeft het geen zin om met allerlei wilde theorieën op de proppen te komen.'

'Het moet iets met Galaxen te maken hebben, dat wat Elisabeth me wilde vertellen,' ging Nathalie verder terwijl ze naar de keuken liep. 'Daarom reageerde ze zo sterk op Levinders naam... Hoe staat het ervoor met die dossiers?'

'De officier is ermee bezig,' zei Frank. 'Maar zoals je weet draaien de ambtelijke molens langzaam.'

Er werd aangebeld. Ze haastte zich naar de hal.

'Daar zul je ze hebben,' zei ze toen ze de schaduwen door het zijraam naar binnen zag vallen.

Voor ze de deur opendeed, keek ze naar buiten. Ze ving de blik van twee geüniformeerde agenten die ze niet herkende.

'Je collega's zijn er,' zei ze tegen Frank. 'Ik bel je straks terug.'

De agenten stelden zich voor als Roland Larsson en Katja Alvén en vertelden dat ze onderweg niets verdachts hadden gezien.

Nathalie keek op haar horloge. Ze liet haar pols snel zakken toen ze zag dat ze nog steeds Adams horloge droeg.

'Het is zeven minuten geleden dat u hebt gebeld,' zei agent Larsson. 'Als de persoon in kwestie met de auto of motor was, is het helaas te laat om de weg af te zetten.'

'Verdomme!' riep Nathalie uit.

'Onze collega's patrouilleren in de omgeving,' zei Larsson. 'En wij houden de hele nacht de wacht voor uw huis. Vanaf nu hebt u non-stop beveiliging.'

Zijn collega Alvén gaf haar een armband met een rode knop erop. Een moderne versie van het persoonlijke alarm dat sommige bejaarden droegen.

'Dit is uw overvalalarm met ingebouwd gps. U hoeft alleen maar op de knop te drukken, dan ziet de alarmcentrale waar u bent.'

'Bedankt,' zei ze, en ze schoof de elastische armband om haar vrije pols.

De agenten zeiden gedag. Nathalie keek hen voor het raam na tot ze in hun wagen op de keerplaats waren gestapt. Ze belde Frank weer, maar hij was in gesprek.

In de woonkamer ging ze op de leren bank zitten en probeerde haar gedachten op een rijtje te krijgen. Ze frunnikte aan Adams horloge en vervolgens aan het alarm.

Wat wil je? Wat was er gebeurd als de deur niet op slot had gezeten en ik je te pakken had gekregen? Ze rilde toen de mogelijke antwoorden op die vraag de revue passeerden. Ze kwam tot de conclusie dat het maar goed was geweest dat ze op een afgesloten deur was gestuit. Ze keek naar de artikelen, de mappen en de foto's.

Rickard. Dus hij had eind 1999 in Uppsala gewoond. In hetzelfde jaar was zij begonnen aan haar studie geneeskunde en had ze Adam ontmoet. Het zou kunnen dat ze elkaar in die periode weleens waren tegengekomen, maar erg waarschijnlijk leek het haar niet, want Rickard was geen student.

Ze bladerde door het fotoalbum. Adam en zij voor de domkerk, opgedoft voor hun eerste lentebal bij Uplands Nation, met de zwanenvijver en Flustret op de achtergrond; een foto van een van de gewelven van het Ulleråker-ziekenhuis...

Ze draaide de foto's om en bekeek de datums. De drukinkt was verbleekt, maar nog net zichtbaar: 7 april 2004. De dag van het pokertoernooi, twee dagen na Adams onverwachte bezoek aan afdeling 50, twee dagen voor de moord.

Adam, waar was je mee bezig? Ze wist dat hij altijd gedegen voor- en nawerk verrichtte, maar niet zó gedegen.

Op de laatste bladzijde van het album stak een wit driehoekje uit achter een foto van Adam bij een stroomversnelling in een rivier. Ze pakte het hoekje en trok een foto tevoorschijn. Waarom zat die weggestopt achter een andere? Had de politie dat over het hoofd gezien tijdens het onderzoek? Op de achterkant had iemand, waarschijnlijk Adam, met blauwe balpen geschreven: V?

Toen ze de datum op de foto zag gingen haar nekharen overeind staan, alsof een vreemde hand haar betastte.

8 april 2004.

De dag voor de moord.

Toen ze de foto omdraaide, kreeg ze weer het gevoel dat iemand haar bespiedde. Ze wierp een blik op het raam in de woonkamer. Toen ze alleen haar eigen angstige blik weerspiegeld zag, onderdrukte ze haar ongerustheid en concentreerde ze zich weer op de foto.

Vier mannen stonden op de veranda van wat eruitzag als een jachthut. Opgetrokken uit hout, kleine ramen, drie grote elandgeweien aan de buitenwand. De foto was van zo'n twintig meter afstand genomen, zonder flits. Het schemerde – of het was vroeg in de ochtend – en de hut was omgeven door donker bos. De mannen stonden in het licht van een lamp boven de deur, maar door de afstand en de schaduwen waren ze deels in duisternis gehuld.

Drie van hen herkende ze. Jacques Levinder, Olof Jönsson en Pierre Hielmstedt. Ook de vierde man kwam haar bekend voor, maar omdat hij met zijn rug naar de camera stond en deels schuilging achter Levinder, kon ze hem niet goed plaatsen. Normaal postuur, normale houding, een pet op zijn hoofd. In principe kon het iedereen zijn, maar iets deed haar denken dat ze hem kende. Of was het de jachthut die ze herkende?

Was ze daar weleens geweest? Nee, ze jaagde niet en was ook nooit met Adam of Håkan mee geweest. Ze probeerde door haar wimpers heen de schaduwen en het korrelige beeld scherper te krijgen.

Het zou Håkan kunnen zijn. Hij had weleens met Pierre Hielmstedt gejaagd, maar ze wist niet meer wanneer. Het zou Frank kunnen zijn, maar hij jaagde niet. Of misschien… haar stalker? De enige die het beslist niet kon zijn was de één meter tweeënnegentig lange Rickard.

Met een huivering stond ze op en ze liep naar de hal. Ze verzekerde zich ervan dat de twee blonde agenten nog in hun auto zaten en keerde terug naar de bank.

Eén ding was zeker. Adam had die foto gemaakt. Maar waarom? De foto bewees niets.

Adams horloge schuurde langs haar huid. Ze deed het af en legde het terug in de doos. Draaide de foto om en probeerde zich te concentreren.

V?

Wat betekende dat? Was het de eerste letter van een naam, een plaats? Betekende het vraagteken dat Adam het niet zeker wist? Hoe dan ook was die V net zo frustrerend als de twee andere raadsels: de letter B en Rickards laatste woorden.

De regen kletterde tegen de ruiten toen een plotse wind opstak. Nathalie stond op en met de foto nog altijd in haar hand belde ze Frank. Deze keer kreeg ze hem wel te pakken.

'Die foto kan ik me niet herinneren,' zei hij toen ze het had verteld.

'Hoe is dat mogelijk?' vroeg ze, en ze zag dat de politiewagen nog steeds voor haar huis stond, maar door de harde regen kon ze de agenten niet meer zien.

'Hoe bedoel je?' vroeg Frank.

'Dat de laatste foto die Adam heeft genomen niet is onderzocht? Het is toch duidelijk te zien dat de drie eigenaars van Galaxen erop staan, samen met nog een man.'

'Het was commissaris Erlander die daarover ging,' zei Frank. 'Maar zei je dat die foto achter een andere zat? Misschien hebben ze hem over het hoofd gezien...'

Nathalie liep naar de keuken en dronk een glas koud water.

'Laten we het zo doen,' zei Frank. 'Ik vraag mijn collega's in Uppsala om al het materiaal weer op te halen. Het is duidelijk dat het nog eens onderzocht moet worden.'

'Hebben jullie Olof Jönsson al gesproken?'

'Nog niet, maar er wordt aan gewerkt. Ik zal hem die foto laten zien. Misschien komen we er dan achter waar die V voor staat.'

'En Levinder? Gaan jullie hem ook opnieuw verhoren?'

'We beginnen met Jönsson. En doe nou geen domme dingen, Nathalie. Als je contact opneemt met Levinder of tegen wie dan ook iets over die foto zegt, breng je niet alleen het onderzoek in gevaar, maar ook je eigen positie binnen de DPG. Begrepen?'

'Ja.'

'We komen de spullen over uiterlijk een uur halen. Zorg dat alles klaarstaat.'

'Dat zal ik doen. Nog nieuws over Elisabeth?'

'Nee. Heb je morgen een afspraak met haar?'

'Ja, om tien uur.'

Een beweging in haar ooghoek. Iemand kwam de keuken in. Nathalie draaide haar hoofd en liet bijna haar glas vallen. Ze keek recht in Tea's opengesperde blauwe ogen.

'Mama, ik kan niet slapen. Ik droomde dat iemand me ontvoerde.'

35

UPPSALA,
WOENSDAG 30 APRIL 2014

Behandelkliniek Galaxen was gevestigd op de begane grond van een wit pand van drie verdiepingen aan de rand van het stadsdeel Rickomberga. Het afgelegen gebouw werd omzoomd door gedrongen dennen en berken en een rechthoekig hek. In het zuiden strekte een grasveld zich uit richting een loofbos, dat prilgroen straalde in het ochtendlicht.

Nathalie parkeerde haar Volvo op straat en keek hoe laat het was. Vijf voor negen. Ze was stipt op tijd voor haar afspraak met Erica Bodén.

Een frisse wind trok over het veld en aan de blauwe hemel dreef hier en daar een wolkje richting het westen. Het zou een mooi studentenlentefeest worden.

Onderweg had ze al een paar studenten op picknickkleden in het gras zien zitten met een glas in de hand en een witte studentenpet op het hoofd. Ze had aan haar eigen studentenlentefeesten gedacht, met de havermoutpap- en champagneontbijtjes, de haringlunch en champagnerace naar de studentenvereniging nadat ze bij de universiteitsbibliotheek plechtig hun studentenpet hadden opgezet. Ze had geconcludeerd dat ze die levensfase van dolen en zoeken niet miste. Haar nieuwe leven verschafte haar zowel veiligheid als vrijheid – of zo was het in elk geval een paar maanden lang geweest.

Een halfuur nadat ze Frank over de foto had verteld waren twee agenten in burger van de politie Uppsala gekomen om al het materiaal op te halen. Toen ze de verhuisdozen naar buiten droegen had ze een leegte gevoeld, alsof ze haar gezamenlijke leven met Adam meenamen.

De politie had haar stalker nog niet gevonden. Het beeld van de gestalte voor haar huis had haar de hele nacht geplaagd. Dankzij een slaappil had ze een paar uur liggen sluimeren, met haar overvalalarm op het nachtkastje en de politiewagen voor haar huis.

Vanmorgen had ze haar moeder verteld wat er was gebeurd. Tot haar verbazing had Sonja beheerst gereageerd.

'Het zal vast niet lang duren voor ze die gek oppakken, en dan kun je het achter je laten.'

'Zeg er alsjeblieft niets over tegen de kinderen.'

'Natuurlijk niet, wat denk je wel?'

Omdat Frank niet mocht weten dat ze een bezoek bracht aan Galaxen, had ze de hoofdinspecteur zover gekregen de beveiliging in te trekken tot ze aankwam in het ziekenhuis. Daar zou ze begeleid worden vanaf de parkeerplaats, en dan zouden twee agenten in burger van Opsporing haar de rest van de dag volgen.

Op weg naar school had ze haar moeder afgezet bij haar huis in Sunnersta en haar beloofd snel iets van zich te laten horen. Vervolgens had ze Tea en Gabriel beloofd hen uiterlijk om twee uur op te halen. Håkan had ge-sms't dat hij de kinderen het liefst vanavond al ophaalde, zodat ze morgenochtend meteen naar Stockholm konden rijden. Ze had teruggeschreven dat ze het zouden doen zoals eerder was afgesproken.

Erica Bodén ontving haar in de hal.

'Nathalie, leuk dat je er bent!'

Erica gaf haar een rondleiding. De jeugdzorginstelling was modern en licht, met een gemeenschappelijke ruimte, een personeelskamer, gangen en gesloten deuren van kamers met voornamen op handgeschreven bordjes ernaast. Gelukkig kwam Nathalie geen collega's tegen; ze wist niet hoe ze had moeten uitleggen wat ze daar deed.

'De artsen zijn er een paar uur per week,' zei Erica. 'Onderdeel van de filosofie is dat de bewoners al vroeg in het proces zelf verantwoordelijkheid nemen.'

'Is Jacques Levinder er weleens?' vroeg Nathalie toen ze Erica's kamer binnenliepen, die uitkeek op het grasveld achter het gebouw.

'Ik heb hem hier nog nooit gezien, maar ik ben dan ook pas begonnen,' antwoordde Erica, en ze nam plaats in een van de fauteuils om een ronde houten tafel met een glazen blad, waarop een doos tissues stond.

'En de twee andere bestuursleden, Olof Jönsson en Pierre Hielmstedt?'

Erica schudde haar hoofd.

'Ik heb hun naam weleens gehoord, maar ze nog nooit ontmoet. Hoezo?'

'Gewoon, uit interesse,' zei Nathalie quasinonchalant. 'Mijn ex was een collega van Pierre Hielmstedt, en Levinder en ik zijn in feite ook collega's.'

'Aha,' zei Erica, en ze verschoof de doos tissues, alsof ze die in een onzichtbaar ruitpatroon op de glasplaat zette.

'Vertel eens over je werk,' vroeg Nathalie om niet al te direct op haar doel af te gaan.

Ze luisterde naar Erica's uiteenzetting, maar haar gedachten waren bij de gebeurtenissen van de afgelopen dagen. Zou Elisabeth vandaag op controle komen? Wie had haar moeder gisteren aan de telefoon gehad?

'Wil je trouwens koffie?' vroeg Erica.

Nathalie keek hoe laat het was. Tien voor halftien. Elisabeth zou om tien uur komen en om kwart voor tien verwachtte de politie haar op de parkeerplaats.

'Lekker, één kopje red ik wel,' antwoordde ze.

'Is oploskoffie goed?'

'Prima.'

'Ik ben zo terug, blijf lekker zitten,' zei Erica, en ze liep de kamer uit.

Een blik op de computer en op haar handen op de armleuningen. Dit was haar kans. Nathalie stond op, deed de deur dicht en liep naar de computer. Ze wist dat de meeste mensen in de zorg – zijzelf incluis – zelden uitlogden uit het dossiersysteem als ze even wegliepen van hun computer.

Met een muisklik haalde ze het scherm uit de slaapstand. Met vlugge vingers tikte ze Elisabeth Rapps persoonsnummer in, en ze vond meteen haar dossier.

Ze zag haar vermoedens bevestigd.

Elisabeth Rapp had in Galaxen gezeten.

Ze scrolde naar de laatste aantekening. Die dateerde van 2 mei 2004. Twee dagen na Adams dood was Elisabeth in een psychose geraakt en overgeplaatst naar Ulleråker voor gedwongen opname.

Jacques Levinder was degene geweest die Elisabeth overgeplaatst had. Zijn aantekening was kort en zei niets over de aanleiding van haar psychose.

Stappen naderden over de gang. In een reflex sloot Nathalie het dossier en deed drie passen bij het bureau vandaan. Toen de stappen zich verwijderden, liep ze terug naar het bureau.

Ze scrolde terug, las hier en daar een fragment. Elisabeth had een halfjaar in Galaxen gewoond. Die hele periode was Levinder verantwoordelijk arts geweest.

Ze herinnerde zich een flard van hun gesprek.

Was Elisabeth Rapp patiënt in Galaxen?

Je weet net zo goed als ik dat ik daar geen antwoord op kan geven.

Ze verstijfde toen ze de aantekening van Elisabeths inschrijving las. Daarin stond dat ze wilde worden aangesproken met haar bijnaam, Betty.

B.

De conclusie was duidelijk: zij moest B zijn. Met wie Adam geheime afspraken had in de dagen voor de moord. Die hij op Nathalies afdeling kwam opzoeken.

Ze las verder, scande de tekst diagonaal om tijd te sparen. Automatisch werden haar ogen naar een bekende naam getrokken. Nog een puzzelstukje dat haar sterkte in haar overtuiging dat er iets vreselijk mis was. Advocaat Pierre Hielmstedt was in Elisabeths tijd in Galaxen een van haar voogden geweest.

Nieuwe stappen op de gang. Ze herhaalde haar manoeuvre. Net toen ze een lithografie van Chagall stond te bekijken, werd er op de deur geklopt. Ze deed open en zag Erica staan, met in elke hand een beker koffie en een verbaasd gezicht.

'Heb je de deur dichtgedaan?' vroeg ze.

'Nee, ik geloof dat jij dat deed toen je koffie ging halen. Ik stond net je mooie kunstwerken te bewonderen.'

'Ja, mooi zijn ze, hè?' zei Erica met een glimlach, en ze gaf Nathalie een beker koffie aan.

Ze namen plaats in de fauteuils. Nathalie voelde haar wangen gloeien en hoopte dat het niet te zien was. Ze praatten over koetjes en kalfjes en toen Nathalie haar koffie ophad, keek ze op de klok en zei met gespeelde schrik: 'Oei, ik moet gaan. Het was leuk om te zien waar je werkt. Wil Hanna misschien een keer na school bij Tea komen spelen?'

Na een half minuutje afscheid nemen liet ze zichzelf uit.

In de auto pakte ze haar mobiel en zocht ze de afbeelding die ze had gemaakt van Adams foto van de vier mannen. Ze tikte op het scherm, zoomde een voor een op hen in. Ze kon de vierde man nog altijd niet identificeren. Het gevoel dat ze hem kende was sterk, maar net zo wazig als de foto zelf.

Flarden van dromen van de afgelopen nachten kwamen bovendrijven uit haar onderbewustzijn. Het duister in haar welde op. De herinnering aan het verschrikkelijke was terug. Ze zag zichzelf in de achteruitkijkspiegel, in een onmogelijke nuance van zwart. Als angst een kleur heeft, is het deze, dacht ze, en ze richtte haar blik op een bus die bij de halte voor Galaxen stond.

Ze deed haar handsfree-oortje in, startte de motor en belde Frank.

'Ik had gelijk. Elisabeth Rapp woonde in het halfjaar voor de moord op Adam in Galaxen. Jacques Levinder was haar arts en Pierre Hielmstedt haar voogd. En zij is de B in Adams aantekeningen.'

'Wát zeg je? Waar ben je?'

'Ik zit in de auto. Hebben jullie Elisabeth al gevonden?'

'Nee, ze is nog altijd spoorloos, maar nu moet je je echt nader verklaren.'

Ze reed over Luthagsesplanaden richting het centrum en vertelde. Frank reageerde geïrriteerd: 'Hoe ben je daarachter gekomen?'

'Doet er niet toe. Noem het een anonieme tip of wat je wilt, het gaat om het verband. Nu moeten jullie Levinder en Hielmstedt ook verhoren.'

Ze hoorde stemmen op de achtergrond, alsof Frank door een kantoortuin liep.

'Rustig aan,' gebood hij. 'Ik had toch gezegd dat je niet de speurneus moest spelen.'

Hij kuchte en vervolgde: 'Hoe dan ook, we staan op het punt om Jönsson te verhoren. En de officier heeft de dossiers van Galaxen en Jeugdpsychiatrie opgevraagd.'

'Nu weet je dus wat daarin staat. Ben je op het bureau?'

'Ja.'

'Elisabeth moet zo snel mogelijk gevonden worden,' zei Nathalie, en ze stopte voor een zebrapad om een groepje studenten te laten oversteken. 'Ik denk dat ze zich schuilhoudt omdat ze zich bedreigd voelt... Waarschijnlijk door deze drie mannen. Als zij verantwoordelijk zijn voor...' De rest van haar zin kon ze niet uitspreken.

'We doen alles wat we kunnen om haar te vinden.'

'Hebben jullie Adams spullen onderzocht?'

'We zijn ermee bezig. Die foto is nieuw in het onderzoek en ik ben het met je eens dat het vreemd is dat die de vorige keer niet is opgemerkt. Je weet nog steeds niet welk huisje het zou kunnen zijn?'

'Nee, maar dat zal Olof Jönsson wel weten,' zei ze.

'Dat is de eerste vraag die ik 'm zal stellen,' besloot Frank.

36

Om kwart over tien stond Nathalie op van haar bureaustoel en liep naar het raam. Het was wel duidelijk dat Elisabeth niet op controle zou komen.

Betty. Nathalie had Elisabeth zichzelf nooit zo horen noemen. Misschien gebruikte ze die naam niet meer?

Zelf werd ze op de middelbare school Nettan genoemd, en Håkan had af en toe 'mijn lieve Nellie' gezegd. Nu heette ze alleen nog Nathalie, behalve op de datingsite, waar ze de alias N45 gebruikte.

Een van de agenten in burger die haar beveiligden kwam door de hoofdingang naar buiten en liep langs de goot die de straatkeien scheidde van het cement. Ze hadden afgesproken dat ze zo onopvallend mogelijk beveiligd zou worden. Hopelijk zou haar stalker snel opduiken, zodat ze hem of haar konden aanhouden.

De zon scheen op een horde studenten die ter hoogte van de sportschool Sjukhusvägen overstaken. Het incident met de schoolklas en haar stalker verscheen weer op haar netvlies. Toen had ze op dezelfde plek gestaan als nu en ze wist nog precies waar hij of zij had gelopen, alsof de coördinaten voor altijd in haar geheugen gegrift stonden.

De agent ging op een bankje zitten en keek op zijn telefoon. In een reflex pakte Nathalie de hare en klikte de foto van de vier mannen bij de jachthut weer tevoorschijn. Ze zoomde in op de vierde man. Nog altijd bekend, maar onherkenbaar. Zodra Frank Olof Jönsson had verhoord zou ze weten wie hij was.

Met haar wijsvinger schoof ze de foto heen en weer. Ze vestigde haar aandacht op de drie elandgeweien aan de wand. Ze telde de enden van het grootste gewei, dat het dichtst bij de deur hing.

Vierentwintig. In een flits uit het verleden zag ze Louise naar de kroon wijzen terwijl ze zei dat het voor de schutter moest zijn geweest alsof hij de jackpot won.

Kon het kloppen?

Ze zoomde helemaal uit. Ja, nu zag ze het. Haar geheugen vulde de gaten op en alle puzzelstukjes vielen op hun plek, als een Rubiks kubus die opeens zijn geheim prijsgaf.

Het was de jachthut bij Duvboda, waar ze ooit eens op een kreeftenfeestje van de kliniek was geweest. Kon dat echt kloppen? Toen haar aanvankelijke overtuiging wegebde, begon ze te twijfelen. Er waren vast wel meer van zulke jachthutten en het was lang geleden. Dat kreeftenfeestje moest in 2002 of 2003 zijn geweest. Maar dat gewei zou toch wel uniek zijn? Ze wist te weinig van wild om het met zekerheid te zeggen.

Ze liep naar haar bureau, ging naar de site van het telefoonboek en klikte op de kaart.

Duvboda. Amper vijf kilometer buiten de stad. Nathalie keek in haar agenda. Nog één patiënt voor de lunch. Tea en Gabriel hoefde ze pas om twee uur op te halen.

Ze nam een snel besluit. Er was maar één manier om erachter te komen of het dezelfde jachthut was. Ze moest ernaartoe.

+

Om halfeen parkeerde ze de Volvo voor de jachthut. Zodra ze door het open terrein reed, met de jachthut op een heuveltje in de oostelijke hoek, had ze geweten dat ze het bij het juiste eind had. Hiernaartoe was Adam de mannen de avond voor de moord gevolgd, en misschien ook na het pokertoernooi.

De grijze Audi van de agenten in burger was achter haar gestopt. Ze stapte gelijktijdig uit met de twee mannen, die in al hun alledaagsheid alleen opvielen door hun getrainde lichaam en waakzame blik. Ze had gezegd dat ze gewoon even een stukje wilde rijden tijdens haar lunchpauze, maar toch had de verantwoordelijke hoofdinspecteur besloten dat de beveiligers haar zouden volgen. De enige uitleg die ze had gegeven was dat ze naar een jachthut zou rijden om iets na te trekken, en ze hadden geen vragen gesteld. Ze had niets tegen Frank gezegd – hij zou alleen maar hebben geprobeerd om haar tegen te houden.

Ze liep een rondje om de jachthut heen en zag de grote elandgeweien aan de zuidelijke wand hangen. Vierentwintig enden.

Ze pakte haar mobiel en vergeleek ze met de foto. Het klopte, net als de veranda, de vierkante ramen, het schuine dak en het sparrenbos eromheen. Het verschil was dat de jachthut in beduidend slechtere staat was dan op Adams foto. Er groeide korstmos op het hout, twee van de ruiten waren gebarsten en de veranda was vermolmd en verzakt.

Ze wilde naar binnen kijken. Ze vond een regenton, zette die op zijn kop en met de hulp van een van de agenten klom ze erop.

'Nu moet u toch echt uitleggen waar u mee bezig bent,' zei opsporingsagent Jörgen Edström.

'Zo meteen,' zei ze, en ze plaatste haar handen tegen de ruit om beter naar binnen te kunnen kijken.

Een ruimte van ongeveer vijftien bij zes meter. Acht vierkante ramen, rechts een keuken en een dichte deur. Er stond geen enkel meubelstuk, maar toch herkende ze de ruimte. Daar had ze rivierkreeft zitten eten. Louise en zij hadden hun handen vol gehad aan het pellen van de kreeftjes en het afpoeieren van de handtastelijke chef-artsen.

Ze klom van de regenton af en zei tegen de verblufte agenten dat ze iemand moest bellen.

Na drie keer overgaan nam Frank op. De wind gierde in de telefoon en Nathalie ging aan de oostelijke kant van de jachthut in de luwte staan.

'Ik heb de jachthut van Adams laatste foto gevonden,' begon ze.

'Weet je wie de eigenaar ervan is?' vroeg Frank toen ze uitgesproken was.

'Nee, maar dat moet toch gemakkelijk te achterhalen zijn?'

'Wat zijn de coördinaten? Vraag het aan de agenten, zij hebben gps.'

Dat deed ze. Frank schreef de coördinaten op en beloofde het meteen uit te zoeken.

'Wat zei Olof Jönsson?' vroeg Nathalie terwijl Frank op zijn toetsenbord typte.

'Voorlopig helemaal niets,' zei Frank. 'Hij zit in de verhoorkamer met zijn advocaat en traineert de boel. Daarnet kreeg hij een migraineaanval en moest hij pauze nemen, nog voor we waren begonnen.'

Ze zwegen even. Nathalie liep nog een rondje om de jachthut en was steeds zekerder van haar zaak.

'Hier heb ik het,' zei Frank. 'De jachthut was van commissaris Alf Erlander. Na zijn dood heeft zijn broer Anders hem geërfd. Anders woont al jaren in Chicago, dus dat verklaart waarom de hut zo vervallen is...'

Alleen de eerste zin was tot Nathalie doorgedrongen. Steeds

weer die Alf Erlander. Was hij de vierde man? Ze had hem nooit ontmoet, maar misschien zat ze ernaast met haar gevoel dat de man op de foto haar bekend voorkwam.

'Wist jij dit?' vroeg ze toen ze naar haar auto liep.

'Wat?'

'Dat Erlander een jachthut had?'

'Nee, maar ik wist wel dat hij jaagde.'

'Dat betekent dus dat de man die verantwoordelijk was voor het onderzoek naar de moord op Adam deze drie mannen kende?' zei ze, eerder als constatering dan als vraag.

'We weten niet of Erlander hen kende, misschien huurden ze de jachthut alleen maar,' wierp Frank tegen. 'Blijkbaar werd de locatie ook gebruikt als feestruimte.'

'Ja, maar ik denk niet dat Adam hier midden in de nacht naartoe reed om een verjaardag vast te leggen. En waarom heeft Erlander die foto over het hoofd gezien?'

Stilte, en toen het kuchje dat betekende dat Frank zich gewonnen gaf.

'Je hebt gelijk,' zei hij. 'Ik zal de officier om een huiszoekingsbevel vragen.'

Een zwarte vogel vloog over de akker naar de boomkruinen.

'Ik kan die Erlander niet loslaten,' zei ze. 'Wat was het precies voor auto-ongeluk?'

'Het was een eenzijdig ongeval,' antwoordde Frank. 'Hij reed iets ten zuiden van Bräcke in Jämtland tegen een rotswand en was op slag dood.'

'Twee maanden na Adams dood?'

'Ja. Het was glad op de weg en hij slipte.'

Frank veranderde van onderwerp.

'Ik heb Elisabeths dossier uit Galaxen gelezen. Je had gelijk, zoals gewoonlijk... We zullen Jacques Levinder en Pierre

Hielmstedt voor verhoor naar het bureau laten komen. Maar ze hebben een alibi voor de moord op Adam en we hebben geen concrete verdenkingen. De links die jij hebt gevonden tussen Elisabeth Rapp, Galaxen en Adam zijn opvallend, maar niet strafbaar. Maar ik ben hoe dan ook benieuwd wat ze te zeggen hebben over die foto.'

'Hou me op de hoogte. Nu moet ik de kinderen ophalen.'

Toen ze de grindweg op reed en de jachthut kleiner zag worden in haar achteruitkijkspiegel, belde ze Håkan.

'Ik heb het druk, is het belangrijk?' was het eerste wat hij zei.

'Ja, waarom heb je destijds het contact met Erlander verbroken?'

'Je weet dat ik het daar niet over wil hebben. Waar gaat dit over?'

'Had hij een jachthut buiten Duvboda, bij het Storskogen-bos ten noorden van de stad?'

'Ja, hoezo?'

'Ben je daar weleens geweest?'

'Wat wil je?'

'Kun je voor één keer gewoon antwoord geven?'

Tot haar verbazing zuchtte hij en zei: 'Ik ben er als tiener weleens geweest, toen ik mee was op damhertenjacht. Ben je nu tevreden?'

Ze zag de foto voor zich. Ze dacht niet dat het waar kon zijn, maar vroeg het toch: 'Jij was niet toevallig daar de dag voordat Adam werd vermoord, op 8 april 2004?'

'Waar heb je het over? Ben je weer in die moordzaak gedoken?'

Ze zag al voor zich hoe Håkan dat in de strijd om het ouderlijk gezag zou aanvoeren als voorbeeld van haar labiele karakter.

'Nee,' zei ze. 'Ik vroeg het me gewoon af.'

Voor de tweede keer tijdens het gesprek verbaasde hij haar door niet met een spervuur van tegenvragen te komen. In plaats daarvan vroeg hij: 'Is het goed als ik de kinderen morgenochtend om acht uur ophaal?'

'Ja, dat hadden we toch al afgesproken?'

'Ik wilde alleen weten of het nog steeds uitkomt,' zei hij, en hij beëindigde het gesprek.

Nathalie reed hard en de wegen werden steeds breder. Toen ze de heuvels van Gamla Uppsala passeerde, voelde ze een trilling rechts op haar borst, als een tweede hart. Ze viste haar telefoon uit haar jaszak en las het binnengekomen sms'je met drie woorden tegelijk om haar ogen op de weg te houden.

Ze moest de auto aan de kant zetten om het bericht nog eens te lezen.

Sorry dat ik je achtervolg. Je hebt twee mooie kinderen. Kunnen we afspreken? We moeten praten.

Ze zag dat de Audi achter haar was gestopt. Met bonzend hart antwoordde ze:

Wie ben je?

Daar kom je achter als we elkaar zien.

Wat wil je van me? Ik kom alleen als je zegt wie je bent!

Dan gaat het niet door. En ik waarschuw je, geen woord tegen de politie. Denk aan Tea en Gabriel.

Een halve minuut lang staarde ze naar het berichtje, niet in staat tot antwoorden. Toen nam ze een beslissing.

Dit is belachelijk. Waarom blijf je me lastigvallen?

Het antwoord liet even op zich wachten. Zonder met haar ogen te knipperen staarde ze naar het scherm. Toen zoemde haar telefoon.

Ik moet gaan, je hoort nog van me.

37

De kinderen speelden tikkertje tussen de grafstenen. Omdat er verder niemand in de buurt was, liet ze hen hun gang gaan. Door onderbezetting op de bso hadden ze de hele middag film zitten kijken, dus ze tot de orde roepen zou hoogstens een seconde effect hebben. Op weg van haar werk naar de bso had ze besloten om op de terugweg bij het graf van Adam langs te gaan. Om haar gedachten te bundelen. Om te proberen het te begrijpen. Ze had gezegd dat ze naar het graf van haar overgrootouders wilde, en was als in het voorbijgaan bij Adams graf blijven staan.

De steen stond vlak naast de muur van het Engelse park. Hij lag deels in de schaduw onder een grote treurberk en er dansten zonnespikkels op het roodbruine graniet.

ADAM STARLANDER

1969-2004

Het graf was goed onderhouden, er waren onlangs driekleurige viooltjes geplant, waarbij de kleuren wit en paars overheersten. De kosten voor het grafonderhoud deelde ze al die jaren al met de ouders van Adam, maar dat had ze Håkan nooit verteld. Zij was degene die het graf het vaakst bezocht, dus dat voelde niet meer dan juist. Na de dood van Adam waren zijn ouders gescheiden. Moeder Rut had zware reuma en was naar Gran Canaria verhuisd, vader Karl-Erik was mensenschuw en kwam nog maar zelden buiten.

Tea kwam aanrennen en sloeg haar armen om Nathalies been, Gabriel was net iets later.

'Pas!' riep Tea, en ze omklemde haar moeders been nog steviger.

'Schijterd,' zei Gabriel grijnzend.

'Rustig aan,' zei Nathalie. 'We gaan zo naar huis.'

'Wanneer komt papa ons halen?' vroeg Gabriel.

'Morgenochtend, dat heb ik toch gezegd.'

'Jippie!' riep Tea, en ze sprong een gat in de lucht.

'Nu ben jij 'm,' zei Gabriel, en hij prikte zijn wijsvinger in Tea's buik. 'Ik zal je een voorsprong geven.'

En weg waren ze weer. Nathalie keek hoe laat het was. Kwart over vier.

Er waren vier uur verstreken sinds het sms'je van haar stalker.

De woorden *En ik waarschuw je, geen woord tegen de politie. Denk aan Tea en Gabriel…* maalden door haar hoofd als een kras in een plaat. Ze had niets tegen Frank durven zeggen. De veiligheid van de kinderen mocht onder geen beding op het spel komen te staan. Het was het veiligst om te wachten tot morgen als Håkan ze gehaald had.

Ze bleef met een zucht staan en bekeek de grafsteen vanuit een ander perspectief. Ze zag de witte porseleinen duif op de steen. Die was afkomstig van haar moeder. Sonja had hem na de begrafenis op de steen gezet en gezegd dat dat een herinnering van haar was.

Haar mobiel ging net op het moment dat Gabriel en Tea uitgelaten lachend kwamen aanrennen. Toen ze zag dat het Frank was, wierp ze een laatste blik op de steen en zette koers naar de parkeerplaats.

'Hoe gaat het?' vroeg hij.

'Gaat wel. Ik ben met de kinderen op het kerkhof, ik heb even bij Adams graf gekeken.'

'Niets nieuws van je stalker?'

'Nee.'

'En de collega's van Opsporing?'

'Die staan op de parkeerplaats te wachten. Hoe zijn de verhoren gegaan?'

'Die hebben weinig opgeleverd,' verzuchtte Frank. 'We hebben ze alle drie aan de tand gevoeld: Levinder, Jönsson en Hielmstedt. De nacht dat Rickard werd vermoord hadden ze een gemeenschappelijk etentje bij Hielmstedt thuis en ze zijn daar ook blijven slapen. Ze hebben dus ook een alibi voor de moord op Rickard. En geen van hen bezit een revolver van het merk Smith & Wesson.'

'Het is wel gek dat juist zij drieën elkaar een alibi geven voor de moord op Adam...'

'Ik hoor wat je zegt, Nathalie, maar een alibi is een alibi.'

Ze draaide zich om, gebaarde naar de kinderen, die als twee vliegers in de wind achter haar aan fladderden, om mee te komen.

'Wat zei Olof Jönsson trouwens over Rickard?'

'Dat hij in 1999 een halfjaar pleegkind bij hem is geweest. Rickard had het naar zijn zin, deed drie keer per week aan boksen en kon ook aardig meekomen op school. De aanleiding dat hij moest verhuizen, was dat Jönsson stopte met het pleegouderschap. Ze hebben daarna geen contact meer gehad.'

'Er is niets verdachts naar boven gekomen?'

'Nee, maar we hebben bij alle drie DNA afgenomen.'

'Heb je de uitslag van de analyse van Gyllenborg al?'

'Nee, er zit contaminatie in het monster, dus het duurt langer dan normaal, maar het lab heeft beloofd dat de uitslag morgen komt.'

Ze dacht aan de voorstelling van aanstaande vrijdag waarvoor haar vader Louise en haar had uitgenodigd. Aan het sms'je van Rickard op de trap van de schouwburg. Aan hoe het leven momenteel elk drama overtrof.

Ze kwam bij het hek, knikte naar de agenten in burger op de parkeerplaats die plaatsnamen in de Audi.

'Wat zeiden ze over Elisabeth?'

'Levinder meende zich te herinneren dat hij destijds verantwoordelijk voor haar was, maar wist verder vrij weinig meer.'

'En die tip?'

'Daar wisten ze niets van.'

Gabriel klom op het hek en zette zich af met zijn voet zodat het opendraaide. Tea kwam er een paar meter achteraan sjokken.

'Wat zeiden ze over die jachthut van Erlander?' vroeg ze.

'Dat ze daar meestal verbleven als ze gingen jagen. Alf Erlander zat in dezelfde groep jagers. FO is momenteel in die hut, maar ze hebben tot nu toe nog niets verdachts aangetroffen.'

Ze trok Gabriel voorzichtig van het hek en deed het dicht. Ze pakte Tea bij de hand en wendde zich af van de kinderen toen ze vroeg: 'Wie was die vierde man?'

Frank zuchtte en het klonk alsof hij in papieren bladerde. 'Dat kunnen ze zich niet herinneren. Ze gaven als verklaring dat ze heel vaak jachtfeesten hadden om representatiedoeleinden.'

'Heb je die foto laten zien?'

'Ja.'

'Wat zeiden ze?'

'Dat ze het zich niet herinnerden.'

'Zelfs geen gok?'

'Nee.'

'Geloof je ze?'

'Nee, maar wat moeten we?'

'Heb je gevraagd naar die V?'

'Uiteraard. Ze hadden geen idee.'

'En Erlanders broer in Chicago?'

'Hebben we niet te pakken gekregen, maar volgens gegevens van de lokale politie is hij een dakloze verslaafde die sinds 2002 in de VS woont.'

Met een druk op de afstandsbediening haalde ze de auto van het slot. Een wolk gleed voor de zon.

Ze had het idee dat er iemand op de achterbank zat. Ze knipperde en deed twee passen naar het raam, maar zag in dat ze het zich verbeeldde.

Ze liet de kinderen instappen en zei 'doei, we spreken elkaar snel weer' tegen Frank, maar staarde vervolgens recht voor zich uit zonder zich ertoe te kunnen zetten de auto te starten. Het duister in haar welde weer op zonder dat ze er iets tegen kon doen. Het ging niet alleen om angst en verdriet. Het was meer. Ze wist vrijwel alles over verdringingsmechanismen, maar zo gauw het haarzelf betrof was ze hulpeloos.

'Kom op mam, gas!' schreeuwde Gabriel vanaf de achterbank.

38

Hij parkeerde voor het antiquariaat en nam de trap naar de praktijk. Op weg van het politiebureau naar hier had hij er de hele tijd over zitten piekeren hoe hij Elisabeth te pakken zou kunnen krijgen voordat de politie daarin slaagde. Het was duidelijk dat ze problemen wilde veroorzaken.

Betty, zoals ze zich in die tijd stug bleef noemen, was een van de lastigste te medicineren patiënten die hij ooit had gehad. Ze was altijd al wispelturig en onberekenbaar, maar dat ze zoveel later in het verleden zou gaan roeren, had hij niet kunnen bevroeden.

Een daverend gejuich deed de ruiten trillen. Jacques Levinder liep naar het raam dat uitkeek op de universiteitsbibliotheek. Hij zag de duizenden witte studentenpetten die omhoog werden gegooid. Horden studenten renden als een lawine Drottninggatan af. Hij herinnerde zich dat hij daar zelf ook had gerend. Gedurende vijf lentes tijdens zijn artsenopleiding had hij naar de klaarstaande champagne bij studentenvereniging Stockholms Nation gespurt. Soms hadden de borrels tijdens de haringlunch en de uitzinnig feestende menigte hem het gevoel gegeven dat hij zijn voeten kon optillen en zich kon laten meevoeren naar de vereniging. Sindsdien was zijn leven zo verdergegaan, deinend op een golf die gedragen werd door anderen. Dat riskeerde hij nu te verliezen.

Hij streek over zijn kale hoofd, voelde dat zijn hand vochtig werd. Hij verplaatste zijn blik van de euforie en keek naar het geweer en de elandgeweien aan de muur. Hoe kwam het dat de politie de jachthut kende? Wie had die foto gemaakt?

Dat moest Nathalies verloofde zijn geweest, besloot hij, en hij trok de putter uit zijn golftas. Een foto waar Erlander niets over had gevraagd, een opname waarvan hij het bestaan misschien niet eens had gekend.

Hij legde een van de golfballen die hij op de Azoren gekocht had op het gebruikelijke punt in het patroon van het Perzische tapijt, en richtte op de oefencup aan de andere kant van de kamer. Met een harmonieuze pendelbeweging sloeg hij tegen de bal. Een amper hoorbaar klikje en het balletje rolde kaarsrecht over het tapijt. Midden in de puttingcup.

Hij glimlachte, pakte het balletje op en herhaalde de procedure. Hij zag dat Nathalie Svenssons hoge hakken afdrukken hadden achtergelaten in het tapijt. Zij was ook een probleem. Haar bezoek aan Galaxen toonde aan hoe bezeten ze was. Als Nathalie contact kreeg met Elisabeth was de ramp compleet.

Hoe moeten we ze tegenhouden? vroeg hij zich af, en hij vloekte luid toen hij de derde putt miste. Bij de jacht was het zaak om de volgende beweging van het dier van tevoren te zien aankomen en daarnaar te handelen. Dat was nu niet anders. Wel was het essentieel dat hij zijn munitie spaarde tot hij die het hardst nodig had.

Hij rekte zich uit, keek omhoog naar de torens van de domkerk en grijnsde. Als de berg niet tot Mohammed komt, zal Mohammed tot de berg gaan, zo redeneerde hij. Als ik via mijn contacten een gerucht verspreid over een partij goedkope heroïne in Flogsta komt Betty misschien uit haar schuilplaats. Ze zou vast gestrest en broos zijn, en dan was een terugval nooit ver weg.

Met een besluitvaardig gezicht haalde hij zijn mobiel uit de binnenzak van zijn jasje.

39

'Ik moet alleen even iets bij oma doen,' zei Nathalie, en ze remde af voor het twee verdiepingen tellende, vrijstaande huis in Sunnersta. 'Jullie blijven in de auto, ik ben binnen drie minuten terug.'

Tea en Gabriel knikten vanachter hun computerspelletjes. De Audi met de agenten in burger bleef tien meter verderop staan. Ze had haar moeder onderweg twee keer gebeld zonder dat er werd opgenomen. Dat was gek. Na de laatste dagen wist ze niet wat ze aan haar had. Ze ergerde zich aan haar gedrink en gesnuffel, maar was ook behoorlijk ongerust.

De voordeur zat niet op slot, maar Nathalie belde toch aan. Geen reactie.

Ze drukte de deurkruk omlaag. Drie minuten waren drie minuten, met welk spelletje ze de kinderen ook omkocht.

'Hallo? Mama, ik ben het, Nathalie!'

De woorden zochten hun weg door de donkere kamers; naar de woonkamer en de keuken, de hal op de bovenverdieping, de trap af naar het souterrain met de tv-kamer, de sauna, mama's fotoatelier en de tafeltennistafel waar papa graag rond-de-tafelpingpong speelde.

Geen reactie. De geur van thuis was in de loop der jaren vervangen door een steeds groter gevoel van eenzaamheid, naarmate zowel papa als mama hier steeds minder was.

'Hallo! Is daar iemand?'

Ze nam de drie traptreden naar de keuken. De lamp boven het aanrecht brandde. Alles zag eruit als anders, behalve dan dat een van haar moeders jassen over een stoelleuning hing. Op de keukentafel lag haar mobiel aan de lader, naast een pakje Marlboro Lights en brochures van de Lions en het Rode Kruis.

Instinctief sloop Nathalie naar voren en activeerde haar moeders telefoon. Ze checkte de lijst met de laatst gevoerde gesprekken. Ze had zelf zeven keer gebeld, daarvóór had haar moeder gesproken met Håkan, papa en drie vriendinnen. Mama's opmerkelijke woorden doken weer op in haar bewustzijn en Nathalie scrolde terug naar de vorige avond.

Daar was het. Er was maar één gesprek tussen zeven en negen uur. Een anoniem nummer. Natuurlijk, dacht ze, en ze legde de telefoon terug, liep naar de hal en riep nog eens: 'Mama? Ben je thuis?'

Toen de echo van haar roep wegstierf, hoorde ze een lallende stem vanuit de woonkamer.

'Hier... Hier ben ik, en jeetje, ik...'

Nathalie liep er snel naartoe, hoorde haar moeder doorpraten: '... ik moet in slaap zijn gevallen, hoe laat is het?'

'Halfvijf,' antwoordde Nathalie, en ze ontmoette haar moeders blik vanonder een plaid op de groene bank met de witte olifanten.

'Gut, dan heb ik zeker een dutje gedaan,' zei haar moeder, en ze ging overeind zitten.

Vliegensvlug schoof ze het longdrinkglas opzij, zodat het uit Nathalies gezichtsveld verdween achter een vaas met bloemen.

Gin-tonic, gokte Nathalie, en ze meende een geur op te vangen van jeneverbes en citroen.

'Hoeveel heb je gedronken, mam?' vroeg ze, en ze keek om zich heen op zoek naar flessen.

'Niet meer dan mijn gebruikelijke middagdrankje,' zei haar moeder, en ze knipperde alsof ze moeite had met focussen. 'Het is ondanks alles toch een feestdag.'

'Je moet beter voor jezelf zorgen.'

Sonja focuste op een punt achter Nathalies schouder, alsof daar iemand naar hen stond te kijken.

'Ik heb de kinderen in de auto en ga er weer vandoor,' zei Nathalie, maar ze maakte geen aanstalten om weg te gaan.

Langzaam wendde haar moeder haar blik door het grote panoramavenster naar buiten. 'Komen jullie niet binnen? Ik kan wat te eten maken.'

'Nee, maar ik wil weten wie jou gisteren gebeld heeft of wie jij gebeld hebt en met wie je het over Adam hebt gehad.'

Een zware zucht en dichtvallende oogleden.

'Dat weet ik niet meer, lieverd. Heb je je alarm om?'

Nathalie stak haar pols in de lucht en knikte.

'Bovendien heb ik twee politiemensen in mijn kielzog, dus dat zit wel goed. Maar denk even goed na. Natuurlijk weet je nog wel met wie je gesproken hebt.'

'Waarom is dat zo belangrijk?'

'Omdat alles wat met Adam te maken heeft belangrijk is.'

De spieren in haar moeders gezicht vertrokken en ze kreeg iets bezorgds over zich. Haar stem werd helder en duidelijk.

'Je moet niet in het verleden graven. Je moet voor jezelf en je kinderen zorgen.'

Nathalie haalde haar hand van haar moeders schouder, die elke keer dat ze hem vastpakte magerder leek te worden.

'Drink vandaag nou niet meer. Kun je dat beloven?'

'Ga nou maar, ik red me wel.'

Nathalie knikte en vertrok. Toen ze de voordeur had dichtgedaan, bleef ze op de trap staan. Ze keek naar de bestrating voor het huis, herinnerde zich hoe elke steen in haar jeugd een werelddeel had voorgesteld, hoe ze de vormen uit haar herinnering had kunnen natekenen.

Ze keek op en zette haar hak op Afrika. Er kwam een brommend geluid dichterbij en er reed een wit busje langs. BOSSES TIMMERBEDRIJF stond er in blauwe letters op de zijkant.

Er ging een koude wind door haar heen, hoewel het windstil was. Witte busjes bezorgden haar altijd een naar gevoel.

Gabriel kreeg haar in het vizier en begon vrolijk te zwaaien. Ze zwaaide glimlachend terug. Toen ze vier stenen van de auto verwijderd was, ging haar mobiel.

Dat is vast mama die ons wil overhalen om te blijven eten, dacht ze.

Ze had het mis.

Morgen om 17 uur in Stockholm. Je moet komen. Je hoort nog waar. Geen woord tegen de politie.

Nathalie staarde naar het display, naar de kinderen, naar de politieagenten en weer naar het display.

Ze was van plan om vrijdag pas naar Stockholm te gaan, maar ze was morgen vrij en Håkan had de kinderen.

Ik kom, typte ze.

Het was de enige manier om erachter te komen wat er met Adam was gebeurd.

40

UPPSALA, 2004

Adam deed de plafondlamp uit en stond zwijgend in het donker van de jachthut te luisteren. Het enige wat hij hoorde was de wind die door de bomen suisde en zijn hart dat als een razende tekeerging en in zijn oren bonkte. Hij had genoeg gezien. De foto's die hij net had genomen spraken boekdelen. Samen met het verhaal van de tipgever was het voldoende om de onthulling te publiceren. Misschien moest hij Frank bellen. Of was hij te enthousiast? Moest hij meer informatie zien te krijgen?

Hij ging bij een van de vierkante ramen staan en keek naar buiten. Het avonddonker had zich verenigd met het bos, de struiken en de akker. Het enige wat hij zag, was het licht van de straatlantaarns langs de grindweg en de volle maan die ver, heel ver weg glansde als een stuk metaal – als een munt van een afgelegen wereld die geen waarde voor hem had.

Hij liep snel over de brede planken naar buiten. Hij deed de deur zachtjes maar beslist achter zich dicht en hoopte dat ze zouden denken dat ze vergeten waren de deur op slot te doen.

Hoewel het net geregend had, koos hij de weg over de akker. Hij gleed regelmatig uit in de modder, maar het enige wat nu van belang was, was dat hij daar ongezien wegkwam. Hij werd omsloten door de duisternis; hij kon amper zien waar de lucht en de aarde bij elkaar kwamen. Hij moest moeite doen om overeind te blijven en zijn cameratas bungelde ritmisch tegen zijn heup.

Hij dacht aan de foto's die hij zou ontwikkelen als hij op de redactie kwam. De foto die hij gisteren van de vier mannen genomen had, was beter geworden dan hij had durven hopen, maar alleen Levinder, Jönsson en Hielmstedt waren herkenbaar. Toch wist hij wie die vierde man was, hij had hem duidelijk gezien en gehoord.

Zou hij hem ontmaskeren? Of zou hij dan te ver gaan? Misschien was hij er niet bij betrokken. Maar wat had hij daar dan anders midden in de nacht gemoeten?

Adam sprong over de greppel en liep verder naar de weg waar hij de auto geparkeerd had. Hij mocht van de mede-eigenaar van de Saab, Dan Falk, de auto vanavond ook gebruiken, maar moest hem voor middernacht terugbrengen.

Zijn hoofd tolde; hij had zoveel vragen. Moest hij met hoofdredacteur Telin praten? Met Nathalie? Of met Frank?

Hij reed terug naar Uppsala. In een bocht kwam een auto hem tegemoet. Een wit busje dat veel te hard reed. Instinctief week hij uit naar rechts om een aanrijding te voorkomen. Adam vloekte luid. Hij zag de auto in de achteruitkijkspiegel verdwijnen als een suikerklontje in de koffie.

Toen hij de kerk van Gamla Uppsala passeerde, pakte hij zijn mobiel. Hij had besloten hem een kans te bieden om tekst en uitleg te geven. Als het artikel gepubliceerd werd, zou het te laat zijn.

Op het derde signaal werd er opgenomen. Hij maakte in aarzelende bewoording duidelijk waar hij voor belde. Na vijf minuten van protest en tegenvragen rondde hij het gesprek af. 'Dit is je enige kans. Als je daar geen gebruik van maakt, kan ik je niet helpen. Ontmoet me over een halfuur bij de fontein voor het Centraal Station.'

41

UPPSALA,
DONDERDAG 1 MEI 2014

De regen viel als zuur op haar huid. Haar schreeuw bleef steken in de prop die ze in haar mond had. Ze probeerde de touwen waarmee haar handen en voeten vastgebonden waren los te rukken. Dat was zinloos. Ze dacht dat ze zou flauwvallen van de pijn.

Ze dommelde weg. Toen ze wakker werd, lag ze op een vloer. Ze hoorde voetstappen op de brede planken, zag een paar bruine schoenen die voor haar bleven staan. Een ritselend geluid, een schaduw en de ringtone van een mobieltje.

Toen het geluid van de telefoon verdween, hoorde ze de even bekende als vreemde schreeuw. Het was een schreeuw in een toonsoort die niet bestond, maar die altijd aanwezig was. Ze sloeg haar kaken met een klap op elkaar, deed haar ogen open.

Het behang in de slaapkamer, haar blote voeten aan het voeteneind. Ze ging rechtop in bed zitten, haar nachthemd voelde als een tweede huid. Ze veegde het zweet van haar voorhoofd en ging naast het bed staan. Het bloed stroomde naar haar benen en ze zocht steun tegen de muur om niet te vallen.

Een, twee, drie.

Ademen.

Je bent thuis, Nathalie, alles is onder controle, je hebt weer gedroomd.

Ze staarde naar het overvalalarm en het mes op het nachtkastje. Ze liep naar het raam, trok het rolgordijn omhoog en zag de grijze Audi van de politiemensen op het erf staan.

Voorin vermoedde ze het silhouet van Jörgen Edström. Over de baai lag een grijze nevel die door het licht van de ochtendschemering langzaam oploste. Het was doodstil, als op een schilderij, maar welke kunstenaar zou zo'n bizar motief hebben gekozen? De stalker?

Is dit de bedoeling? Mij opsluiten en mijn huis in de gaten houden?

Bij die gedachte voelde ze de kou van de vloer door haar blote voeten stromen.

Nathalie huiverde, maar ze bleef staan. Er landde een ekster op de brievenbus. Hij keek haar even aan voordat hij recht over haar heen vloog en over het dak verdween.

Ze deed het alarm om, keek op haar mobiel. Geen oproepen of sms'jes. Het was kwart voor zeven. Ze wilde dat ze de wekker een kwartier eerder had gezet. Dan had ze die nachtmerrie niet gehad.

Ze kleedde zich snel aan, deed de deur van het slot en liep naar de badkamer. Toen ze zich opmaakte, hoorde ze gekraak op de bovenverdieping. Ze nam aan dat het Johanna Wallin was, die had gehoord dat ze op was. Het was een veilig idee om iemand van de politie in huis én buiten te hebben, maar toch had ze het gevoel dat haar stalker elk moment de kamer kon binnenstappen. Dat was natuurlijk onzin, zei ze tegen zichzelf. Bovendien zouden ze elkaar vanmiddag zien, dus was er geen aanleiding om voor die tijd bij haar langs te gaan.

Toen ze de deur opendeed, hoorde ze voetstappen op de trap.

‘Goedemorgen, goed geslapen?’ vroeg agent Wallin. Ze wachtte haar op in de hal.

‘Ging wel,’ antwoordde ze. ‘Fijn dat jullie hier zijn.’

‘Ik ga nu naar buiten, de beveiliging gaat verder vanuit de auto. Er komen zo meteen twee collega’s ons aflossen, dat zijn Anna Fischer en Tom Stenberg.’

‘Rijden jullie even voor achten weg en wisselen jullie bij Ekudden, zoals we hadden afgesproken?’

‘Jazeker,’ bevestigde Johanna Wallin, en ze keek op haar horloge. Frank was ermee akkoord gegaan dat de politie niet op het erf zou staan als Håkan de kinderen kwam halen. Als Håkan een vreemde auto op het erf zag, zou hij niet rusten voor hij wist van wie die auto was. Gezien de voogdijzaak was het uitgesloten om te vertellen dat ze onder politiebeveiliging stond.

‘Oké,’ zei ze, en ze liep naar de buitendeur. ‘Ik neem de pendeltrein van twee uur naar Stockholm.’

‘Ik informeer mijn leidinggevende,’ zei Johanna Wallin.

Nathalie knikte en deed de deur open. De woorden in het sms’je hadden de hele nacht door haar hoofd gespookt, zowel toen ze wakker was als in haar dromen: Morgen om 17 uur in Stockholm. Je moet komen. Je hoort nog waar. Geen woord tegen de politie.

Zo gauw Håkan de kinderen had opgehaald, zou ze Frank inlichten. Ze deed de deur achter Johanna Wallin op slot en ging naar boven naar de kinderen. Het eerste wat Gabriel en Tea zeiden toen ze ze wakker maakte was: ‘Vandaag gaan we naar Gröna Lund! Is papa er al?’

Het ochtendritueel was nog nooit zo soepeltjes verlopen als nu. Tea en Gabriel kleedden zich allebei aan, ontbeten en poetsten zonder morren hun tanden. Gabriel pakte uit zichzelf het potje ritalin. Ondertussen belde Nathalie haar moeder drie keer, maar kreeg geen gehoor. Dat was weliswaar niet ongebruikelijk de dag nadat ze gedronken had, maar ze werd toch ongerust.

Om 07.59 uur kwam Håkans BMW voorrijden. Gabriel en Tea stonden al bepakt en bezakt te wachten. Nathalie had ze al gedag gezegd omdat ze wist wat er wachtte. Vrolijk en uitgelaten schreeuwend en met hun rugzakken deinend op hun rug renden de kinderen over het gazon. Toen Håkan uitstapte, gaf hij ze snel een kus zonder haar kant op te kijken. Ze liep naar buiten tot halverwege het hek. De kinderen sprongen op de achterbank en ze kreeg even oogcontact met Håkan.

'Veel plezier, tot zondag,' zei ze.

'Ja, we komen om zeven uur,' zei hij.

Vervolgens ging hij achter het stuur zitten en reed weg. Het laatste wat ze zag, waren vier handen die door de achterruit naar haar zwaaiden. Ze sms'te de verantwoordelijke politiefunctionaris dat de kinderen waren opgehaald en ging weer naar binnen.

Het huis voelde leeg en doods. Nu was ze alleen tot de nieuwe politiemensen kwamen. Kraakte er iets op de bovenverdieping? Tochtte het niet langs de vloer alsof er een raam of een deur openstond?

Ze zette de computer aan en belde Frank via Skype. Algauw zag ze hem in zijn kantoor op het politiebureau zitten. Hij had holle ogen en zijn baardstoppels staken duidelijk af tegen zijn bleke huid.

'Dus je bent al op je werk?' begon ze, hoewel ze belangrijker dingen te zeggen had.

'Ja, ik was vroeg wakker en ben hierheen gefietst,' antwoordde hij, en hij duwde een portie snus onder zijn bovenlip. 'Je moet op 1 mei altijd voortmaken voordat alle demonstraties en optochten de stad blokkeren.'

Hij glimlachte halfhartig, veegde zijn vingers onder tafel tegen elkaar en ving haar blik door cyberspace.

'Hoe was je nacht?'

Ze begon te vertellen. Ze dacht de hele tijd aan het berichtje van haar stalker, maar zei niets. Tea en Gabriel moesten eerst een heel eind weg zijn. Håkan was nu vast pas bij de Flottsundsbrug. Ook al was het onwaarschijnlijk, de kans bestond dat hij terugkwam als de kinderen iets vergeten hadden.

'Heeft Forensische Opsporing nog wat gevonden in de hut?' vroeg ze.

'Nee, er is niets meer te vinden,' verzuchtte Frank, en hij klikte gefrustreerd op een ballpoint. 'Het enige positieve is dat ze materiaal hebben aangetroffen waar misschien DNA op te vinden is. Maar er lijkt al jaren niemand geweest te zijn...'

'Misschien niet sinds Adam vermoord is?' opperde ze.

'In elk geval niet sinds Erlanders dood,' verbeterde hij haar.

'Twee maanden nadat Adam vermoord werd.'

'Hm,' zei Frank, en hij sloeg zijn armen over elkaar. Hij droeg een geruit flanellen shirt. 'Levinder, Jönsson en Hielmstedt beweren dat ze daar na Erlanders dood niet geweest zijn, maar herinneren zich geen data meer.'

'Je bent het toch wel met me eens dat het gek is dat ze geen van allen weten wie die vierde man is, hè?'

'Zeker. We moeten ze opnieuw horen. Er is namelijk nieuwe informatie aan het licht gekomen...'

'Wat dan?' vroeg ze, en ze probeerde zijn gezicht af te lezen, maar de resolutie was te slecht.

'Levinder, Hielmstedt en Jönsson waren in hun studietijd in Uppsala lid van een herenclub die "Les marquis divines" heette.'

'De goddelijke markiezen?'

'Zoiets, ja. Ze zagen elkaar tussen 1973 en 1975 eenmaal per week in het gebouw van Norrlands Nation en vermaakten zich dan met het versieren van meiden. Ze beweerden dat ze markgraven waren, maar in plaats van mark, grond, moesten ze "het schone geslacht" veroveren, zoals het in de statuten staat.'

'Heel volwassen,' verzuchtte ze. 'Ik heb nooit van zo'n herenclub gehoord, maar er waren dan ook ik weet niet hoeveel eigenaardige studentenverenigingen in Uppsala. Om hoeveel leden gaat het?'

'Geen idee, we zijn op zoek naar lijsten daar bij die Norrlandse studentenclub, maar dat lidmaatschap kan toch nauwelijks iets zijn wat ze een motief geeft om Adam dan wel Rickard te vermoorden.'

'Het zou wellicht hun reputatie kunnen schaden als dat naar buiten komt,' opperde Nathalie. 'Kan dat die tip van Adam geweest zijn?'

Frank wreef met zijn duim en wijsvinger over de stoppels op zijn kin. 'Een vrij onschuldige jeugdzonde, als het dat al is... ik weet het niet, Nathalie.'

Hij leunde achterover op zijn stoel en streek met zijn handen door zijn haar, dat zo mogelijk nog meer in de war raakte.

'Nog wat nieuws over Rickard?' vroeg ze.

Een gaap en een hoofdschudden. Voordat ze meer kon vragen, werd er gebeld.

'Zeker mijn nieuwe beveiliging,' zei ze, en ze stond op. 'Ik ben zo terug.'

Ze deed de deur open en begroette de twee nieuwe mensen van Opsporing, Anna Fischer en Tom Stenberg. De Audi was vervangen door een rode Golf. Ze keerde terug naar de computer en had de volgende vraag voor Frank al klaar: 'Wat zeggen de collega's van de DPG?'

'Sommigen van de groep beginnen zo langzamerhand te geloven dat de stalker de moordenaar is, en dat er een link is naar jou...'

De volgende vraag was instinctief.

'Heb je wat gezegd over Rickard en mij?'

Aan Franks bedrukte gezicht te zien begreep ze dat dat het geval was.

'Dat moest wel,' zei hij. 'Ik kon dat niet langer geheimhouden. En het versterkt de theorie dat jij erbij betrokken bent. Staat jouw relatie met Håkan nog steeds onder druk?'

'Ja, maar hij zou toch nooit...'

Ze onderbrak zichzelf, zag hem voor zich.

'We gaan hem verhoren,' zei Frank.

'Moet dat echt?' probeerde ze. 'Hij is naar Stockholm met de kinderen... ze gaan naar Gröna Lund.'

'Ik beloof je dat we het discreet zullen doen,' zei Frank.

Ze keek naar buiten naar de tuin. Er zat een ekster op het droogrek. Het kon dezelfde zijn die ze net over het huis had zien vliegen. Er wapperde een enkele witte handdoek in de wind. Zij had zulke handdoeken niet, en had die daar ook beslist niet opgehangen. Gisteravond was het rek leeg geweest.

'Wacht even, ik kom zo terug,' zei ze, en ze rende naar buiten.

42

Ze spurtte met grote passen over het gazon. Ze zag vanuit haar ooghoek dat de politiemensen uit de Golf stapten toen ze de hoek om vloog. De handdoek wapperde in de wind als een groet uit een wereld waar ze niets van wilde weten. Er stond met zwarte letters iets op geschreven. Het was een badstof handdoek en hij hing aan twee van haar witte wasknijpers.

Met trillende handen haalde ze hem eraf, vouwde hem uit en las wat er stond.

Vijf hoekige hoofdletters: PAS OP!

'Wat is er aan de hand?' hoorde ze een stem achter zich.

Dat was agent Anna Fischer. Tom Stenberg volgde haar op de voet. Ze hield de handdoek omhoog.

'Die moet die stalker hebben opgehangen...'

De beelden van de zwarte gedaante van eergisteravond flitsten voorbij. Nee, die handdoek kon er niet sinds toen hangen. Toen ze gisteren thuiskwam, hing hij er nog niet.

'... hij of zij moet hier vannacht zijn geweest,' zei ze.

'Dat zouden onze collega's gezien moeten hebben,' zei Tom Stenberg.

'Ik zie geen andere verklaring,' constateerde ze. 'En het is donker in de tuin… hij of zij kan uit het bos daar gekomen zijn,' zei ze tot besluit, en ze wees de kant van het bos op.

Anna Fischer en Tom Stenberg schatten de afstand.

'Raak die handdoek nu verder niet meer aan,' zei Stenberg.

'Hang hem maar terug op het rek,' commandeerde Fischer.

Nathalie deed wat haar werd opgedragen. Stenberg pakte zijn mobiel en belde zijn meerdere. Hij beëindigde het gesprek en deelde mee dat Forensische Opsporing onderweg was.

'Nog steeds geen idee wie dit gedaan kan hebben?' vroeg Anna Fischer.

Nathalie schudde haar hoofd. Stenberg belde opnieuw, dit keer naar de collega's die net weg waren.

'Het moet die stalker zijn,' herhaalde Nathalie, en ze keek uit over het meer dat als een zilveren presenteerblaadje glinsterde in het ochtendlicht.

'Jörgen Edström zegt dat ze alles de hele nacht in de gaten hebben gehouden en houdt het voor onmogelijk dat er iemand de tuin in is geslopen en die handdoek heeft opgehangen,' informeerde Tom Stenberg hen nadat hij het gesprek had beëindigd.

'Ik zat net met Frank Hammar op Skype,' zei ze. 'Ik ga weer naar binnen.'

'Doe dat,' zei Anna Fischer. 'Wij blijven hier.'

Frank zat aan zijn bureau te lezen. Toen hij ontdekte dat ze terug was, vroeg hij: 'Wat was er aan de hand? Waar moest jij opeens naartoe?'

Zo beheerst als ze kon, vertelde ze over de handdoek en het sms'je met de voorgestelde ontmoeting om vijf uur.

Toen ze klaar was, kwam Frank overeind.

'Eindelijk gebeurt er wat! Maar waarom heb je niet meteen verteld over dat berichtje?'

'Omdat ik de kinderen niet in gevaar wilde brengen. En gezien de handdoek lijkt me dat een goede beslissing. Deze persoon lijkt tot alles in staat, terwijl hij of zij mij tegelijkertijd wil beschermen…'

Frank ging weer zitten. Zijn blik was ondoorgrondelijk.

'Dat is wat hij of zij zegt. Het is hoe dan ook misschien de doorbraak die we nodig hebben. Kun je dat sms'je naar mij doorsturen?'

'Natuurlijk.'

Ondanks het korrelige beeld zag ze zijn verbeten uitdrukking terwijl hij las.

'Vind je dat ik daarnaartoe moet gaan?' vroeg ze.

'Uiteraard,' zei hij, en hij keek op. 'Wij regelen beveiliging en grijpen hem of haar. Als we mazzel hebben, is het de moordenaar. Wanneer kom je?'

'Ik was van plan de pendeltrein van twee uur te nemen… Ik heb nog steeds niet te horen gekregen waar we elkaar zullen ontmoeten.'

De ongerustheid uit haar droom van vannacht kwam als vuil water in een kapot afvoerputje bovendrijven. Het vertroebelde haar zintuigen, maakte haar misselijk.

In een reflex las ze het berichtje opnieuw. Vervolgens riep ze de foto op van de vier mannen bij de jachthut. Ze had het gevoel dat ze iets essentieels over het hoofd zagen.

Een idee begon vorm te krijgen.

'Ik wil die jachthut vanbinnen zien voordat ik naar Stockholm kom. Noem het intuïtie of wat dan ook, maar er is daar iets wat…'

Tot haar verbazing knikte Frank. 'Kun je daar om tien uur zijn?'

43

Hij stak zijn hand in de lucht om haar een klap op haar wang te geven, maar bedacht zich en bevroor in zijn beweging, liet het donker uit zijn pupillen wegvloeien op zijn trouweloze verloofde. Ze was weerzinwekkend en mooi tegelijk. Een beeld dat hij wilde bederven door haar telkens weer te slaan, maar er was iets wat hem daarvan weerhield.

In zijn andere hand voelde hij het verkoelende heft van het Italiaanse vlinderzwaard dat hij per se in de voorstelling mee had willen hebben. Dat gaf een extra dimensie aan zijn bedreiging en zijn klap. Bovendien was het, net als hijzelf, een wonder van balans en esthetiek.

Zerlina keek hem liefdevol aan, kwam overeind en begon te zingen. De regisseur zei iets tegen de dirigent en het orkest verhoogde het tempo.

Snapten ze niet dat morgen de première al was? Het tempo in de aria had er al weken geleden in moeten zitten. Hoe konden ze denken dat zo'n gevoelige artiest als hij in zijn rol kon raken als de omstandigheden voortdurend veranderden? Alleen al wat er de laatste dagen gebeurd was, was meer dan voldoende om zijn focus te verliezen.

Zerlina zong. Hij kwam los uit zijn pose, bewoog over het toneel. Hij luisterde naar haar broze sopraan, die gaf hem een meedogenloze energie.

Sla dan, mooie Masetto,
Sla je arme Zerlina!
Als een lammetje zal ik
je slagen opwachten!

Ik laat mij de haren uitrukken,
ik laat mij de ogen uitsteken,
en je lieve handjes
zal ik blij kussen!

Zerlina zeeg neer op de grond en greep zijn hand. Er ging een spotlight aan die hen in een cirkel van licht zette. Hij bleef staan, staarde de zaal in. Ze hield zijn hand vast, kuste die teder. Zijn gedachten gleden af naar Rickard. Het was vreemd dat hij er niet meer was. Vreemd, maar goed. Nu zou hij de rol van koning Gustaaf III krijgen.

In vervoering door het gevoel van macht, met Zerlina aan zijn voeten, zag hij in dat dit het ware beeld van hemzelf was. Niemand zou hem in de weg staan, iedereen zou tegen hem opzien als de fantastische acteur en zanger die hij was.

De armzalige verhoren van de politie, de doorzoeking bij hem thuis. Het voelde als een aanranding.

De vragen over de tien jaar oude moord op Adam Starlander. Ook die mislukkeling van een journalist had hem geprobeerd te hinderen in zijn carrière.

Een slechte recensie als je net van de toneelschool af kwam, kon vernietigend zijn. Het was een geluk dat hij een wonder van doelbewuste kracht was. Daarom stond hij hier, met de schouwburg en het hele Zweedse volk aan zijn voeten.

Zijn talent zou niemand ontgaan.

Zijn succes zou net zo vanzelfsprekend zijn als de trots in zijn borst.

44

De sleutel in het roestige slot en de klik die bevestigde dat hij werkte.

'Mooi, dat was dus geen probleem,' zei agent Anna Fischer.

'Ik wil graag alléén naar binnen,' zei Nathalie.

'Natuurlijk,' knikte de agent, en ze keerde terug naar de parkeerplaats waar Tom Stenberg tegen de rode Golf geleund stond en iets intoetste op zijn mobiel.

Het was kwart over tien. Ze waren net bij de jachthut buiten Duvboda aangekomen. Nathalie had nog steeds het gevoel dat er iets belangrijks in de hut was.

Ze drukte de deurkruk omlaag en deed twee passen naar binnen. Een grote kamer met een keuken helemaal links en een gesloten deur rechts. De zon viel door de kleine ramen naar binnen en tekende vier vierkanten van licht af op de brede vloerstroken. Het rook er naar vochtig hout, schimmel, bos en aarde.

Ze gleed met haar blik over spinnenwebben, muizenkeutels en dode vliegen. Het was alsof de natuur hier haar intrek had genomen en zich erop voorbereidde de hut in te lijven. Gezien de hier en daar gebarsten ruiten, het doorbuigende dak en de waterschade op de vloer zag het eruit of het een kwestie van tijd was voor de hut zou instorten.

Tijdens het kreeftenfeest hadden ze aan een lange tafel midden in de ruimte gezeten. In een van de hoeken hadden een bankstel, een televisie en een boekenkast met pockets en gezelschapsspellen gestaan.

Ze liep naar de gesloten deur. Opende hem en herinnerde zich op datzelfde moment dat die naar een badkamer en twee slaapkamers leidde, waar vier bedden hadden gestaan. Nu waren de kamers leeg, evenals de badkamer links. Geen gordijnen, geen douchegordijn, niets. Degene die de hut na Erlanders dood had leeggehaald, was grondig te werk gegaan. Een zorgvuldigheid die in schril contrast stond met het verval waarin de hut was achtergelaten. Waarom?

Hopelijk zou Forensische Opsporing iets vinden wat hen dichter naar de waarheid zou brengen, dacht ze. Hoewel er een decennium verstreken was, hadden ze materiaal gevonden voor DNA-analyse. Daar had degene die de boel had leeggeruimd zich niet tegen kunnen wapenen. De vraag was wat het zou bewijzen? Ze wisten al dat de drie mannen en commissaris Erlander daar geweest waren.

Ze keerde terug naar de algemene ruimte, liep wat rond en hoorde de planken kraken onder haar schoenen. Ze ontdekte geen geheime luiken of hoekjes. Ze liep door naar de keuken. Daar galmde het al net zo verlaten als in de overige ruimtes. Het enige teken dat de jachthut bewoond was geweest, was een door de motten aangevreten gordijn voor het raam. Terug in de algemene ruimte bleef ze midden op de vloer staan, wiebelde van haar ene voet op de andere.

Toen ze naar beneden keek, zag ze iets waarvan ze helemaal koud werd vanbinnen.

Zag ze het goed? Ze ging langzaam op haar hurken zitten, kneep haar ogen tot spleetjes om het beter te kunnen zien.

De donkere knoesten in de vergeelde planken werden duidelijker. Er was geen twijfel over mogelijk.

De puntmuts.

Met een trillende wijsvinger voelde ze aan de knoesten. Het duister dat ze met alle macht had geprobeerd te verdringen, overviel haar. En deze keer was het geen nachtmerrie waar ze uit kon ontwaken.

Ze voelde de touwen rond haar handen en voeten, de blinddoek voor haar ogen, het gevoel van totale machteloosheid, kwetsbaarheid. De deur die openging en de voetstappen over de vloer. De bruine schoenen die bij deze aparte knoestformatie voor haar waren blijven staan.

Ze kwam met knikkende knieën overeind, zag het patroon in de plank kleiner worden zonder dat het zijn proporties verloor. Het was deze vloer waar ze vanonder de blinddoek een glimp van had opgevangen. Ze wist het zeker. Dit was de plek waar ze naartoe was gebracht toen ze was overvallen na haar dienst bij Ulleråker.

Het witte busje, de in het zwart geklede mannen, de prop in haar mond.

Ze had er alles aan gedaan om die uren te vergeten.

Ze had frisse lucht nodig, maar was niet in staat zich te verroeren. Ze herinnerde zich dat ze wakker was geworden in het bos – de doorsteek die ze altijd nam op weg naar huis. Ze hadden haar jack uitgetrokken en ze had een schaafwond op haar linkeronderarm. Ze hadden zich niet fysiek aan haar vergrepen, maar het voelde toch of ze verkracht was. Thuis had ze meer dan een uur onder de douche gestaan. Ze had aangifte gedaan bij de politie, maar dat had nergens toe geleid. Misschien kwam dat doordat ze zo'n vage omschrijving had gegeven, misschien was de oorzaak…

Haar gedachten dwaalden weer af naar commissaris Erlander. Toen het onderzoek werd geseponeerd, had Frank gezegd dat Erlander ervoor verantwoordelijk was geweest.

Ze dwong zichzelf naar de buitendeur te lopen, stapje voor stapje terug naar de werkelijkheid. Ze deed de deur open en liep naar het voorportaal. Anna Fischer en Tom Stenberg stonden bij de auto te praten.

Eindelijk lucht en licht in haar longen en ogen. Ze probeerde na te denken. Het kwam dus door die ontvoering dat ze hierheen had gewild – een onderbewuste herinnering die ergens door was opgewekt, maar door wát?

Ze pakte haar mobiel, keek naar de foto van de vier mannen. Brachten ze hier jonge meiden naartoe aan wie ze zich vervolgens vergrepen? Wie was de man die haar nachtmerrie had afgebroken?

Ze zei tegen de politiemensen dat ze even moest bellen en liep een stukje bij ze vandaan over het overwoekerde grasveld.

Toen Frank opnam vertelde ze met trillende stem wat er gebeurd was.

'Weet je het zeker?' vroeg Frank.

'Ja,' antwoordde ze met haar blik op de akker gericht waar Adam gestaan moest hebben toen hij die foto nam. 'Geen twijfel over mogelijk.'

Het werd stil aan de andere kant van de lijn. Ze kon Franks bezorgde gezicht bijna zien tegen de achtergrond van het compacte naaldbos.

'En Erlander?' vroeg hij.

'Was er misschien ook bij,' antwoordde ze. 'Dat zou verklaren waarom hij mijn aangifte heeft geseponeerd en waarom er zoveel onduidelijkheden zijn in het onderzoek naar de moord op Adam. En dat auto-ongeluk...'

Een nieuwe stilte. Anna Fischer kwam met een vragend gezicht naar haar toe. Nathalie stak haar hand omhoog ten teken dat ze bijna klaar was en zette koers naar de auto's.

Toen de stem van Frank weer terugkwam, was die besluitvaardig.

'Het is mogelijk dat je gelijk hebt, Nathalie, maar het wordt lastig om het te bewijzen. Forensische Opsporing heeft de hut onderzocht en we hebben DNA afgenomen van de drie mannen... Ze opnieuw verhoren lijkt me tijdverspilling. Als wat jij zegt waar is, zullen ze gegarandeerd ontkennen. Wat betreft jouw ontvoering en Erlanders ongeluk valt er niets meer te doen.'

'Zijn jullie er al achter wie er nog meer lid waren van Les marquis divines?'

'Nee,' verzuchtte Frank. 'De studentenvereniging zit vandaag potdicht, tot nu toe hebben we niemand te pakken kunnen krijgen die ons kan helpen.'

'Hebben jullie met Håkan gepraat?'

'Nee. Hij neemt zijn mobiel niet op, maar we hebben een bericht ingesproken en hem gevraagd contact op te nemen.'

Nathalie zag al helemaal voor zich hoe kwaad Håkan zou worden. 'Nog wat nieuws over Elisabeth of Rickard?' vroeg ze.

'Helaas,' zei Frank. 'Heeft de stalker al een plaats bepaald?'

'Nee.'

'Ben je op weg hiernaartoe?'

'Ik rij nu naar het station. Hoe gaat dat met de beveiliging?'

'Wij nemen het over als je in Stockholm bent.'

'Ik moest nog ergens aan denken. Als de stalker de moordenaar is... waarom is hij of zij mij dan al vóór de moord op Rickard gaan achtervolgen?'

45

Toen Nathalie haar Volvo op de parkeerplaats voor het treinstation van Uppsala parkeerde, ging haar mobiel. Ze duwde het portier open, stapte uit en haalde diep adem. De zon was fel en de lucht werd steeds blauwer. Voor ze opnam zette ze haar zonnebril op.

'Nathalie Svensson.'

'Hallo Nathalie, met Eva Grip van de ic.'

Haar gedachten moesten honderdtachtig graden draaien. Ze was er zo van overtuigd geweest dat het haar stalker was.

'Hallo,' wist ze uit te brengen, terwijl ze alle kanten op keek.

Het water in de fontein van Bror Hjorth glinsterde, aan de overkant van Kungsgatan was een 1 mei-parade, er kwamen mensen uit de tunnel naar de treinen, anderen verdwenen er juist in, de rode Golf van de politie stond drie plaatsen verderop.

'Ik heb vervelend nieuws,' ging Eva Grip verder. Zij was een van de anesthesisten op de ic met wie Nathalie soms patiënten besprak.

'Wat dan?' vroeg ze, en ze legde haar hand op het dak van de auto.

'Het gaat over je moeder. Ze is hier net binnengebracht na

een zelfmoordpoging. Ze is een halfuur geleden thuis gevonden door een buurvrouw, ze had slaappillen ingenomen en een halve fles gin leeggedronken.'

Alle kracht werd Nathalie ontnomen en ze zakte weer achter het stuur.

'De situatie is ernstig, maar stabiel,' vervolgde Eva Grip. 'Ze wordt permanent gemonitord, heeft twee keer flumazenil toegediend gekregen.'

'Is ze al bij bewustzijn geweest?'

'Nee, nog niet. Kun je hiernaartoe komen? Ik heb geprobeerd je vader te bereiken, maar die neemt niet op.'

'Ik ben er over tien minuten,' zei Nathalie, en ze draaide de contactsleutel om.

Ze reed als in trance, vroeg de agenten Fischer en Stenberg op de parkeerplaats van het ziekenhuis te wachten en haastte zich door ingang 70 naar binnen.

Sonja lag tussen twee schermen in de open ruimte van de centrale intensive care samen met twaalf andere patiënten. Hartslag- en ecg-curven knipperden en bliepten, slangen van de beademing sisten en het personeel voerde alle handelingen geroutineerd en in stilte uit. Het was alsof ze alles voor het eerst zag.

Nathalie liep naar haar moeder toe en legde haar hand op haar wang. Die was warm en ze zag er rozig en vredig uit, ook al had ze een ventrikelsonde, lag ze aan de beademing en had ze in beide armen een infuus. Haar vuurrode haar was levenloos als geborsteld koper.

'Sorry, ik had je moeten zien aankomen, ik had je hier niet alleen naar binnen moeten laten gaan.'

Chef-arts Eva Grip kwam naar haar toe en begroette haar.

'Wie heeft haar gevonden?' vroeg Nathalie.

'Een buurvrouw met wie ze 's ochtends altijd koffie drinkt... Ene mevrouw Werner.'

'Ilse Werner,' bevestigde Nathalie.

Een van de weinige vriendinnen van haar moeder – weduwe van een piloot die rond de eeuwwisseling was overleden aan leukemie.

'Toen je moeder niet opendeed en haar mobiel niet opnam, heeft Ilse Werner door het raam naar binnen gekeken en zag ze je moeder op de bank liggen,' ging Eva Grip verder. 'Ze heeft 112 gebeld en de ambulance was er binnen tien minuten.'

'Hoe zijn ze binnengekomen?' vroeg Nathalie, en ze omklemde haar moeders hand.

'De deur was open, geloof ik,' antwoordde Eva Grip.

Vreemd, dacht Nathalie. Mama sluit altijd alles net zo zorgvuldig af als ik. Maar ja, als je van plan bent uit het leven te stappen, kan dat je vast niet schelen. Ze draaide zich om naar haar moeder, streelde haar weer over haar wang.

'Gaat ze het redden?' vroeg ze zachtjes, alsof ze het niet echt durfde te vragen.

'Ja,' zei Eva Grip. 'We hebben de situatie onder controle, maar het kan wel een paar uur duren voor ze bij bewustzijn is.'

'Wat heeft ze voor pillen ingenomen?'

'Deze,' zei Eva Grip, en ze hield een plastic zakje met een wit potje omhoog.

DIAZEPAM 10 MG

Het etiket met alle informatie was van het potje af gescheurd.

'Hoe komt ze daaraan?' dacht ze hardop.

Toen ze Eva's vragende gezicht zag, voegde ze eraan toe: 'Mijn moeder heeft nooit diazepam geslikt.'

Ze ging zachter praten. 'Ik heb weleens slaappillen en kalmeringstabletten voor haar uitgeschreven, maar beslist nooit diazepam.'

'Er zijn meer artsen,' zei Eva Grip, die maar al te goed wist dat sommige collega's erg gemakkelijk een recept uitschreven.

Dat klopt niet, dacht Nathalie, en ze draaide het potje in haar hand. 'Hoewel ik het niet moest doen, was ik de enige die mijn moeder dingen voorschreef. Andere artsen vertrouwde ze niet.'

Er kwamen twee politiemensen de beglaasde receptie binnen, ze keken vragend. Eva Grip nam Nathalie mee en liep naar ze toe. Ze stonden tien minuten te praten, maar er kwam niets nieuws uit naar voren. Nathalie kreeg de sleutel die de politie in het sleutelkastje had gevonden en vermeldde het vreemde van de tabletten en de niet-afgesloten deur.

De politiemensen hadden geconstateerd dat er geen tekenen van een misdrijf waren. 'Poging tot zelfdoding' was hun conclusie en de zaak zou worden gesloten.

Ondanks het gevoel dat er iets niet klopte, gaf Nathalie ze gelijk. Ze kon dit beter direct met Frank opnemen.

'Ik moet gaan,' zei ze. 'Bel me zo gauw er wat verandert.'

'Uiteraard,' zei Eva Grip.

46

Ze reed rechtstreeks naar Rosenvägen in Sunnersta. Het vrijstaande huis kwam doodser over dan anders, hoewel het meizonnetje de knoppen deed zwellen en de vogels in de appelbomen liet tjilpen.

In de woonkamer was de grijze wollen plaid over de rugleuning van de bank gesmeten, op de grond lag mama's schetsblok en op tafel stonden twee longdrinkglazen.

Met voorzichtige bewegingen liep ze om de tafel, keek om zich heen. Op het parket zaten sporen van geribbelde zolen, schoenen die aanzienlijk groter waren dan die van haarzelf en haar moeder.

Nathalie haalde zich de ontmoetingen met haar moeder van de laatste dagen weer voor de geest. Het gevoel dat het niet om een gewone zelfmoordpoging ging werd steeds sterker. Ook al was haar moeder na de moord op Rickard meer gaan drinken dan anders, ze had nooit geprobeerd zichzelf iets aan te doen.

Ze belde haar vader. Hij nam na drie keer overgaan op.

'Ik ben in Stockholm. Nog één vergadering met de ministers, maar ik kom meteen daarna die kant op,' zei hij ongerust.

'Heb jij gemerkt dat ze niet goed in haar vel zat?' vroeg Nathalie.

'Niet meer dan haar gebruikelijke schommelingen,' zei hij. 'Maar ik ben ook niet zoveel thuis geweest. Hoe gaat het met jou? Ik maak me zorgen over je.'

'Ik red me wel,' zei ze. 'Vanmiddag ga ik even naar Stockholm, iets voor eh… mijn werk. Ik kom vanavond weer terug, vermoedelijk rond een uur of acht.'

'Hou je haaks, ik bel als ik richting Uppsala kom.'

Ze beëindigde het gesprek en belde meteen daarna Frank. Ze had niks nieuws te vertellen, kwam met hetzelfde verhaal. Ze voelde zich opgejaagd, maar kalmeerde toen ze bij het raam ging staan en beide politiemensen in burger zag.

'Vervelend om te horen,' zei Frank toen ze verslag had gedaan van wat er gebeurd was. 'Maar als Uppsala meent dat er geen sprake is van een misdrijf, moeten we daarop vertrouwen. En het klinkt alsof je moeder de laatste tijd erg broos was.'

'Vind je het niet gek dat dat juist nu gebeurt?' bracht ze ertegen in, en ze liep naar de keuken.

Alles zag eruit als anders, haar moeders mobiel lag aan de lader. Geen telefoontjes behalve dat van haarzelf van gisteren voordat ze langs was geweest, en de drie onbeantwoorde van Ilse Werner van vandaag.

'Nee,' antwoordde Frank. 'Ze is vast beïnvloed door wat er de laatste dagen allemaal is gebeurd. Wat denk jij dan?'

Nathalie moest het antwoord schuldig blijven.

'Bovendien kan ze alles vertellen als ze straks bijkomt,' ging Frank verder.

'Misschien heb je gelijk,' zei ze, en ze ging naar buiten. 'Verder nog nieuws?'

'Nee. Kom je nu deze kant op?'

Ze keek hoe laat het was. Kwart over een. Nog minder dan vier uur tot de ontmoeting met haar stalker.

'Ja,' antwoordde ze. 'Maar zo gauw dat klaar is, ga ik weer naar huis.'

'Uiteraard,' zei Frank.

47

Om halfdrie reed de pendeltrein het Centraal Station van Stockholm binnen. Ze had erop gestaan alleen te reizen, en na enige discussie was Frank ermee akkoord gegaan dat zijn collega's van de rijksrecherche haar op het perron zouden opwachten.

Ze stapte als eerste uit en zag hoe twee politiemensen in burger haar vastnagelden met hun blik en naar haar toe kwamen. In het gekrioel van gestreste reizigers en met stemmen uit luidsprekers die over de sporen galmden, stelden ze zich voor als Peter Malmheden en Annika Jansson.

Nog een stel van wie ik hun uiterlijk en naam weer zal vergeten, dacht Nathalie toen ze naar de taxistandplaats liep. Ze hadden afgesproken dat de beveiliging zo discreet mogelijk zou zijn. Het ergste wat nu kon gebeuren, was immers dat de stalker de ontmoeting zou afzeggen.

Ze gleed door het centrum met de burgerauto achter zich aan. Het was nu echt voorjaar geworden. Een thermometer wees achttien graden aan, mensen liepen in blouses met korte mouwen en met een genietend gezicht ijs te eten. Op Hötorget was de markthandel in volle gang, alsof alles hier en nu moest gebeuren. Nog drie maanden en dan worden de dagen weer korter, dacht ze, en ze voelde dat de afstand tot het koortsachtige gedoe buiten groter was dan ooit.

Frank stond voor de portiekdeur van Artillerigatan te wachten. Hij betaalde de taxi en omhelsde haar. Pas geschoren, maar afgepeigerd. Zijn groene ogen straalden intensief, zijn jukbeenderen tekenden zich duidelijker af dan ooit.

Ze lachten elkaar snel toe en wierpen allebei een blik op de auto die aan andere kant van Storgatan bleef wachten.

'Goed om je te zien,' zei hij.

'Insgelijks,' zei ze.

Twee schoolmeisjes kwamen bij de radiozaak de hoek om en vroegen of ze een meibloemspeldje voor het goede doel wilden kopen.

'Nee, bedankt, een andere keer,' antwoordde Frank met een verontschuldigend glimlachje. Toen de meisjes waren overgestoken in de richting van de begraafplaats plingde het in Nathalies handtas. Aan het signaal te horen was het een sms'je.

Ze wisselde een blik met Frank, en hij pakte de telefoon.

Het was van Gabriel. Tea en hij zaten in een van de grote theekoppen in een attractie in Gröna Lund net zo hard te stralen als het zonnetje.

Het is superchill!

Ze liet Frank het berichtje lezen.

'Zoals ik zei, Håkan is met de kinderen in Gröna Lund.'

'Gek dat hij zijn mobiel niet opneemt,' zei Frank.

'Vermoedelijk hoort-ie hem niet of heeft hij het geluid uitstaan,' zei ze. 'Ik zal het even aan Gabriel vragen.'

Toen er niet meteen een reactie kwam, stopte ze haar mobiel weer in haar tas.

'Ik geloof hoe dan ook niet dat er zo'n haast bij is om Håkan te verhoren,' zei ze.

'Als dat zo is, is het ook snel afgehandeld.'

Er viel een stilte. Frank streek over zijn kin, Nathalie keek naar een fietskoerier die de straat af sjeesde richting Strandvägen.

'Wat ga je nu doen?' vroeg Frank.

'Ik ga maar naar boven en wacht tot hij of zij wat van zich laat horen. Geen verdere links tussen Adam en Rickard?'

'Nee.'

'Jullie hebben die biografie niet gevonden?'

Frank schudde zuchtend zijn hoofd. Ze zag dat hij iets achterhield en vroeg: 'Verder nog nieuws?'

'Ja,' verzuchtte Frank, en hij haalde zijn hand door zijn haar. 'Het DNA op die kauwgom was niet van Gyllenborg...'

'Dus hij is het niet?'

'Hij zou het toch wel kunnen zijn,' hield Frank vol. 'We weten immers niet voor honderd procent zeker of die kauwgom van de moordenaar is.'

'Matcht het met een van de mannen van Les marquis divines?' vroeg ze.

'Dat is het lab aan het onderzoeken.'

'Wat zijn de heren op dit moment trouwens aan het doen?'

'Ze nemen deel aan een golftoernooi op Lidingö.'

'Oké, tot gauw,' zei ze, en ze duwde de portiekdeur open.

De lucht in het appartement was drukkend en bedompt. Ze liep naar binnen, pakte de stapel reclame van de mat en schoof haar joggingschoenen opzij. Ze deed de deur achter zich op slot en voelde drie keer aan de deurkruk. Ze ontmoette haar blik in de halspiegel en zag eruit zoals ze verwacht had: moe en gespannen, met donkere kringen onder haar ogen. Normaliter zou ze meteen naar haar make-up hebben gegrepen.

Ze deed twee stappen in de enige kamer en keek naar de muziekstandaard, de orchideeën en het zorgvuldig opgemaakte bed, snoof de geur van de lavendelolie in de kasten op en de sporen van haar verschillende parfums. Het was vier dagen geleden dat ze hier voor het laatst geweest was. Het voelde aan als een heel leven.

Ze zakte krachteloos op de rand van het bed, waar ze gezeten had toen Frank haar verteld had dat Rickard dood was.

Na een tijdje kreeg ze moeite met ademhalen. Ze stond op en deed het raam open. Gekwetter van vogels, motorgeluiden en flarden van gesprekken. Op de bankjes voor de Hedvig Eleonora-kerk verdrong een groepje bleke gezichten zich hongerig om een glimpje van de zon op te vangen. Op Östermalmstorg was het zo'n gekrioel dat ze niets anders zag dan beweging.

Instinctief keek ze alle kanten op op zoek naar het groene jack, maar zag dat nergens. Natuurlijk niet, dacht ze. Wat had ze dan verwacht?

Ze leunde naar buiten en zag dat de politiemensen er nog waren. Een van hen, vermoedelijk Peter Malmheden, stond achter de auto te bellen.

Nathalie keek omhoog naar de kerktoren, die spoedig door alle bladeren niet meer te zien zou zijn.

Vijf voor drie. Nog maar iets meer dan twee uur.

Ze hoorde gepling vanuit de hal – de tonen van een sms'je gedempt door het Italiaanse patentleer. Ze had haar handtas op de gebruikelijke haak gehangen. Het duurde drie seconden voordat ze zag dat het een antwoord van Gabriel was.

Hoi mama, ik heb het tegen papa gezegd. Zijn batterij is leeg.

Bel mij als je ons nodig hebt. Nu ga ik in de Octopus!!!

Ze overwoog te bellen en met Håkan te praten, maar waar zou dat toe leiden? Meer ruzie over de kinderen, was het tragische antwoord. Om dezelfde reden wachtte ze met het aan Frank te vertellen.

Haar mobiel ging. Nu is het Håkan of Gabriel, kon ze nog net denken voordat ze zag dat ze het mis had. Het was Louise.

'Hoi, hoe gaat het?'

'Ik leef nog,' zei Nathalie, en ze hoorde hoe onheilspellend dat klonk.

'Waar zit je?'

'In Stockholm, ik ben net in mijn appartement aangekomen.'

'Hoe voel je je? Heb je Frank al gezien?'

Twee vragen die schuurden. Ze gaf alleen antwoord op de laatste. 'Hij stond me hier buiten op te wachten. Ik word beveiligd, zoals je weet.'

Louise schraapte haar keel.

'Zullen we afspreken? Ik ben net in de Östermalmshal boodschappen aan het doen, we kunnen even koffie gaan drinken bij Tysta Mari.'

'Nee, dat kan ik nu niet opbrengen, ik moet even bijkomen.'

'Oké,' zei Louise op ongebruikelijk scherpe toon. 'Ik kan morgen trouwens niet naar die voorstelling, er is wat tussen gekomen.'

'O, wat dan?'

'Iets persoonlijks,' antwoordde Louise.

'Tot horens dan maar,' zei Nathalie mat. 'Ik weet ook niet of ik wel ga.'

Nathalie bleef met haar mobiel in haar hand staan, zag een man met een bos tulpen over het kerkhof struinen. Jeetje, wat reageerde Louise chagrijnig, dacht ze, maar zag vervolgens in dat ze belangrijker dingen aan haar hoofd had.

Toen ze het raam dichtdeed, bedacht ze dat er iets was waar ze helemaal niet aan had gedacht. Er was een eenvoudige manier om antwoord te krijgen op een essentiële vraag. Ze belde Eva Grip.

'Hoe is het met mijn moeder?'

'We laten haar langzaam ontwaken. Ze ademt inmiddels deels zelf, over een paar uur gaan we kijken of ze van de beademing af kan.'

'Kun je wat voor mij doen?' vroeg Nathalie, maar het was evenzeer een opdracht als een vraag.

'Wat dan?' vroeg Eva Grip.

'Zou jij mijn moeders medicijnenoverzicht kunnen checken, dan zien we wie die diazepam heeft voorgeschreven.'

'Natuurlijk, blijf hangen, dan ga ik het meteen nakijken.'

Het geklepper van klompen over een stofvrije ic-vloer, het gepiep van hartslagmeters en een paar stemmen die dingen zeiden die ze niet kon horen. Na drie minuten had Eva Grip ingelogd.

'Er is niemand die je moeder diazepam heeft voorgeschreven, in elk geval niet dit jaar. Het is dus zoals jij zegt, dat jij de enige bent die haar medicijnen voorschrijft...'

Het gevoel dat er iets niet klopte met haar moeders zelfmoordpoging nam toe. Kon ze die pillen van een vriendin hebben gekregen?

Nee, wie zou dat moeten zijn? Ilse Werner? Nee, die dronk niet eens wat sterkers dan een glaasje port op een begrafenis.

Nathalie vroeg zich af of ze Frank moest bellen, maar besloot dat niet te doen. Hij zou nog steeds zeggen dat ze het beste kon afwachten tot Sonja bij bewustzijn was.

Rusteloos en niet wetende hoe ze de tijd moest verdrijven tot haar stalker contact opnam, ging ze voor de muziekstandaard staan en zong haar eigen stem van 'Glädjens blomster' van Hugo Alfvén door.

Het klonk net zo metaalachtig en hol als ze zich voelde. Ze sloeg de partituur dicht, rolde haar yogamat uit en deed dertig sit-ups. Ook dat verminderde de spanning niet.

De kerkklok stond nu op tien over drie. Ze moest iets doen, maar had geen puf om met iemand af te spreken. Ze wilde met rust worden gelaten en proberen alles wat er de afgelopen dagen gebeurd was een plekje te geven.

Haar mobiel lichtte op en toonde een sms'je van Bengt Vallman.

Ik word warm als ik aan je denk. Verlang naar zaterdag.

Om afstand te bewaren zonder onaardig te zijn, antwoordde ze:

Gezellig. Tot dan.

Ze legde haar mobiel terug op de muziekstandaard, ging naar de badkamer en zette de douche aan. Toen ze haar kleren had uitgetrokken en haar voet onder de straal hield om te voelen of de temperatuur goed was, plingde haar mobiel alweer. Nog een sms'je. Even overwoog ze te wachten met kijken tot na het douchen, maar ze bedacht zich onmiddellijk.

We zien elkaar om 17 uur bij de Molin-fontein in Kungsträdgården.

Als je contact opneemt met de politie zul je daar spijt van krijgen.

Je goede vriend

48

De zon reflecteert in haar raam. Ik kan moeilijk zien of ze zich daarbinnen beweegt. Ik loop op het knarsende grind van het pad en probeer een betere positie te vinden, kauw in hetzelfde tempo als mijn voetstappen. Ik blijf regelmatig staan kijken naar de graven, bloemen en vogels, en probeer eruit te zien als welke 1 mei-flaneur dan ook. De tulpen die ik net op het plein heb gekocht, versterken de uitstraling van onschuld en vriendelijkheid die ik zo goed kan uitstralen.

De mensen moesten eens weten, denk ik, en ik glimlach naar een oude vrouw met een rollator. Vervolgens bedenk ik dat dat nou juist níét zou moeten. Niemand mag het weten, zeker jij niet, Nathalie.

Of je het zou begrijpen? Dat ik diep vanbinnen het beste met je voorheb, dat ik wel zo moet handelen?

Ja, nee, ja.

Die ambivalentie verscheurt mijn hart keer op keer.

Ik bloed omwille van jou, dat heb ik altijd al gedaan.

Je bent slim. Je zou het moeten begrijpen. Dat hoe dichter je bij de waarheid komt, hoe gevaarlijker het wordt. Iedereen die te dichtbij komt, zal het lelijk opbreken. Niemand die mijn geheim kent, zal dat durven prijsgeven. Ik bijt op de binnenkant van mijn wang en proef bloed. Ik vind een plek achter een hoge grafsteen waar ik de contouren van je eenkamerflat kan vermoeden: dunne gordijnen, misschien een boekenkast, een lamp.

Plotseling zie ik je voor het raam staan. Je bruine krullen en de lijn van je schouders – dat kan niet missen.

Mooi, nu weet ik dat je daar bent.

Om te zorgen dat je mij niet herkent, keer ik je de rug toe en loop in bedaard tempo naar de kerk. Ik kijk naar een hommel die zich telkens abrupt tussen de bosanemonen en de sterhyacinten op de ontkiemende grasmat werpt, die in de schaduw van de graven vochtig is van de onlangs weggesmolten sneeuw. Ik bedenk dat ik net zo doelbewust ben als die hommel; alleen de essentie is belangrijk.

De zon perst zich als een vuist tussen mijn schouderbladen. Wanneer het pad afbuigt, zie ik in mijn ooghoek dat je het raam dichtdoet.

49

‘Oké, ik ga nu,’ zegt Nathalie, en ze bekijkt zichzelf in de spiegel in de hal.

‘Goed,’ zegt Frank. ‘Vergeet niet dat je geen beveiliging zult zien voordat wij ingrijpen. Dit keer zal diegene niet ontkomen.’

‘Maar jullie moeten ons wel eerst een tijdje laten praten, ik wil immers weten wat hij of zij van mij wil.’

‘Als dat kan, ja,’ antwoordt Frank. ‘Zit alle apparatuur goed?’

‘Ja,’ zegt ze, en ze voelt met haar hand aan de microfoon aan de binnenkant van het oversized windjack dat ze van de politie heeft geleend.

Ze voelt zich lomp en overdreven bepantserd in het kogelvrije vest, maar Frank had erop gestaan. Het alarm heeft ze voorlopig moeten teruggeven.

‘We verliezen je geen seconde uit het oog, Nathalie,’ zegt Frank ter afsluiting.

Ze doet de deur op slot en neemt de trap. Haar joggingschoenen weerkaatsen op de stenen vloer.

Derde verdieping. Eindelijk komt er een eind aan dit gestoorde gedoe, denkt ze. Ze is ervan overtuigd dat de stalker zal komen opdagen. Toen ze het voorstel voor de ontmoetingsplek had gekregen, had ze weer laten weten dat ze niet wilde afspreken als ze niet wist wie de afzender was. Weer was het antwoord dat dit haar laatste kans was.

Mijn laatste kans voor wát? Weet jij iets over de moorden?

Je zult wel zien. Wacht bij de fontein. Ik weet hoe je eruitziet. Als ik merk dat je bewaakt wordt... Je goede vriend

Hoewel ze nog drie sms'jes had gestuurd, had ze geen antwoord gekregen. Het is in alle ellende wel een opluchting dat er niets meer in had gestaan over de kinderen. En die zijn nu veilig bij Håkan.

Tweede verdieping.

Wie ben je? Wat bedoel je met 'je goede vriend'? Waarom de Molin-fontein? Je moet toch snappen dat ik de link met Adam en Rickard leg. Is dat wat je wilt? Om te zorgen dat ik kom opdagen?

Eerste verdieping.

De stalker weet iets over de moorden wat hij of zij wil vertellen. Dat moet het zijn. Maar waarom aan mij en niet aan de politie? En waarom kan dat niet over de telefoon?

Op de begane grond blijft ze bij het bord met de namen van de bewoners staan en controleert de opnameknop in de rechterzak van haar jas. De vragen blijven door haar hoofd malen: *Als je het goed met mij voorhebt, waarom achtervolg je me dan? Heb jij Adam en Rickard vermoord? Je bent toch hopelijk niet zo wanhopig dat je mij vanmiddag in Kungsträdgården overhoop wilt schieten?*

Nee, spreekt ze zichzelf in, en ze loopt door de portiekdeur naar buiten.

De klok op de Hedvig Eleonora-kerk staat op kwart voor vijf.

Tijd genoeg. Ze zet haar zonnebril op en loopt richting Storgatan. Het is warm buiten, maar ze kan de frisheid en de koelte in het nauwelijks waarneembare briesje van het water van Nybroviken voelen.

Zoals Frank gezegd heeft, is er geen beveiliging te zien. Ze heeft zelfs niet het gevoel dat ze in de gaten wordt gehouden.

Ze klemt haar hand om haar mobiel, overweegt of ze het ziekenhuis weer zal bellen. Nee, besluit ze. Eva Grip had haar een kwartier geleden nog gebeld om te zeggen dat de situatie stabiel was, maar dat haar moeder nog niet bij bewustzijn was gekomen.

Zo gauw dit over is, neem ik de pendeltrein naar huis, denkt Nathalie.

De terrassen op Östermalmstorg baden in het zonlicht. Ogen glinsteren, glazen rinkelen en het geroezemoes van stemmen klimt langs de gevels omhoog. In de menigte op het terras van Lisa på Torget ziet ze een bekend gezicht. Het is een van de mannen die ze gedatet heeft – een man die bij haar begeerte én een gevoel van onbehagen opriep. Hij staat ontspannen achterovergeleund te praten met een jonge vrouw met zo'n zelfde perfecte, stereotiepe uiterlijk als veel van Louises vaste klanten. Achter de bescherming van haar zonnebril kan Nathalie lang genoeg kijken om hem te plaatsen. Het is de bankman van Sturegatan die haar tijdens de seks had vastgebonden.

Ze wendt haar blik af en loopt stilletjes langs, blij met haar verstandige besluit om geen hoge hakken aan te doen. Wanneer ze afbuigt naar Nybrogatan kijkt ze hoe laat het is.

Nog tien minuten. Perfect. Ze wil niet langer wachten dan de stalker nodig heeft om dichterbij te durven komen. Ze ziet de zeshoekige Molin-fontein met de statige zwanen in gedachten voor zich. Ze heeft de omgeving op Google Maps bestudeerd en geprobeerd zich voor te stellen van welke kant hij of zij zal komen.

Het is een perfecte plaats voor een ontmoeting: een oase midden in Kungsträdgården die niet aan een van de doorgaande wandelpaden ligt. Hoewel ze er vaak vlak langs loopt, is ze nooit bij de fontein zelf geweest. Zes ingangen, zes mogelijke vluchtwegen. Frank houdt ze allemaal in de gaten.

'Als diegene daar naar binnen gaat, laten we hem of haar er niet uit,' had hij gezegd met een mengeling van humor en ernst die haar nog ongeruster had gemaakt.

Wanneer ze de schouwburg passeert, ziet ze dat de vlag met Rickard als Hamlet is vervangen door een banier met Carl-Henric Gyllenborg als Dom Juan. Ze werpt een blik op de trap waar ze stond toen ze het sms'je van Rickard had gekregen.

Bij het zebrapad bij Birger Jarlsgatan blijft ze voor het rode licht staan wachten. De klok op de hoge zuil voor snackbar Nybrogrillen staat op vijf voor vijf. Als ze het pad door het Berzelii-park neemt, slaat haar hart bij iedere stap sneller. Hoewel ze elk denkbaar verloop ontelbare keren heeft doorgenomen, voelt ze zich er niet klaar voor. Het zweet breekt haar uit. Het kogelvrije vest drukt tegen haar borstkas, dus ze heeft moeite om heel diep adem te halen. Ze frunnikt aan de rits van het windjack, maar weet zich in te houden.

Je bent er nu zo dichtbij, denkt ze, je moet nu geen risico's nemen. Ze draait zich om, haar blik glijdt over Nybrokajen, omhoog langs Nybrogatan en door het ontluikende park. Veel mensen in beweging, maar niemand die haar gadeslaat.

Voor het metrostation van Kungsträdgården blijft ze staan, staart naar de roltrappen die in het duister van de onderwereld verdwijnen.

Misschien kom je hier naar boven? Er wordt een hoofd zichtbaar, een capuchon waarvan de kleur in het donker niet te onderscheiden is.

Haar hart staat stil, vult zich tot het uiterste met bloed.

Dan ziet ze dat het een tiener is, een knul met een donkerblauwe hoody. Ze voelt haar hart kloppen in haar slapen. Ze belt Gabriel. Hij neemt niet op.

Zodra ze Kungsträdgårdsgatan overgestoken is, blijft ze staan en zet haar zonnebril af. Tussen de bomen in knop en de flaneurs ziet ze het water in de donkergroene fontein glinsteren.

De klok van de Jakobskerk slaat vijf keer. Nathalie bijt op haar onderlip en loopt langzaam verder. Dan – een groene nuance die zich losmaakt uit de fontein aan de andere kant van het water.

Drie stappen en de persoon is helemaal zichtbaar.

De groene anorak met de capuchon opgetrokken.

Hoewel ze alleen een glimp van het gezicht ziet, is er geen twijfel over mogelijk wie het is.

50

Ik zie dat je aan de andere kant van de straat blijft staan en uitkijkt over Kungsträdgården. Waar ben je naar op weg, lieve Nathalie?

Ik kom langzaam dichterbij, voortdurend bereid om op te gaan in de menigte wanneer jij je omdraait. Jouw scherpe blik zou mij onmiddellijk ontdekken. Misschien zou dat goed zijn. Dan zal ik uitleg moeten geven.

Toen je je bij het Raoul Wallenberg-monument omdraaide, stond ik verscholen tussen andere wachtenden in het bushokje voor de schouwburg. De logica zegt dat ik wat voorzichtiger moet zijn, maar ik doe juist het tegenovergestelde. Je zet je in beweging, ik stap uit de schaduw van de metro-opgang en loop achter je aan. Ik voel dat er in korte tijd iets zal gebeuren wat mij dwingt te ageren.

Ageren, handelen, ingrijpen. De woorden schieten door mijn brein. Ik begrijp dat het slaaptekort van de afgelopen dagen zijn tol eist. Mijn gewoonlijk beheerste ik vertoont barstjes. Op weg hiernaartoe heb ik tegen de deur van een taxi geschopt die te laat stopte voor een rood stoplicht.

Ik heb veel te verliezen, maar jij bent het belangrijkste dat ik heb.

Tot mijn verbazing zie ik dat je naar de Molin-fontein loopt. Je kijkt aarzelend om je heen, alsof je op iemand wacht.

Mijn hart gaat als een bezetene tekeer onder mijn colbertje. Ik kom voorzichtig dichterbij, vertrouw erop dat het prille groen en de mensen op het pad me helpen onzichtbaar te blijven mocht je onverhoopt mijn kant op kijken.

Gedachten en beelden knetteren. Mijn nekharen gaan overeind staan. Ik zie voor me hoe Rickard in elkaar zakte, hoor de plons van zijn lichaam in het water.

Er komt iemand aanlopen vanaf de andere kant van de fontein. Jullie blijven twee meter van elkaar staan, knikken als groet. De rillingen lopen over mijn rug.

Ik voel aan de revolver in de binnenzak van mijn colbert. Er zitten nog vier kogels in de cilinder. Ik mis nooit. Het enige waar ik machteloos tegenover sta, is mijn drift.

Ik kom langzaam dichterbij, het is nu nog maar vijf meter tot de heg die het pleintje rond de fontein omzoomt. Wanneer je je bruine krullen schudt en een stap opzijzet, zie ik met wie je praat.

Mijn bangste vermoedens worden bewaarheid. Echt iets voor jou om de duisternis op te zoeken, terwijl ik er juist alles aan heb gedaan om jou daartegen te beschermen.

'Shit, shit, shit,' mompel ik wanneer het me even te veel wordt. Ik denk aan die verdomde ontmoeting die datgene tot leven heeft gewekt waarvan ik dacht het dood was.

Nathalie. Diep vanbinnen wist ik dat je het niet zou opgeven voordat alle kaarten op tafel liggen, inclusief die van jezelf. Desondanks heb ik altijd hoop gehouden, ijdele hoop weliswaar, om niet te hoeven beslissen of ik het zou vertellen of jou voor eeuwig alle pijn zou besparen.

Jullie blijven praten. Ik zie aan je gespannen houding dat je dingen hoort die je niet voor mogelijk had gehouden.

Ik ga op mijn hurken zitten, als om mijn veter vast te maken. Ik haal de geluiddemper uit mijn tas en schroef die op de revolver. Wanneer ik weer overeind kom, zie ik een man aan de andere kant van de fontein. Hij heeft een oortje in, aan zijn lichaamsbouw te oordelen is hij van de politie.

Ik stop de revolver weg. Zie nog een man met een oortje bij een van de andere paden.

Als ik me omdraai, zie ik een twee meter lange, gemillimeterde zwaargewicht op tien meter bij me vandaan. Hij is gefocust op de fontein en staat in een zo'n hoek dat hij niet gezien kan hebben wat ik net deed.

Ik kijk verstrooid op mijn horloge en zet koers naar het Koninklijk Paleis. Er is geen weg terug. De ouverture is afgelopen en de voorstelling gaat beginnen.

51

'Dus jij bent het,' zegt Nathalie, en ze drukt de opnameknop in haar jaszak in.

Elisabeth Rapp knikt en kijkt ongerust om zich heen. 'Je bent toch alleen, hè?'

'Ja,' zegt Nathalie, en ze doet een stap naar voren.

Ze kijken elkaar drie seconden aan. Elisabeths pupillen zijn klein en haar ogen bloeddoorlopen. Ze is bleek en alledaags op een manier die Nathalie nooit eerder gezien heeft. Een wit verkreukeld T-shirt, een gescheurde blauwe spijkerbroek en zwarte boots. Haar lieve gezichtje zonder make-up, haar haar vet en futloos. Ze is stijf en versleten als een pop die decennialang in een doos op zolder heeft gelegen.

'Dus jij bent degene die mij stalkt,' zegt Nathalie, en ze probeert niet beschuldigend te klinken.

'Ja,' zegt Elisabeth, en ze doolt rusteloos met haar blik.

Als ze de mensen van de politie maar niet ontdekt, denkt Nathalie, en ze zegt: 'Is er iets wat je me wilt vertellen?'

Elisabeth knikt, trekt met haar magere handen aan de capuchon, als om zich te beschermen tegen de buitenwereld.

'Waarom heb je dat niet eerder gedaan? Je weet toch dat je mij kunt vertrouwen?'

Geen reactie. Verderop bij het café op Karl XII:s torg krijst een kind. Het zweet druipt onder haar kogelvrije vest. Nu is het zaak om voorzichtig te werk te gaan. Nathalie voelt dat dit een van haar lastigste gesprekken ooit wordt.

'Waarom heb je mij gestalkt?'

'Het is zo moeilijk...' mompelt Elisabeth.

'Dat begrijp ik. Maar nu luister ik.'

Nathalie staat stil, geeft haar tijd. De vogels tjilpen, het water kabbelt en de geluiden van het verkeer zijn slechts in de verte hoorbaar. Uiteindelijk zegt Elisabeth op haar vlakke spreekwoordentoon: 'Van alle gevaren is de grootste je vijand te onderschatten.'

Nathalie wordt ongeduldig. Ze heeft veel vragen en het is zaak Elisabeth zo te laten antwoorden dat het op de band te horen is. Bovendien vertrouwt ze er niet op dat Frank haar de tijd geeft die ze nodig heeft.

'En wie is de vijand?' vraagt ze. 'Is dat Jacques Levinder? Is hij degene voor wie je je verstopt?'

Elisabeth deinst terug en kijkt haar aan. 'Is het goed als ik een sigaret opsteek?'

'Natuurlijk.'

Elisabeth vist een verkreukeld pakje uit de zak van haar anorak. Haar nagels zijn zwart, maar de lak is op meerdere plaatsen afgeschilferd. Wanneer ze twee trekjes genomen heeft, priemt ze Nathalie vast met haar blik.

'Het is, zeg maar, begonnen met dat tv-programma...'

'*Cold Case*? Dat over Adam ging?'

'Ja, toen besloot ik met jou te gaan praten, maar dat ging niet zo goed... Ik durfde, zeg maar, niet. En toen was dat met...'

Ze zwijgt en strijkt met haar handen over de voorkant van haar anorak in een gebaar waarvan Nathalie niet weet hoe ze dat moet interpreteren.

'Is het iets over Adam wat je wilt vertellen?'

Een knikje en nog een trekje. De gloed is in het zonlicht amper te zien. Elisabeth blaast de rook uit en kijkt naar de figuren uit de Noordse mythologie op de fontein. Nathalie ziet dat als tijdrekken en besluit haar verder onder druk te zetten.

'Was jij de anonieme tipgever die Adam de week voor de moord ontmoette? Die hij "B" noemde?'

'Ja.'

'Betty, toch?'

Elisabeth knikt bevestigend. Nathalie voelt dat haar wangen beginnen te gloeien. 'Waar ging die tip over? Over Galaxen? Over Jacques Levinder, Pierre Hielmstedt en Olof Jönsson?'

Elisabeths gezicht verbleekt zo mogelijk nog meer. Ze lijkt wel een spook, maar diep in haar ogen brandt een woede die meer levend is dan de lenteavond om hen heen. En dan begint ze te praten, ze zegt meer dan Nathalie haar ooit heeft horen doen.

'Ze vergrepen zich aan mij... en aan diverse andere meiden die ze meenamen van Galaxen en andere jeugdzorginstellingen. Soms namen ze ook jonge, pas ingeschreven jongens.'

'Naar de jachthut? In Duvboda bij Storskogen?'

Elisabeth haalt haar schouders op.

'Ik weet niet waar die hut was, ik weet alleen dat ze ons meenamen in een busje en dat het iets van een halfuur rijden vanuit de stad was.'

'En dat heb je allemaal aan Adam verteld?'

'Mm. Hij zou alles openbaar maken, zorgen dat die klootzakken gepakt werden.'

'Wanneer heb je hem voor het laatst gezien?'

'De avond voor de moord.'

'Waar?'

'Op het station.'

Dat komt overeen met zijn aantekeningen, dacht Nathalie. 'Weet jij wie hem vermoord heeft?'

'Nee.'

'Waarom ben je naar Adam gegaan en niet naar de politie?'

Er verscheen een vluchtig lachje om Elisabeths lippen.

'Zij, die mannen dus, hadden de macht. Het waren bewindvoerders en artsen en god mag weten wat nog meer. Als wij lief waren, schreef Levinder de medicijnen uit die wij wilden hebben: kalmeringsmiddelen, slaaptabletten, alles, zeg maar... Zij beslisten uiteindelijk over onze levens. En ze zeiden dat als een van ons zou praten, alle meiden gestraft zouden worden. Bovendien...'

Elisabeth laste een pauze in, zoog lucht naar binnen tussen haar op elkaar geklemde tanden.

'... was hij er ook bij... die kale smeris.'

'Commissaris Alf Erlander?'

'Misschien heette hij zo, ze noemden hem alleen "Napoleon" of "de Kapitein". Hij had een zwaard dat hij...'

Er komen snelle voetstappen dichterbij over het grind. In haar ooghoek ziet Nathalie een schaduw van rechts. Wanneer ze haar hoofd draait, ziet ze over het pad naar de Opera een man in pak aankomen. Hij werpt Nathalie een waarderende blik toe en loopt daarna verder in de richting van Hamngatan.

'Ze noemden zich de goddelijke markiezen, Les marquis divines,' zegt Nathalie bij zichzelf zodra de man buiten gehoorsafstand is.

'Die mannen zijn ziek in hun hoofd,' zegt Elisabeth.

'Die mannen die zich aan jullie vergrepen, hoeveel waren dat er?'

'Iets van vier, vijf, ik weet het niet meer zo precies.'

Nathalie heeft een misselijk gevoel, maar dwingt zichzelf

door te gaan. 'Hebben ze zich allemaal aan jou vergrepen?'

'Geen idee. Niet dezelfde avond in elk geval.'

'Wie waren er nog meer behalve Levinder, Hielmstedt, Jönsson en Erlander?'

Elisabeth trekt haar capuchon verder omhoog zodat haar gezicht in de schaduw komt. 'Stille wateren…'

'Wat bedoel je? Hoeveel mannen waren er in totaal? Hoeveel waren er die je niet kende?'

'Niet zoveel… ik weet het niet meer, zeg ik toch.'

Nathalie kijkt haar smekend aan, maar krijgt geen contact. Ze verandert van onderwerp.

'Waarom ben je mij gaan stalken? Heb jij PAS OP! op die handdoek geschreven?'

Elisabeth trekt een bezwaard gezicht. Nathalie duidt dat als een ja. 'Waarom ben je met die schoolklas naar het ziekenhuis gekomen? En waarom ben je ervandoor gegaan?'

Een schouderophalen.

'Die jongelui waren daar gewoon. Ik sloot me aan… maar toen raakte ik in paniek. Ik kon het eenvoudigweg niet aan.'

'Waarom draag je telkens dat jack?'

'Omdat… ik wilde dat je…'

Elisabeth steekt zwijgend een nieuwe sigaret op.

'Na de moord op Rickard werd ik bang, ik wilde dat je het toch zou begrijpen.'

'Wát?' vraagt Nathalie gefrustreerd. 'Wat moest ik begrijpen?'

Elisabeth rolt met haar ogen.

'Daarom hadden ze jou meegenomen,' zegt ze zachtjes. 'Omdat ze dachten dat ik het was. Weet je niet meer dat ik bij jou in het Ulleråker was geweest op de dag dat ze jou meenamen?'

'Nee,' zegt Nathalie, en ze wordt bang voor haar eigen stem. De weken voor de moord zijn een grijze brij zonder contouren.

'Ik had na dat bezoek per ongeluk jouw jack meegenomen,' ging Elisabeth verder. 'Jij moet dat van mij genomen hebben… het was hetzelfde model, maar dat van mij had een doodshoofd op de mouw.'

Nathalie staat te wankelen op haar benen. Ze heeft een droge mond en het zweet prikt in haar ogen. Ze herinnert zich dat ze haar anorak niet aanhad toen ze wakker werd in het bos.

De duisternis overvalt haar. Opnieuw ligt ze vastgebonden op de grond in de hut. Ze ziet de woede die smeult en opvlamt in Elisabeths pupillen, voelt dezelfde haat als lava opstijgen in haar bloed.

'Hoe weet jij dit allemaal?' vraagt Nathalie, en ze veegt haar voorhoofd af met de rug van haar hand.

Elisabeth verpulvert de sigaret onder haar laars, hoewel ze hem pas half heeft opgerookt.

'Toen ik terugkwam, zag ik dat ik het verkeerde jack aanhad. Toen zag ik jouw naam in de kraag en begreep… Ik hing dat jack in een kast, was van plan om langs te gaan om het om te wisselen, maar toen…'

'Ja?'

Elisabeth kijkt Nathalie aan.

'De nacht na de moord op Adam namen ze mij mee naar die hut.'

'En?' vraagt Nathalie ongeduldig.

'Daar vond ik mijn eigen jack. Toen snapte ik wat er gebeurd was.'

Nathalie staart naar de groene anorak die haar tot waanzin had gedreven.

'Dus dat is mijn oude anorak?'

'Ja.'

'Waarom heb je hem bewaard?'

'Weet niet. Hij hing in een kast, ik heb hem niet eerder gebruikt... nu pas.'

Met trillende hand strijkt Nathalie over de mouw, ze voelt de ruwe, versleten stof. Ze weet niet wat ze moet geloven.

'En jouw jack, dat met die doodskop?'

'Dat is achtergebleven in de hut. De volgende dag heeft Levinder iets bij mij ingespoten, ik werd volledig gedrogeerd, ben afgezet bij het station in Uppsala en was bijna dood... toen kwamen er twee smerissen... en zat ik iets van een maand in dwangverpleging.'

Elisabeth laat haar schouders zakken, alsof alle kracht uit haar stroomt. Ze doet twee stappen naar achteren en gaat op de fontein zitten. Nathalie neemt naast haar plaats, voelt de koelte van het gladde brons.

'En daarna?'

'Ik werd uitgeschreven, heb een tijdje in Umeå gewoond, daarna werd ik meerderjarig en heb ik niet meer met die varkens van doen gehad.'

'Je hebt dit dus al die jaren met je meegedragen?'

Een nauwelijks merkbaar knikje. Nathalie kijkt haar van opzij aan, ziet in dat dat precies is wat ze zelf ook heeft gedaan.

Ze pakt haar mobiel en laat de foto van de vier mannen zien. Elisabeth leunt voorover zodat hun schouders elkaar raken.

'Weet jij wie die vierde man is?'

'Nee, maar de anderen herken ik.'

'Adam had een V op de achterkant van de foto geschreven...'

'Geen idee,' antwoordt Elisabeth, en ze kijkt naar een mus die op de snavel van een van de zwanen is geland.

'Weet je het zeker?' dringt Nathalie aan, want ze meent enige twijfel in Elisabeths stem te horen.

'Ja,' zegt ze nadrukkelijk, en ze staat op. 'Nu ga ik.'

'Waar ga je naartoe?'

Geen antwoord en Nathalie zegt met klem: 'Is het niet beter dat je met de politie praat? Zij zullen je helpen.'

Nathalie legt haar hand op Elisabeths schouder. Elisabeth lijkt even te twijfelen. Daarna kijkt ze Nathalie recht aan.

'Ik vertrouw die smerissen niet.'

'Maar mij kun je vertrouwen.'

Elisabeth focust op iets achter Nathalies schouder. Ze draait zich om, maar er is daar niets. Wanneer ze Elisabeth weer aankijkt, beweegt haar mond zich mechanisch, alsof er iemand anders aan het woord is. 'Wie over zichzelf de waarheid niet spreekt, kan die ook over anderen niet spreken.'

'Wat bedoel je?' vraagt Nathalie, en ze herinnert zich de woorden van Frank dat ze voortdurend zichtbaar moet zijn. Ze gaat staan. 'Weet jij iets over de moord op Rickard Ekengård?'

'Nee, maar ik heb wel begrepen wie het gedaan hebben. Er zijn geen anderen die zichzelf zo geweldig vinden...'

Dat ze een tien jaar oude moord kopiëren om te zorgen dat getuigen hun mond houden, maakt Nathalie Elisabeths zin in gedachten af.

'Je bedoelt de mannen van Les marquis divines?'

Elisabeth knikt nauwelijks merkbaar onder de capuchon, steekt haar handen in het water als om het vuil ervan af te wassen.

'Toen ik op *Flashback* zag dat jij getuige was, begon ik het te vermoeden.'

'Wist jij dat die moorden verband hielden met elkaar?'

'Nee, maar ik ben natuurlijk ook niet achterlijk.'

'Heb jij contact gehad met andere meiden of jongens die het slachtoffer waren?'

'Nee, maar er is nog iets wat ik wilde vertellen.'

'Ik luister,' spoort Nathalie haar aan.

Het geluid van een sirene weerkaatst tegen de gevels van Kungsträdgårdsgatan.

Elisabeth komt abrupt overeind.

Op dat moment krijgt Nathalie hem in het oog. Hij staat op een paar meter afstand van de ingang die uitkijkt op het grote buitenpodium.

Ze ontmoet Franks blik, ziet dat elke spier in zijn gezicht gespannen is. Hoelang staat hij daar al?

Elisabeth volgt Nathalies blik, alsof die net zo duidelijk is als een laserstraal.

Met verbluffende snelheid rent ze terug naar het pad richting de Jakobskerk. Ze trekt een fiets uit de bosjes en springt erop. Nathalie staat als versteend. Frank zegt iets in een portofoon en verdwijnt achter de begroeiing. Krachtige en doelbewuste bewegingen om haar heen, korte en blaffende commando's.

Het laatste wat Nathalie van Elisabeth ziet, is dat haar capuchon afwaait als ze tussen Café Opera en de Jakobskerk wegfietst.

Met een hand nat van het zweet zet Nathalie het opnameapparaat uit.

52

Nathalie ziet Frank en twee andere agenten in burger achter Elisabeth aan rennen. Een zwarte BMW gaat er bij restaurant Operakällaren plankgas vandoor.

Achter haar rijdt een geüniformeerde motoragent weg in de richting van de Opera.

Ze volgt Franks bewegingen en vraagt zich af hoe stom je kunt zijn. Er zijn weliswaar zes ingangen naar de fontein, maar toch. Het had toch niet moeilijk moeten zijn om Elisabeths vluchtweg af te bakenen.

De zon weerkaatst in het water, de aanblik van Rickards moordenaar flitst langs: de doorsnee lichaamsbouw, de soepele maar krachtige bewegingen. Ze volgt Frank met haar blik als hij het terras van Café Söderberg schuin oversteekt. Even worden hij en de moordenaar een en dezelfde persoon.

Het zweet breekt haar uit, ze heeft het gevoel dat ze geen lucht krijgt. Ze wurmt zich uit het windjack en het kogelvrije vest, en haalt een keer diep adem. Het lijkt alsof het de eerste ademhaling sinds lange tijd is. Uitgeput zakt ze op de fontein.

Daar blijft ze zitten met haar blik op oneindig. Twee van Franks collega's komen naar haar toe – een man en een vrouw –

en vragen hoe het gegaan is. Ze heeft geen puf om antwoord te geven. Zij nemen het vest en het jack mee en checken het opnameapparaat.

'Veertien minuten en twaalf seconden,' zegt de man.

'Wat heeft ze gezegd?' vraagt de vrouw, maar Nathalie geeft nog steeds geen antwoord.

De politiemensen luisteren de opname af. Nathalie zit als versteend. Na een kwartier komt Frank terug.

'Hebben jullie haar te pakken gekregen?' vraagt Nathalie.

'Nee, maar dat is gewoon een kwestie van tijd. Hoe gaat het?' Hij gaat naast haar zitten, zijn groene irissen bewegen zich om een vast punt, het zweet parelt op zijn voorhoofd.

'Hoe konden jullie haar laten ontkomen?' vraagt ze zonder haar irritatie te verbloemen.

'Dat was een misverstand. Wat heeft ze gezegd? Is de opname goed gegaan?'

Met een zucht legt ze haar kin in haar handen en staart naar twee mussen in de heg. Ze roept de teleurstelling in Elisabeths blik op toen ze begreep dat ze verraden was. Stelt zich haar paniek voor als ze op de hielen wordt gezeten door een hele schare politiemensen.

'We hebben de band hier,' zegt de politievrouw. 'Het geluid is goed en het meeste lijkt te verstaan. Het was zoals we dachten, ze is het slachtoffer van misbruik door deze drie mannen.'

De man en de vrouw vertellen om beurten. Frank luistert aandachtig, kijkt dan weer naar de collega's, dan weer naar Nathalie. Wanneer ze klaar zijn met hun uiteenzetting valt er een stilte. Een hond blaft, een kind lacht en een auto toetert. Frank kruist zijn armen over zijn borst.

'Regel een transcriptie.'

De agenten lopen naar een zwarte minibus met getinte ramen

die in het voetgangersgebied staat.

'Ik heb geen puf om het erover te hebben,' mompelt Nathalie. 'Maar waarom liet je ons niet uitpraten?'

Frank houdt zijn hand op zijn oortje, lijkt haar vraag niet te horen. Na een tijdje wendt hij zich weer tot Nathalie.

'Ik krijg net iets te horen van mijn collega Maria...'

'Wat dan?'

'Ze heeft Rickards memoires gevonden.'

Nathalie schrikt op, alsof ze uit een diepe hypnose is gehaald.

'In elk geval een concept,' corrigeert hij zichzelf. 'Maar er blijkt duidelijk uit wat hij openbaar wilde maken.'

'Hè? Waar heeft ze dat gevonden?'

Frank glimlacht, maar zijn ogen zijn koud als staal.

'Waar?' herhaalt ze, en ze gaat staan.

'In een kast in zijn loge in de schouwburg. De enige plek waar we niet hadden gezocht.'

'Wat staat erin?' vraagt ze ongeduldig.

'Dat hij in zijn tijd als pleegkind in Uppsala het slachtoffer was van misbruik door een groep mannen die zich Les marquis divines noemden. Dat degene die hij het meest vertrouwde de grootste klootzak op aarde bleek te zijn. Dat hij alles openbaar zou maken.'

'Namen?'

'Twee maar. Het lijkt erop dat hij nog niet zover gekomen was.'

'Wie?'

'Olof Jönsson en Alf Erlander.'

Nathalie voelt hoe haar zicht wordt verduisterd, alsof het opeens nacht is. Wist Håkan daarvan? Was dat de reden dat zijn familie het contact met zijn oom Alf had verbroken?

'De jachthut bij Storskogen is beschreven en Forensische Opsporing heeft er DNA van Jacques Levinder en Pierre Hielmstedt aangetroffen. Ik denk niet dat het lastig zal zijn om ze veroordeeld te krijgen.'

'Hebben jullie de lijsten van de studentenvereniging al?' vraagt ze.

'Nee, die lijken er spijtig genoeg niet meer te zijn.'

'Zijn die mannen nog op de golfbaan?'

'Helaas, ze zijn een uur geleden vertrokken. Maar er is een landelijk opsporingsbericht uitgegaan, dus het kan niet lang meer duren voor we ze in de kraag hebben.'

Nathalie herinnert zich het onweer en de regen, het busje op de stoep. 'Als we Elisabeth Rapp te pakken krijgen, kan zij vertellen over het misbruik,' zegt ze, en ze moet weer even gaan zitten.

53

Nathalie komt op trillende benen overeind en neemt dezelfde weg terug als ze gekomen is. Haar lichaam en haar gedachten zeggen allebei wat anders. Zij is wel degene die hier loopt, maar toch ook weer niet. Het is alsof ze zelf niets anders is dan de schaduw die soms naast haar opduikt; een kopie qua afmetingen en beweging, maar zonder inhoud. Adam. Rickard. *Het verschrikkelijke.*

Dezelfde oorsprong, dezelfde kern van verdorvenheid. Dat inzicht is onaangenaam, maar ook rustgevend. Een duisternis compacter dan ze zich had kunnen voorstellen, maar nu weet ze waar die vandaan komt.

Les marquis divines. Ze wordt misselijk als ze zich voorstelt hoe zij hun macht hebben misbruikt.

Ter hoogte van de ingang naar de metro draait ze zich om. In Kungsträdgården wemelt het van de mensen in de lenteavond. De zwarte minibus van de politie staat nog steeds in het voetgangersgebied, maar is één met de menigte, als een dode kever in een mierenhoop. Rond de fontein is alles rustig, op Franks twee collega's na die met speurende blikken heen en weer lopen.

Arme Elisabeth. Waarom ben je niet eerder naar me toe gekomen?

Haar ruggenmergreflexen duwen haar vooruit. Haar T-shirt plakt helemaal, maar dat geeft verkoeling en elke ademhaling zonder het vest is een bevrijding. Wanneer ze het Berzelii-park doorsteekt, pakt ze haar mobiel en belt ze Eva Grip.

'Sonja is wakker en vraagt naar je,' zegt de arts meteen.

'Hoe gaat het met haar?'

'Ze is moe, maar helder. Ze wil niet zeggen wat er gebeurd is.'

'Heeft ze extra toezicht?'

'Uiteraard.'

'Heb je gevraagd van wie ze die pillen gekregen had?'

'Ja, maar het enige antwoord dat ik krijg, is dat ze met jou wil praten.'

'Is mijn vader er nog niet?'

'Nee, maar hij heeft al een paar keer gebeld. Ik heb hem net nog gesproken.'

'Zeg maar tegen mijn moeder dat ik in Stockholm ben en straks die kant op kom.'

Ze beëindigen het gesprek en Nathalie verhoogt haar tempo. Ze moet denken aan haar moeder op de bank, haar opmerkelijke woorden: 'Ze is weer met hem bezig, je weet wel.'

Ze blijft voor het rode stoplicht tegenover de schouwburg staan wachten. Tram 7 rijdt ratelend langs. Door het raampje ziet ze een gezin met kinderen met een gigantische chocoladewafel en twee ballonnen met fantasiedieren. Die hebben ze vast gewonnen in Gröna Lund, bedenkt ze, en ze pakt haar mobiel.

Ze belt Gabriel. Geen gehoor.

Na vijf keer overgaan, hangt ze op, voelt even een steek van ongerustheid, maar die verdwijnt als ze zich voorstelt hoe ze samen lachend in een draaimolen zitten. Het licht springt op groen en ze komt weer in beweging.

Net als ze Östermalmstorg schuin oversteekt, wordt ze gebeld. Gabriel, hoopt ze, maar ze ziet dat het Victor is.

'Hoi, met je vader. Ben je nog in de stad?'

'Ja, ik ben op weg naar mijn appartement, waar ben jij?'

'Ook nog hier, helaas. Er was een demonstratie en daar kon ik niet onderuit, maar ik stap zo in de auto. Wist je al dat mama is bijgekomen?'

'Ja, dat heb ik net gehoord.'

'Mooi, maar nu heeft ze onze steun nodig. Zullen we samen die kant op gaan?'

'Natuurlijk,' antwoordt ze, en ze ziet de minutenwijzer op de Hedvig Eleonora-kerk naar tien over halfzes springen. 'Kun je mij ophalen?'

'Het is beter dat je naar mij toe komt. De halve stad is opgebroken en we moeten toch naar het noorden.'

'Prima,' zegt ze. 'Ik ben er over een halfuur, ik wil eerst nog even douchen.'

'Hoe gaat het met je? En met het onderzoek naar de moord?'

'Daar hebben we het straks in de auto wel over,' antwoordt ze, en ze drukt het gesprek weg.

Ze steekt Sibyllegatan over en loopt verder naar Storgatan. Ze houdt haar mobiel in haar hand en voelt het gezoem van een sms als een trilling door haar arm. Hij is van Louise.

> Waar ben je? Het spijt me dat ik kwaad werd. Ik zou je willen zien om iets te bespreken.

Bij de ingang naar de kerk blijft Nathalie staan en ze antwoordt:

> Niet nu, ben op weg naar mijn moeder. Ik laat snel wat van me horen.

Als ze opkijkt, ziet ze een auto die ze maar al te goed kent Storgatan uit komen en naar Artillerigatan rijden. Een blonde haardos op de achterbank en achter het raampje een bekend gezicht met een rond brilletje en donkere vlechten. Ze blijft staan, haar hart springt een keer over.

Gabriel en Tea. In de auto bij Håkan.

Hij blijft voor haar portiek staan. Ze rent eropaf, ziet dat de auto weer in beweging komt. Als ze bij de kruising komt, is hij al met hoge snelheid doorgereden.

Nathalie begint luid te vloeken, een vrouw die op de stoep loopt schrikt ervan en verdwijnt snel in de richting van de begraafplaats.

Ze belt Håkan opnieuw, maar hij neemt nog steeds niet op. Ze wacht tot de voicemail aanslaat en ziet de zilverglanzende auto rechtsaf verdwijnen naar Strandvägen. Ze zoekt Gabriels naam in de lijst van recente gesprekken, maar belt hem uiteindelijk toch niet. Hij hoeft hier niet de dupe van te worden.

Ze grijpt met haar hand een van de ijzeren spijlen van het hek rond de begraafplaats en voelt de koelte in haar hand. Ze probeert zich te herpakken.

Is hij mij hierheen gevolgd? Wist hij daardoor dat ik getuige was van de moord? De vragen blijven haar tot ze binnen is achtervolgen. Ze verbaast zich erover dat ze het raam op een kier heeft laten staan en doet het dicht. Ze kleedt zich vlug uit. Wanneer ze de douche wil aanzetten, hoort ze een rinkelend geluid vanuit de hal.

Met een ruk draait ze zich om, staart naar de bel aan de muur. Die is twee meter bij haar vandaan. Ze meent te zien dat hij natrilt. Ze rukt haar badjas naar zich toe en slaat die om zich heen.

De bel gaat weer, een halve seconde langer dit keer. Ze sluipt naar de hal, spiedt door het spionnetje. Haar hart gaat zo snel tekeer en ze staat zo te trillen dat het een halve seconde langer duurt dan normaal om zich te focussen.

Frank. Wat moet die hier?

Ze controleert of haar badjas goed is dichtgeknoopt en doet open.

'Hoi,' zegt hij met een glimlach. 'Sorry dat ik zo onaangekondigd kom aanzetten. Ik heb je gebeld, maar je was in gesprek. Ik nam aan dat je hier was...'

'Oké. Is er wat gebeurd?'

'Mag ik binnenkomen?'

'Tuurlijk,' zegt ze, en ze loopt voor hem uit naar de kamer, waar de ondergaande zon een streep boven de wand met boekenkasten schildert. 'Hebben jullie Elisabeth te pakken gekregen?'

'Nee, ze is in de buurt van de Klarakerk verdwenen. We denken dat ze zich in de kerk schuilhoudt.'

'Moet jij de zoektocht niet leiden?'

'Jazeker,' zegt hij, en hij wijst op het oortje in zijn linkeroor.

'En de markiezen?' vraagt ze, nog steeds in de war over zijn komst.

'Als van de aardbodem verdwenen,' antwoordt hij gelaten.

Nathalie kijkt door het raam naar buiten.

'Als ze vluchten, wordt hun schuld nog duidelijker.'

'Ze zijn vast wanhopig,' antwoordt Frank.

'Stel dat ze het land verlaten.'

'Ze kunnen nergens heen,' zegt Frank. 'Vliegvelden, de douane, de kustwacht – alles en iedereen is geïnformeerd. Bovendien heeft iedere agent in het land hun signalement.'

Hij doet een paar stappen in de richting van de muziekstandaard, wipt wat op en neer op zijn boots en zegt verdrietig: 'Ik heb de opname afgeluisterd. Dus *zíj* hebben jou ontvoerd... Waarom heb je niks gezegd?'

Ze haalt haar schouders op. 'Is het zo al niet erg genoeg?'

'Ik werd ongerust,' zegt hij, en hij legt zijn hand op haar met badstof beklede schouder.

'Het voelt op de een of andere manier beter,' zegt ze. 'Nu weet ik wie het waren... in elk geval drie van hen. En er is verder niets gebeurd.'

'Hou je je nu niet overdreven groot? Denk je dat Erlander jou herkende en de boel heeft afgeblazen? Dat hij de vierde man op de foto is?'

'Misschien,' antwoordt ze, en ze pakt haar mobiel van de vensterbank. Swipet naar de foto en leunt voorover naar Frank zodat hij hem ook kan zien. 'Het kan elke man met een normaal postuur zijn,' zegt ze. 'Maar ik vind nog steeds dat hij iets bekends heeft. En Erlander heb ik nooit ontmoet. Jullie moeten die foto maar eens aan Håkan laten zien...'

Dan vertelt ze dat hij zojuist kwam langsgereden. Franks gezicht verhardt.

'Wat ik me afvraag, is hoe de markiezen wisten dat Rickard van plan was hen te ontmaskeren?'

'Hij had misschien contact met ze opgenomen. Wellicht had hij ook *Cold Case* gezien en besloten meer feiten te achterhalen voordat hij erover ging schrijven.'

'Je hebt vast gelijk, zoals gewoonlijk,' zegt Frank, en hij streelt haar over haar schouder, iets langer dit keer.

'Nu moet ik me aankleden en ervandoor,' zegt ze, en ze loopt naar de hal. 'Papa en ik gaan zo naar mama in het ziekenhuis.'

54

Nathalie rent over het perron en kan nog net in de laatste metrowagon springen voordat de deuren dichtgaan. Ze grijpt de middenstang beet en probeert haar evenwicht te bewaren wanneer de metro zich met een knarsende ruk in beweging zet.

Ze scant de zes medereizigers. Niemand die naar haar kijkt, uitgezonderd een oudere man die geamuseerd zit te lachen.

Ze keert hem de rug toe en gaat op een lege bank zitten. Ze vestigt haar blik op de bank ertegenover en ademt uit. Haar hart klopt in haar keel en ze probeert zich te concentreren.

Ze staart naar de bekende donkerblauwe stof met de Stockholmse motieven: de Globe Arena, het stadhuis, bussen, stoomboten en de torens van Kungsgatan. Het zinnebeeld van haar droom over haar nieuwe leven, de stad waar ze in het geheim mag zijn wie ze wíl. Het verlangen naar vrijheid dat haar nu opnieuw heeft gekooid.

Als ze dit leven niet gezocht had, had ze hier nu niet gezeten. Dan was Rickard nooit naar haar toe gekomen bij Riche. Dan had ze zijn sms'je op de trap van de schouwburg niet gekregen, was ze niet getuige geweest van de moord. Misschien had ze niet in de dozen van Adam gekeken, misschien was de waarheid over *het verschrikkelijke* nooit aan het licht gekomen.

Het gevoel dat de reeks gebeurtenissen té toevallig is neemt toe naarmate de wagon steeds meer gaat schudden.

Ze kijkt hoe laat het is. Tien voor halfzeven. *Ik hoop dat mama weer helemaal bij bewustzijn is gekomen als papa en ik er zijn.* Het stuk tussen Östermalmstorg en T-centralen is een van de langste van het hele metrotraject en duurt vandaag langer dan ooit.

Op T-centralen stapt ze over op de groene lijn. Ze probeert Håkan weer te pakken te krijgen, maar hij neemt niet op. Gabriel ook niet. Zijn ze naar Uppsala vertrokken? Ontwijkt Håkan haar? Dat zal ik ter sprake brengen in de voogdijzaak, denkt ze, en ze voelt zowel schaamte als voldoening.

Als ze weer boven de grond komt, ziet ze dat het licht snel minder is geworden tijdens haar reisje in de onderwereld. Odenplan ligt half open. Midden op het plein spreekt iemand een klein groepje mensen toe. Enkele rode banieren lichten op als gloeiende kooltjes in de laatste zonnestralen.

Ze slaat rechts af naar Surbrunnsgatan. Het pied-à-terre van de partij zit in de eerste portiek na het wedlokaal, in een okerkleurig pand uit de jaren 1920. In de lift ziet ze zichzelf in de spiegel en haalt haar handen door haar krullen, die nog vochtig zijn van de douche. Papa vindt het altijd belangrijk hoe zij eruitziet. Hoewel ze veel meer aan haar hoofd heeft, komt die beweging als een reflex.

Als haar vader opendoet, ziet ze dat hij gestrest is. Hij draagt een pak, maar zijn overhemd is halfopen en de geijkte stropdas schittert door afwezigheid. Zijn ogen zijn bloeddoorlopen en hier en daar heeft hij baardstoppels; iets wat ze niet heeft gezien sinds ze uit huis ging.

'Dag pap,' zegt ze, en ze geeft hem vlug een kus. 'We gaan zeker meteen, hè?'

'Bijna, ik moet nog een mailtje versturen en de computer uitzetten, dus kom maar even binnen.'

Ze loopt schoorvoetend de donkere hal in. Tot haar verbazing ziet ze dat hij de deur op slot draait en de veiligheidsketting erop doet.

'Is dit Fort Knox of zo?' vraagt ze.

Hij lacht even en schudt bezorgd zijn hoofd.

'Er wordt hier in de buurt de laatste tijd veel ingebroken,' verklaart hij. 'Bendes die rondgaan en aan alle deuren voelen, en zoals je weet, heb ik nogal wat vertrouwelijke stukken van de partij in mijn computer.'

'Ik snap het,' zegt ze, en ze loopt de woonkamer in, die uitkijkt op de tuin.

Het is er net zo spartaans en schoon als anders, op een asbak met twee peuken op de salontafel na.

'Ben je weer begonnen met roken?'

'Ja, helaas,' antwoordt hij. 'Het is de laatste tijd nogal hectisch op mijn werk.'

Hij loopt er snel naartoe en neemt de asbak mee naar de keuken, gooit hem leeg, spoelt hem om en komt terug.

'Wil je wat drinken?' Hij kijkt haar onderzoekend aan alsof hij iets heel anders heeft gevraagd. 'Je ziet er gestrest uit.'

'Insgelijks,' zegt ze met een glimlach. 'Nee, het is goed zo. Doe jij wat je moet doen, dan kunnen we daarna weg.' Hij knikt, alsof hij zich opeens weer herinnert waarom ze daar is. Hij blijft met zijn hand op de deurpost staan en vraagt: 'Heb je verder nog wat gehoord van mama?'

'Nee, alleen dat ze slaapt.'

Met een zucht schudt hij zijn hoofd, en zegt: 'Ik snap niet dat het zo ver gekomen is. Goed, ik ben de laatste tijd weinig thuis geweest, ik had misschien moeten zien dat ze niet goed in haar vel zat...'

'Je moet jezelf niet de schuld geven, pap, ga jij je mailtje nou maar versturen!'

Ze keert hem de rug toe en loopt naar het raam. Een oude vrouw geeft de plantjes water en een zwarte kat spiedt naar een koolmeesje.

'Hoe gaat het met het onderzoek naar de moord?' hoort ze haar vader vragen. 'Heeft de politie de moordenaar van Rickard Ekengård al opgepakt?'

'Nee, maar dat zal niet lang meer duren,' verzucht ze.

'Dus ze weten wie het gedaan heeft?'

'Ja en nee. Ik vertel het je in de auto wel.'

'Heb je veel last van de media? Die zullen je wel op de huid zitten.'

'Eigenlijk niet. Ik kan ze best goed van me af houden, zoals je weet.'

Ze hoort zijn voetstappen op de vloer. Als ze zich omdraait, ziet ze hem met zijn laptop bij de boekenkast naast de tv staan.

Zijn dure horloge maakt het bekende ratelende geluid wanneer hij er een blik op werpt.

'Hoe is het met Gabriel en Tea?' vraagt hij terwijl zijn vingers over het toetsenbord gaan.

'Goed,' antwoordt ze. 'Ze waren vandaag met Håkan in Gröna Lund.'

Haar blik glijdt omlaag naar zijn schoenen. Bruin, keurig gepoetst en met twee kwastjes.

'Als je wilt kan ik ook alleen naar mama gaan, hoor,' zegt hij met zijn ogen op het scherm. 'Ze is vast moe, en ik moet morgenochtend vroeg weer terug hiernaartoe.'

'Hoe bedoel je?' sputtert ze tegen. 'We gaan toch samen?' Ze kijkt naar zijn brede rug. De ronding van zijn schouders en zijn profiel.

Ze heeft even een duizelig gevoel en ze loopt naar de bank en gaat zitten. Het leer plakt tegen haar blote benen.

Haar vader slaat de computer met een klap dicht en kijkt haar aan. 'Nu ben ik bijna klaar. Sorry dat het even duurde. Hoe gaat het trouwens met het onderzoek naar Adam, nog nieuws?'

'Daar hebben we het wel over in de auto,' zegt ze, en ze staat op.

De kamer gaat heen en weer en ze hoort een hoge piep in haar oren. 'Jeetje, ik word opeens heel duizelig. Mag ik een glas water?'

'Tuurlijk,' zegt haar vader, en hij verdwijnt naar de keuken.

Ze zakt weer achterover op de bank. Als hij haar het glas aanreikt, gaat zijn mobiel. Hij kijkt op het display, fronst en loopt naar de slaapkamer.

'Victor Nilson,' zegt hij op autoritaire toon, en hij doet de deur dicht.

Nathalie blijft zitten. Ze hoort hem praten, maar kan geen woorden onderscheiden. Na een halve minuut gaat hij luider spreken, hij klinkt verontwaardigd. Ze drinkt haar glas leeg en hoort hem zeggen: 'Dat mag je absoluut niet doen! Ik verbied het je!'

De boosheid in zijn stem brengt herinneringen bij haar boven. Ze zit als verlamd, voelt haar borstkas spannen. Dat kan niet, denkt ze, maar de spanning neemt niet af. Ze ziet in dat zijzelf de weerstand is, als een magneetveld dat verhindert dat deeltjes zich verenigen. Ze pakt haar mobiel, klikt naar de foto van de vier mannen voor de hut.

V.

Victor.

Rickards laatste woorden: 'He... hewas f...' Dat betekende niet 'Het was fijn'.

Maar: *'Het was Victor'*.

De weerstand verdwijnt en ze ziet bloed.

Papa's schoenen klepperen op het parket. Hij blijft recht voor haar staan. Vanuit dit perspectief ziet ze dat zelfs de hoek tussen zijn voeten klopt. Haar mobiel wordt zo zwaar als een baksteen.

'Hoe gaat het?' hoort ze hem zeggen.

'Ik voel me niet zo lekker, ik moet weg.'

Ze dwingt zichzelf op te kijken. Zijn gezicht is bijna net zo wit als zijn overhemd, zijn lippen vaalgrauw.

Ze komt op onvaste benen overeind.

'Jij gaat helemaal nergens heen,' zegt hij.

Met een besliste beweging trekt hij de lade onder de laptop in de boekenkast open. Hij haalt een revolver tevoorschijn met een dikke zwarte buis over de loop.

Haar benen kunnen haar niet langer dragen. Het laatste wat ze ziet, is het plafond dat langs flitst.

55

Voor de Klarakerk smijt Elisabeth haar fiets op het plaveisel en rent naar de ingang. De politie heeft haar omsingeld, maar ze is niet van plan zich gewonnen te geven.

Kut, kut, kut!

Kut voor Nathalie, kut voor de smerissen en kut voor die klootzakken.

De wéreld is ziek, niet ik.

Ze neemt een omweg om een man met één been en krukken en twee vrouwen met een hoofddoek die zitten te bedelen. Ze draait zich om en ziet twee agenten vanaf Klara västra kyrkogata de trap op komen rennen. Ze trekt de houten deur open en komt in de wapenkamer. Ze is al weleens eerder in de kerk geweest, heeft er soep en warmte gekregen toen ze een zwervend bestaan leidde en geen eten of onderdak had. Vanuit de kerk zelf hoort ze een koor en orgelmuziek.

Ze kijkt tussen de deuren door naar binnen en ziet her en der verspreid wat mensen in de banken zitten. Bij de ijzeren standaard waar je een kaarsje kunt branden, staat een man te bidden.

Ze kijkt vertwijfeld om zich heen. Vier smalle houten deuren, allemaal met een bordje GEEN TOEGANG.

Het geluid van voetstappen en stemmen van buiten komt dichterbij. Ze werpt zich tegen de dichtstbijzijnde deur rechts.

Tot haar verbazing is hij open. Een smalle wenteltrap leidt steil omhoog. Zo snel ze kan rent ze naar boven. De trap is smal en haar schouders stoten tegen de bakstenen muren. Het is donker en bij sommige treden ontbreken stenen. Het gevoel van claustrofobie maakt haar misselijk, maar ze dwingt zichzelf om door te gaan.

Al spoedig verstommen de geluiden achter haar. Alles wat ze hoort, is haar eigen hart dat bonkt en het suizen van de wind door kieren in de buitenmuur.

Na twintig treden krijgt ze moeite met ademhalen. Ze heeft hoogtevrees en normaliter zou ze zijn omgekeerd, maar nu is er geen andere weg. Het maakt niet uit of ze valt en haar nek breekt.

Ze kijkt omhoog en ziet een stevig touw dat als trapleuning om de binnenmuur zit. Ze loopt drie treden omhoog en grijpt het touw. Ze hoort vervolgens hoe een slang van geluiden de trap op komt en voelt de luchtstroom in haar nek.

Die kutsmerissen.

Haar woede geeft haar moed en kracht. Ze loopt verder naar boven, telt de treden om niet aan het lege gevoel in haar maag te denken.

Er roept iemand. Ze hoort fragmenten van woorden. 'Elisabeth… politie… als je… kom… naar beneden…'

Vijftien, zestien, zeventien. Hoe lang is deze trap?

Ze begrijpt dat hij naar de toren leidt.

Als ik een raam tegenkom, spring ik.

De openingen die ze passeert zijn te klein en zijn voorzien van plexiglas.

Drieëndertig, vierendertig, vijfendertig.

Haar hand om het touw, haar blik op de treden.

Een vloer en een bordes. De wenteltrap houdt op. Ze moet een paar seconden rusten om adem te halen. Rechts twee gesloten houten deuren. Ze doet drie passen naar voren en gaat een kleine ruimte binnen met een carillon en een kruk.

Ze loopt er weer uit en duwt de dichtstbijzijnde deur open. De scharnieren piepen. Ze komt in een kleine, stoffige ruimte met twee ladders, een brandblusser en een stoppenkast. Als ze naar het plafond kijkt, ziet ze dat dat bestaat uit grove balken met vierkante openingen ertussen. Ze kijkt omhoog in een dichter wordende duisternis, ze vermoedt dat die naar de top van de toren leidt.

Even overweegt ze de brandblusser te pakken en die te gooien naar degene die achter haar aan komt. De wenteltrap is nauw en de valhoogte groot. Je kunt niet missen. Dan ziet ze in dat dat haar probleem niet zou oplossen en ze duwt de laatste deur open.

Een rechte trap van een meter breed met glimmende leuningen. De geluiden van beneden komen dichterbij.

'De weg die je alleen gaat, leidt weg van jezelf,' maalt een stem in haar hoofd.

Ze passeert een gotisch kerkraam met gebrandschilderd glas. Als ze bij het eerste bordes komt, heeft ze een bloedsmaak in haar mond. Ze staat even te hijgen, houdt haar handen krampachtig om de leuning. Ze durft niet naar beneden te kijken, maar vermoedt de diepte vanuit haar ooghoek.

Een knarsend geluid, de stemmen variëren in sterkte. Ze dwingt zichzelf haar hoofd om te draaien, ziet twee agenten, een man en een vrouw, het bordes op stappen.

Ze loopt verder omhoog. Na twee bochten komt ze in een

ruimte met een grote zwarte kerkklok en blijft er precies onder staan. Ze bedenkt dat hij haar zal omsluiten als hij naar beneden valt.

Ze strompelt naar voren en kijkt om zich heen. Vijf of zes kleinere klokken, gigantische kettingen die schots en scheef lopen, zware torenluiken van ijzer met dikke bouten.

Geen weg naar buiten.

De trap achter haar kraakt.

Aan de muur ontdekt ze twee witte knoppen die op schakelaars lijken. Er staat iets op geschreven. Ze loopt erheen en leest wat er staat.

Op de linker staat KLOK 1, op de andere TORENLUIKEN. Ze drukt op de rechter. Met een krakend geluid gaan alle vier de luiken open. De ruimte vult zich met licht en de wind is verkoelend.

'Politie! We weten dat je daarboven bent, Elisabeth,' hoort ze de vrouw roepen.

De luiken glijden open. Ze loopt rechtdoor, pakt een van de scharnieren beet. Met haar schoen vindt ze een uitsparing in de bakstenen muur en hijst zich omhoog. Het rooster dat voor de ramen zit, is aan de ene kant los. Met alle kracht die ze kan opbrengen, rukt ze het naar opzij en klimt naar buiten op een richel. Er is nu niets wat haar van de vrijheid scheidt. Ze ziet de kantoorgebouwen, de vlaggen voor het Sheraton Hotel, de opengewerkte torenspitsen van de kerk van Riddarholmen, het stadhuis en de Högalidskerk in stadsdeel Södermalm.

'Elisabeth! Kom naar beneden! We doen je niets!'

De stem van de vrouw is nu in de ruimte beneden. Hij is schel en de vrouw probeert haar ongerustheid te verbergen.

Elisabeth draait zich om. Ze ziet twee agenten die haar vanonder de grote klok aanstaren.

'Geen stap verder, anders spring ik.'

Ze draait zich halverwege naar de hemel, voelt hoe gemakkelijk ze tegen de poreuze dakpannen aan kan glijden. Ze denkt aan het misbruik, aan het verraad van Nathalie Svensson en aan hoe vaak de politie haar vernederd heeft.

Wie God liefheeft, neemt Hij jong tot zich.

Ze vult haar longen met zo veel mogelijk lucht en laat los.

56

De duisternis wordt minder. Ze weet niet wie ze is of waar ze zich bevindt. Het eerste wat ze hoort, is het geluid van voetstappen op de vloer en iemand die hoest. Langzaam wordt ze zich bewust van haar lichaam. Ze ligt op haar zij op iets zachts. Ze heeft een prop in haar mond en kan alleen door haar neus ademen. Instinctief probeert ze de prop weg te trekken, maar de beweging van haar hand wordt tegengehouden door een touw.

De paniek stijgt omhoog als koolzuur in een net geopende fles. Ze beweegt haar armen weer. Dat doet pijn tot in haar schouders. Ze begrijpt dat haar armen op haar rug gebonden zijn. Wanneer ze haar benen beweegt, voelt ze dat ook haar enkels stevig zijn vastgebonden. Ze doet haar ogen open. In één klap herinnert ze het zich weer. Ze staart vertwijfeld naar haar vader, die bij de boekenkast staat te roken. Hij kijkt haar smekend maar ook woedend aan. Naast hem in de boekenkast ligt de revolver.

Ze sluit haar ogen, zegt tegen zichzelf dat dit een nachtmerrie is, dat ze weer een geheugenfragment van *het verschrikkelijke* beleeft.

Ze heeft een brandend gevoel in haar voorhoofd, alsof iemand zoutzuur op haar hersenvliezen gegoten heeft. Het onverbiddelijke inzicht dat dit de waarheid is doet haar kermen.

Papa neemt nog een trekje.

'Je wist het al, hè?' vraagt hij met verachting in zijn stem. 'Geef toe dat dat zo is.'

Ze schudt haar hoofd.

'Waarom ben je hiernaartoe gekomen?' gaat hij verder. 'Begrijp je niet dat ik er alles, maar dan ook álles aan gedaan heb om je te beschermen?'

Hij drukt met een agressief gebaar zijn sigaret uit en beent door de kamer.

'Jij snapt niet hoe moeilijk ik het gehad heb!' gaat hij verder. 'Hoe ik mijn best heb gedaan om ons allemaal te beschermen. En nu wil die slappeling van een Jönsson het opgeven en alles opbiechten!'

Hij blijft staan en priemt zijn blik in die van haar. Ze herkent hem niet. Het is alsof zijn stem van iemand anders is.

'Ja, ik was degene die jou daar in die jachthut heeft gered! Dat ze jou hadden meegenomen was een enorme vergissing... Hoe stom kun je zijn om mijn dochter mee te nemen in plaats van...'

Zijn ogen worden kleiner en hij gaat zachtjes praten, een fluistering.

'Je moet weten dat ik altijd het beste met je voor heb gehad, Nathalie. En dan verschijnt die Rickard Ekengård op het toneel... Wij hadden elkaar ontmoet op een dinertje, hij was daar als ambassadeur van Unicef. Hij ging vragen stellen en na een tijdje had ik door dat hij wat wist.'

Victor loopt naar de revolver, geeft die liefkozend klopjes alsof het een jong hondje is. Ze haalt adem, het voelt alsof dat de eerste keer is sinds ze is bijgekomen. Haar vader gaat verder: 'Ik heb het besproken met mijn broeders... en inderdaad, Rickard bleek een van die jongens te zijn die Olof destijds had meegenomen. Toen ik wegging bij dat etentje, begreep ik dat hij ons zou verraden. Die sukkel had tegenover een van de sponsors lopen opscheppen dat hij bezig was aan een autobiografie, en...'

Hij spreidt zijn armen in een driftig gebaar en kijkt haar vragend aan. Zijn pupillen zijn zo groot dat je amper kunt zien dat hij blauwe ogen heeft.

'Wat móést ik? Het was meer dan tien jaar geleden en mijn leven zou in puin liggen. Bovendien dacht ik aan jou. Ik kon toch verdomme niet weten dat hij een afspraakje met jou had? Hij moet hebben gecheckt wie jij was en jou hebben herkend.'

Hij doet twee stappen in haar richting, praat liefkozend.

'Je moet mij begrijpen, lieve Nathalie. Ik had geen keus.'

Even snel als hij naar haar toe loopt, draait hij zich om en vist iets uit zijn zak.

Ze sluit haar ogen, haalt zich weer voor de geest hoe Rickard in de bar van het Riche naar haar toe was gekomen. In een verre echo hoort ze fragmenten van zijn vragen over haar jeugd en haar familie. Zijn interesse had haar positief verrast. Was dat alleen maar geweest om dichter bij Victor te komen?

Ze probeert de prop uit te spugen, maar dat is zinloos. Haar vader draait zich om. Hij heeft een nieuwe sigaret opgestoken.

'Als je belooft niet te gaan gillen, haal ik die lap eruit,' zegt hij, en hij pakt de revolver.

Hij zet drie stappen, maar blijft bij de salontafel staan, tikt as af op de vloer en wrijft erover met zijn schoen.

'En toen dat verdomde tv-programma. Daardoor was Betty zeker op het idee gekomen om het aan jou te vertellen, is het niet? Dat was in elk geval wat Levinder dacht...'

Hij stopt opeens met praten, staart haar leeg aan en schudt zijn hoofd. 'Het is toch allemaal te laat,' mompelt hij.

Hij richt de revolver op haar, buigt voorover en rukt de lap weg. Ze probeert te slikken, maar haar mond is zo droog dat dat niet gaat. Haar vader gaat op de salontafel zitten, blijft de revolver met trillende handen op haar richten.

'Waarom had je een afspraak met Betty bij die fontein? Wat heeft ze gezegd?'

'Papa, leg dat wapen neer,' zegt ze smekend met een stem die amper draagt. 'We kunnen dit oplossen.'

Hij begint te lachen en schudt zijn hoofd. Hij draait zich naar haar om, leunt een paar centimeter verder naar voren.

'Geef antwoord op mijn vraag!' schreeuwt hij haar toe. Ze ruikt en voelt zijn bittere ademhaling in haar gezicht.

Ze ziet in dat ze het spelletje mee moet spelen om tijd te winnen. 'Hoe weet je dat?' vraagt ze. 'Was jij daar ook?'

'Natuurlijk,' zegt hij smalend. 'Ik heb toch gezegd dat ik jou altijd bescherm. Jij bent het beste dat ik heb!'

'Als dat zo is, moet je die revolver wegleggen en mij laten gaan.'

Hij blijft onbeweeglijk en afwezig zitten, alsof hij haar niet hoort of ziet. Het oog van de revolver is des te meer aanwezig.

Hij zal nooit op me schieten.

De touwen doen zeer en haar hart bonkt in haar slapen; het voelt alsof haar aderen zullen barsten. Tussen de hartkloppen door haalt ze zich Elisabeths woorden weer voor de geest: *Van alle gevaren is de grootste je vijand te onderschatten.*

Ze had dat afgedaan als geleuter.

Stille wateren.

Had ze het door moeten hebben? Nee, hoe had ze toen iets moeten vermoeden wat nu niet eens te bevatten is? Elisabeth had net wat meer willen vertellen toen Frank ze had gestoord. De waarheid over haar vader?

Ze kijkt hem smekend aan.

'Kun je me nu niet laten gaan? We zouden immers naar mama.'

'Zíj,' zegt hij met zoveel verachting dat er een rilling over Nathalies rug loopt. 'Zij wilde ook dingen recht gaan zetten...'

'Hè?' weet ze uit te brengen. Ze probeert wanhopig los te komen, maar stopt daarmee als hij opstaat en weer begint te ijsberen.

'Ze belde me en zei dat jij in Adams spullen aan het wroeten was.'

Hij grijpt naar het pakje sigaretten in zijn zak, maar laat dat halverwege weer los.

Dus ze had met jóú gesproken, denkt Nathalie.

'Ik heb geprobeerd te zorgen dat ze haar mond hield, maar ze zei dat ze de waarheid moest vertellen. Ik heb haar gedwongen die pillen te nemen, maar heb blijkbaar onderschat dat ze zo'n enorme alcoholiste is...'

Hij blijft midden op het parket staan. Wanneer hij haar aankijkt, breekt er iets bij haar.

'Ik moest wel,' zegt hij. 'Dat was om ons allebei te beschermen, dat begrijp je toch wel?'

Ze zwaait haar benen over de rand en probeert overeind te komen.

Hij is bliksemsnel bij haar en duwt haar weer omlaag, de revolver in de aanslag. 'Het is voorbij, Nathalie! Je had niet zo nieuwsgierig moeten zijn naar wat er met Adam was gebeurd. Het is jouw schuld!'

De woorden boren zich als spijkers in haar hersenen. Ze heeft het gevoel dat ze wegdommelt, alsof ze weer op weg is naar het duister. Met een krachtsinspanning vangt ze zijn blik en weet de vraag te formuleren die ze eigenlijk niet wil stellen.

'Hebben jullie hem ook vermoord?'

Haar vader schrikt op, alsof hij een schok krijgt. Hij kijkt door het raam naar buiten en zegt toonloos: 'Het is niet zoals jij denkt.'

57

UPPSALA,

VRIJDAG 9 APRIL 2004

Adam parkeerde de Saab op Salagatan voor het flatgebouw waar zijn collega Dan Falk woonde.

Hij keek hoe laat het was. 23.22 uur. Hij zou op tijd zijn voor zijn afspraak met Victor.

Hopelijk had die een verklaring voor wat hij in de jachthut gedaan had. Dat Victor zou hebben meegedaan aan het misbruik kon hij zich amper voorstellen. Maar de omstandigheden waren hoe dan ook belastend. Als rechtgeaard journalist moest hij de waarheid achterhalen. De vraag was of hij erover zou kunnen schrijven? Dat zou het einde betekenen van Victors carrière. En hoe zou Nathalie reageren? Zou ze hun verloving verbreken?

Nee, sprak hij zichzelf in. Als het zo erg was – wat niet zo zou mogen zijn – was hij niet de schuldige.

Meteen na hun ontmoeting zou hij naar de redactie gaan. Hij had vannacht geen slaap nodig. De adrenaline zou hem klaarwakker houden tot de laatste punt gezet was. Morgen zou hij de tekst en de foto's aan hoofdredacteur Telin laten zien. Telin zou onder de indruk zijn. Natuurlijk zou UNT alleenrecht krijgen op de scoop, maar hij was ervan overtuigd dat de story als een lopend vuurtje rond zou gaan.

Hij liep door de kille voorjaarsavond, zijn fototas in een stevige greep. Het miezerde een beetje toen hij bij het station kwam. Toen hij omhoogkeek naar de hemel vermoedde hij de volle maan als een wazig licht, als een zaklamp waarvan de batterij bijna leeg was.

Nathalie zal trots op me zijn, dacht hij. En ik krijg een vaste aanstelling. Die positieve gedachten konden zijn ongerustheid voor de ontmoeting niet wegnemen. Dat Victor ermee akkoord was gegaan hem op zo korte termijn te spreken, wees er toch wel op dat hij erbij betrokken was? Of was het juist andersom – was er sprake van een groot misverstand dat hij onmiddellijk wilde rechtzetten?

Adam liep om het Centraal Station heen. Er reden geen treinen meer, de enige persoon die hij zag, was een dakloze die in een slaapzak op een bank onder de overkapping boven de hoofdingang lag.

Hij haalde zich de bijna-botsing met het witte busje voor de geest. Als hij niet zo snel gereageerd had, waren ze op elkaar geknald. Plotseling bedacht hij dat hij erachteraan had moeten gaan. Vermoedelijk was die auto op weg geweest naar de hut. Hij had de politie kunnen bellen.

Bij de fontein stond slechts één taxi. Verderop zag hij drie jongelui die gehaast in noordelijke richting over Kungsgatan liepen. De regen werd heviger en Adam stak zijn paraplu op.

Hij liep naar de fontein van Bror Hjorth, zag de goudkleurige details en het bosgroene polkadansende paar in het licht van de onderwaterverlichting glanzen.

De taxi reed weg. Op datzelfde moment kwam er een man met een paraplu aanlopen vanaf de parkeerplaats bij het stadhuis. Het was Victor. Een lange grijze overjas en een rode stropdas die ondanks het slechte weer duidelijk zichtbaar was. Hij glimlachte zelfverzekerd, maar zijn ogen stonden kil.

'Ha Adam,' zei hij toen hij hem een hand gaf. 'Wat is dat nou voor nonsens waar je mee aan komt zetten?'

Zijn toon was luchtig, maar Adam was niet van plan zich te laten vermurwen.

'Zoals ik al zei, heb ik bewijs dat enkele hooggeplaatste mannen zich in een jachthut in Duvboda vergrijpen aan minderjarige meisjes.'

Victor klemde zijn kaken op elkaar en wendde zijn blik af naar de regen. 'Wat zeg je me nu? Wat voor mannen?'

'Dat kan ik niet zeggen.'

'Schei nou toch uit, Adam. En wat is dat voor onzin dat ik daarbij betrokken zou zijn?'

Hij kreeg een droge mond en zijn hart sloeg een slag over. Hij ontmoette Victors blik, zocht naar woorden. Maar voor hij ze gevonden had, vroeg Victor geïrriteerd: 'Over wat voor bewijs heb je het dan?'

'Getuigenverklaringen, foto's van seksspeeltjes en van die mannen verkleed als historische personen, onder anderen Napoleon...'

'Heb je contact gezocht met de politie?'

Adam aarzelde. De situatie werd steeds onaangenamer. Misschien was de ontmoeting toch een vergissing. Hij draaide zich om naar het ruisende water en zei: 'In zekere zin. Dat ik jou wilde ontmoeten, is omdat ik jou in de hut heb gezien samen met drie van de mannen die ik verdenk.'

'Over wie heb je het precies?'

'Jacques Levinder, Pierre Hielmstedt en Olof Jönsson.'

Victor staarde hem aan alsof hij een vreemde was. Daarna lachte hij een scheef lachje.

'Wij jagen altijd samen, maar dit is een grote vergissing. Denk eens na, Adam!'

Adam keek hem aan. Victors blik was net zo blauw en zelfverzekerd als altijd. Victor streek met zijn hand over zijn stropdas en vervolgde: 'Wat is het bewijs dan? Als mijn jachtvrienden ergens bij betrokken zijn, moet ik dat weten!'

Adam voelde het gewicht van de fototas.

'Wat deed je daar gisternacht?' drong hij aan.

Victor fronste zijn voorhoofd, hield zijn hoofd schuin.

'Adam, alsjeblieft, je moet me vertrouwen. Wat denk je eigenlijk wel? Wil je je aanstaande schoonvader vals beschuldigen? Denk je dat Nathalie dan nog met je wil trouwen?'

Adam rekte zich uit. Hij had al vermoed dat dit argument zou komen en zag dat als bewijs dat Victor wat te verbergen had. Hij zag Nathalie voor zich. Hij wist hoeveel ze van haar vader hield, hoe trots ze op hem was.

'Oké,' zei hij. 'Ik vergeet dat ik je daar gezien heb als jij niets tegen je vrienden zegt. Dat moet je me beloven.'

Victor staarde hem aan.

'Het artikel verschijnt morgen,' legde Adam uit. 'Dat kan niemand tegenhouden.'

Tot zijn verbazing knikte Victor verbeten. 'Goed, ik ga akkoord. Doe wat je moet doen.'

Ze gaven elkaar een hand. Adam draaide zich om en liep in de richting van de redactie. Toen hij zeven passen gedaan had, was het alsof iemand hem een trap in zijn rug gaf. Een doffe knal en het werd hem zwart voor de ogen.

Hij wankelde naar voren, kreeg nog een harde duw in zijn rug en viel voorover.

Het werd nat en koud. Een adembenemende vermoeidheid zoog hem naar beneden naar een dreunende duisternis.

Hij zag Nathalie naar hem glimlachen.

58

'Zo is het gegaan,' zegt Victor, en hij knippert tranen uit zijn ogen. 'Het was niet gepland, maar ik zag aan hem dat hij serieus van plan was om ons te ontmaskeren.'

Hij staat midden in de kamer. De hand met de revolver is omlaag gezakt en het lijkt alsof hij het wapen elk moment zal laten vallen.

Nathalie probeert overeind te komen. Met drie passen is hij bij haar.

Ze zakt hulpeloos achterover op de bank, sluit haar ogen en bedenkt dat ze wel gauw weer van haar stokje zal gaan door de pijn die ze voelt.

'Ik kon dat niet laten gebeuren!' barst hij uit, en hij draait zich om naar de muur, alsof hij tegen een derde persoon in de kamer praat. 'Dat was ook om mama en jou te beschermen… Adam had veel goede kanten, maar hij mocht niet onze levens verwoesten.'

Ze opent haar ogen, hoort zichzelf roepen: 'Nu is het genoeg, papa. Maak me los!'

'En dankzij de moord hield Betty uit angst haar mond wel… want toen Rickard opdook begreep ik dat de kans groot was dat er meer waren die door dat verdomde tv-programma konden gaan praten. Het kopiëren van de moord was een duidelijk signaal naar ze om hun bek te houden. Wat ze ook deden, en als jij niet...'

Hij draait zich afwezig naar haar om. Zijn ogen glanzen alsof hij koorts heeft.

'Het is te laat,' zegt hij, en hij omklemt de kolf van de revolver.

Ik moet tijd winnen. Iets zeggen, een vraag stellen.

'Wist mama hiervan?'

Het signaal van zijn mobiele telefoon klinkt. Met een ruk haalt hij hem uit de zak van zijn colbert en staart verbaasd naar het display.

'Victor Nilson,' antwoordt hij op dezelfde autoritaire toon als altijd.

Nathalie hoort iemand praten, maar kan geen woorden onderscheiden. De spieren rond papa's ogen en mond verstijven. Hij drukt het gesprek weg, legt de telefoon in de boekenkast.

Daarna gaat hij vlak voor haar op de salontafel zitten. Strijkt haar over het haar, zoals hij deed de weinige keren dat hij thuis was en haar naar bed had gebracht toen ze klein was. Ze krijgt braakneigingen en vecht instinctief met haar armen en benen. De touwen zijn onverbiddelijk.

'De laatste reis maken we samen,' zegt hij, en hij strijkt haar opnieuw over het haar terwijl hij naar de geluiddemper kijkt.

Ze knijpt haar ogen dicht. Ver weg hoort ze het geluid van voetstappen en stemmen. Victor komt snel overeind, loopt naar de hal. Zijn telefoon en de bel gaan synchroon.

'Verdomme!' roept hij, en hij keert terug naar de woonkamer, zijn blik die van een opgejaagd dier.

Ze hoort dat er iemand door de brievenbus naar binnen kijkt. Papa's mobiel rinkelt onophoudelijk. Hij blijft haar tien seconden roerloos staan aankijken. De revolver trilt niet meer en het zwarte oog staart haar recht aan.

Nu ga ik dood, denkt ze, en haar knipperreflex functioneert niet meer. In de spleet naast de deurkruk spatten witte splinters als vuurwerk uiteen. Het slot barst open. De buitendeur bezwijkt bijna, maar de veiligheidsketting vangt de eerste ruk op en voorkomt dat hij openvliegt.

Papa doet een stap in haar richting en richt op haar borst.

59

Ik vlieg. Ik fladder gewichtloos weg uit een wereld die niet langer de mijne is. De lucht verkoelt mijn gezicht, mijn bloed. Er is nu geen weg meer terug. Dat voelt als een bevrijding.

De glasscherven branden in mijn huid en ogen, de grond komt als een stoomwals dichterbij.

In een onmetelijk ogenblik wordt alles stil en zwart. Daarna verdwijnt zelfs het niets.

60

UPPSALA,

VRIJDAG 2 MEI 2014

‘Het is nu voorbij,’ zei mama, en ze streelde Nathalie over haar wang.

‘Of dit is pas het begin,’ antwoordde ze.

Mama knikte en legde haar handen kruislings op de plaid. Ze lag op de bank. Haar blik was opgelucht, maar straalde ook verdriet uit. Zelf voelde Nathalie niets en alles tegelijk; haar gevoelens kwamen in golven die ze niet kon sturen. Er was een etmaal verstreken sinds ze naar papa’s appartement was gekomen. Een etmaal dat aanvoelde als een heel leven.

Het was vreemd om mama daar op de bank te zien liggen, net als de laatste keer dat ze elkaar zagen. Ze was bleek en mager, en haar anders altijd vlammende haar was dof.

‘Fijn dat je me naar huis hebt gebracht,’ zei mama met een stijve glimlach.

‘Dat is toch logisch. Weet je zeker dat je niet wilt dat ik blijf?’

‘Ja, mijn vriendinnen van de Lions komen om zeven uur, en ik heb Ilse Werner ook uitgenodigd. Ik heb het immers aan haar te danken dat ik nog leef.’

Mama kwam half overeind. Ze leunde tegen de rugleuning en zette haar bril goed op haar neus. Nathalie schudde glimlachend haar hoofd. Als er íémand was die na een moordaanslag onmiddellijk de draad weer kon oppakken en een etentje met vriendinnen organiseerde, dan was het haar moeder wel. Elin Eriksson, de collega die haar moeder had ontslagen uit het ziekenhuis, had gezegd dat ze verbazingwekkend stabiel was. Nathalie moest het wel met haar eens zijn. Haar moeder was een toonbeeld van iemand die door het minste of geringste uit haar evenwicht werd gebracht, maar die in tijden van crisis standhield.

'Je moet me wel beloven geen druppel alcohol te drinken,' maande Nathalie. 'Je hebt gehoord wat dokter Grip gezegd heeft.'

'Dat zal ik doen,' zei mama.

'Het duurt een paar weken voor je leverwaarden weer normaal zijn,' ging Nathalie verder. 'Je moet goed voor jezelf zorgen, mama. Nu zijn alleen jij en ik nog over... en Estelle natuurlijk.'

'Wanneer komt ze?'

'Morgen, ze heeft blijkbaar een avonddienst die ze niet kan ruilen.'

Het werd stil. De zon scheen door het panoramavenster naar binnen en viel precies op een glazen Orreforsvaas, zodat er een spectrum van licht op het witte stoffen behang boven de piano ontstond.

Nathalie sloot haar ogen. Ze zag papa's wanhoop en zijn vastberaden tred naar het raam. Op het moment dat het arrestatieteam de veiligheidsketting eraf rukte, raakte papa de ruit met zijn hoofd. Hij viel recht omlaag op een wasrek in de binnentuin en was op slag dood.

Ze deed haar ogen open, keek naar haar moeder. Hoe had zij alles al die jaren voor zich kunnen houden? Niet zo gek dat ze aan de drank was geraakt. Eén vraag had Nathalie nog niet durven stellen, maar daar was de tijd nu rijp voor. 'Wist jij dat... ik bedoel, dat papa Adam had doodgeschoten?'

Mama richtte haar blik op de vaas, schudde haar hoofd. 'Nee,' zei ze droog. 'Dan had ik nooit...' Haar stem brak. Ze moest twee keer slikken, wendde zich tot Nathalie en vervolgde haar zin. 'Dan had ik het niet uitgehouden. Het enige wat ik wist, was dat hij deel uitmaakte van die vreselijke markiezen...'

Ze zweeg, tilde de plaid op en zwaaide haar benen over de rand. 'Ik was afhankelijk van hem... en hij had het goed met ons voor.' Nathalie hapte naar lucht, het maakte een rochelend geluid.

'Op zijn manier dan,' verduidelijkte mama. 'Je weet wat ik bedoel. Nu moet ik me gaan opfrissen voor het etentje, want ook al nemen zij het eten mee, ik kan hier niet blijven liggen niksen.'

Sonja stond op, trok de ceintuur van haar ochtendjas dicht en liep naar de hal.

'Was dat de reden dat Estelle is vertrokken?' vroeg Nathalie. Sonja haalde haar schouders op en verliet de kamer.

Ik zal het haar morgen vragen, besloot Nathalie. Tijdens het korte telefoongesprek van vanochtend was dat niet het juiste moment geweest.

'Ik ga nu,' zei Nathalie, en ze keek om de hoek van de badkamer. 'Bel me als je wilt dat ik hier kom slapen.'

'Dank je, maar ik geloof niet dat dat nodig is. Ilse heeft aangeboden om vannacht te blijven. Mocht het nodig zijn, dan is dat het makkelijkst.'

Nathalie keek naar haar moeder, maar kreeg geen oogcontact. Ze voelde zich gekrenkt, maar was ook verbaasd. Haar moeder die te pas en te onpas beslag op haar legde, maar haar niet nodig had nu ze er voor haar wilde zijn.

'Weet je zeker dat je je zo redt?' vroeg ze.

Sonja glimlachte een halve seconde naar haar voordat ze zich weer tot haar spiegelbeeld wendde.

'Ja, ga nu maar.'

In de auto op weg naar het ziekenhuis reed ze voor het eerst in lange tijd ver onder de maximumsnelheid. Het was alsof het leven tot stilstand was gekomen, of het nooit meer op gang zou komen.

Papa. Met wie ze altijd zo makkelijk had kunnen praten. Die ze bewonderd had en op wie ze indruk had willen maken met haar artsencarrière en haar wetenschappelijk onderzoek.

Hoe had hij zo'n dubbelleven kunnen leiden? De rechterhand van de minister van Emancipatiezaken, en een verkrachter en moordenaar in een en dezelfde persoon?

Ze herinnerde zich zijn woorden in de skybar de dag na de moord: '*Ons voorstel om meer sekskopers veroordeeld te krijgen tot gevangenisstraf krijgt veel bijval.*' Dat er mensen met een gespleten persoonlijkheid bestonden, wist ze, maar dat dat iemand kon zijn die haar zeer dierbaar was en van wie ze haar hele leven had gehouden, was niet te bevatten.

Hoewel ze zijn bekentenis had gehoord, werd ze overspoeld door twijfel op momenten dat haar gevoelens de controle overnamen. Ze zag in dat het pogingen van haar ziel waren om haar te behoeden voor de waarheid. De bewijzen tegen haar vader waren ondubbelzinnig. Beide schoten waren afgevuurd met zijn revolver en zijn DNA had op die nicotinekauwgom gezeten. Drie van de jonge vrouwen met wie de politie tot nu toe contact had gehad, hadden hem aangewezen.

Ze parkeerde haar Volvo beneden bij het medisch centrum. Toen ze uitstapte, zoemde haar mobiel.

Een nieuw sms'je.

Ik zie uit naar morgen!

Bengt Vallman.

Ze was hem totaal vergeten en had er de puf niet voor om te antwoorden.

De zon weerkaatste in de ramen van het psychiatrisch ziekenhuis, zodat ze haar ogen tot spleetjes moest knijpen toen ze dichterbij kwam. Ze nam een grote stap over de goot voor de ingang en wierp een snelle blik op zichzelf in de glazen deuren vlak voordat die open gleden.

Er waren maar weinig mensen in huis, maar de chef-arts van de kliniek, Torsten Ulriksson, zat op zijn kamer. Toen Nathalie langsliep, kwam hij overeind en stak zijn hand op als groet.

'Hoi,' zei ze, en ze bleef in de deuropening staan.

'Ha Nathalie, wat doe jij hier?' vroeg hij, en hij kwam met enthousiaste passen in zijn wat lompe Eccoschoenen op haar af.

'Ik wilde wat papierwerk afhandelen,' zei ze.

'Ik snap het. Doe wat je wilt, maar ik vind dat je vrij moet nemen, minstens een week.'

Torsten Ulriksson hield zijn hoofd scheef en zei: 'Ik heb versterking geregeld... ben net klaar met een tijdelijke aanstelling voor een nieuwe arts. Hij heet Bengt Vallman en begint maandag.'

Nathalie wist niet wat ze moest zeggen.

'Aha, dat is mooi,' zei ze aarzelend. Ze dacht even na. 'Ik denk dat ik volgende week toch maar vrij neem.'

'Prima, afgesproken,' zei hij, en hij gaf haar een klap op de schouder. 'En de studenten neem ik zelf onder mijn hoede, je weet dat ik dat mis nu ik chef ben.'

Met een knikje en een flauwe glimlach ging ze naar haar kamer. Het rook er bedompt en bekend, haar spullen lagen er precies zoals ze die had achtergelaten.

Ze deed de deur dicht, maar hield haar hand tegen die hem

op slot wilde doen. Ze liep naar de spiegel boven de wastafel en bleef een hele tijd naar haar spiegelbeeld kijken. Haar pupillen hadden een nieuwe diepte gekregen. Haar lippen waren droog en bleek, en ze deed snel wat lippenstift op. Ze ging op de weegschaal staan en bedacht dat ze zich al dagen niet gewogen had.

Tot op de gram hetzelfde gewicht als de vorige keer.

In elk geval íéts wat constant is, dacht ze voordat ze achter haar bureau ging zitten en de computer opstartte. Louise had twee keer ge-sms't en gevraagd of ze konden afspreken. Nathalie antwoordde dat ze contact zou opnemen. Het was duidelijk dat Louise iets had wat ze haar wilde toevertrouwen, maar Nathalie kon het even niet opbrengen.

Ze werd overvallen door een overweldigende matheid. Ze bedacht dat het vermoedelijk een goed idee was om vrij te zijn. Ze zou tijd besteden aan Gabriel, Tea en haar moeder. Ze had met Håkan gepraat en afgesproken dat ze over opa zou vertellen als hij de kinderen zondag kwam brengen. Daarna had ze gevraagd wat hij bij haar appartement had gedaan.

'Welk appartement?'

'Hou je niet van de domme. In Artillerigatan vlak bij de Hedvig Eleonora-kerk. Ik heb je gisteren tegen vijven met de kinderen langs zien rijden.'

'Het zou kunnen dat ik daarlangs kwam op weg van Gröna Lund naar huis.'

'Geef toe dat je mij gevolgd bent! Dat je daardoor wist dat ik getuige was van de moord op Rickard Ekengård.'

'Nu ben je weer zo paranoïde. Ik moet nu naar de kinderen toe. Tot zondag.'

'En Alf Erlander,' ging ze verder. 'Wist je dat hij lid was van een genootschap dat zich "de goddelijke markiezen" noemde en zich vergreep aan jonge meisjes?'

'Ik ga nu ophangen, Nathalie. Vergeet niet dat we woensdag ons afrondende gesprek bij Maatschappelijk Werk hebben.'

Daarna had hij opgehangen. Zijn ontwijkende antwoorden overtuigden haar er nog meer van dat ze gelijk had.

Ze had slechts puf om één mailtje te lezen. Dat was van haar professor die haar feliciteerde met een onderzoeksbeurs die haar was toegekend voor een gedragsstudie naar impulscontrole bij psychopaten.

Zonder enig gevoel van blijdschap logde ze uit en nam de trap naar beneden naar afdeling 3, waar Elisabeth Rapp was opgenomen. Ze groette de dienstdoende verpleegkundige en kreeg groen licht om naar binnen te gaan.

61

Elisabeth lag in bed naar de ontluikende bomen in het Slottspark te kijken. Haar zwarte haar lag als een duistere rivier uitgespreid over het witte kussen. Onder de gele wafeldeken met het logo van de provincie leek ze wel een gewond vogeltje dat de hoop had opgegeven om ooit weer te kunnen vliegen.

Op een stoel naast het bed zat een van de verpleegkundigen die extra toezicht hielden; Nathalie kende haar wel van gezicht, maar niet van naam.

'Hallo Elisabeth,' begon ze.

Elisabeth reageerde niet. Nathalie las op het naamplaatje van de verpleegkundige dat ze Maria heette.

'Je kunt wel een pauze nemen en daarna op de gang wachten. Ik wil graag even alleen met Elisabeth praten.'

'Natuurlijk.'

Maria sloeg het boek dat ze op schoot had liggen dicht en verliet de kamer. Toen de deur weer dicht gleed, stond Nathalie stil naar Elisabeth te kijken. Haar blik was nog steeds op de blauwe lucht gericht, er leek zich in haar lichaam geen spiertje te vertrekken. Nathalie haalde diep adem, rook de geur van schoon beddengoed, desinfecteermiddel en zweet.

'Fijn om je te zien,' zei ze aarzelend.

Elisabeths schouders zakten een paar centimeter en haar borstkas ging onder de deken omhoog.

'Ik ben heel blij dat je niet gesprongen bent, dat was heel moedig van je.'

Nathalie had van Frank gehoord dat Elisabeth met een luide vloek terug de kerktoren in gedoken was. Dat ze vervolgens als verlamd aan de grond genageld had gestaan en onmogelijk de wenteltrap af had kunnen komen. Na twee uur had de brandweer haar met een hijskraan geëvacueerd.

Elisabeth weigerde haar aan te kijken. Nathalie ging op de stoel van Maria zitten.

'Ik begrijp dat je teleurgesteld in mij bent,' zei Nathalie. 'Maar het was niet de bedoeling dat de politie zo opeens zou opduiken...'

Elisabeth beet op haar onderlip en haar ogen versmalden.

'Ik geef toe dat ik je in de steek heb gelaten,' ging Nathalie verder. 'Ik had de politie ingeschakeld, maar wat moest ik? Ik wist niet dat jij m'n stalker was. Ik was bang, dat snap je toch wel?'

Het antwoord was een trekking in Elisabeths ene mondhoek. Nathalie legde voorzichtig haar hand op de gele deken, haar schaduw wandelde omhoog naar Elisabeths borst.

'Het spijt me en ik wil je bovendien bedanken... als jij mijn vader niet had aangewezen, zou ik hier vandaag misschien niet zitten.'

Een vonkje in de donkere ogen en handen die zich vastklampten aan de deken. Hun ogen ontmoetten elkaar.

'Frank heeft het me verteld,' zei Nathalie. 'Dat jij Victor op het nieuws zag op de avond dat dat programma over Adam op tv was, en dat je toen besloot om bij mij langs te gaan.'

Elisabeth knikte en zei toonloos: 'Dat was, zeg maar, wat ik je had willen vertellen toen die smeris opeens opdook.'

'Ik weet het,' knikte Nathalie. 'Je bent ontzettend dapper geweest.' Ze verplaatste haar hand dichter naar die van Elisabeth.

'En ik heb gehoord dat je heel moedig was in de verhoren met de politie. Zoals je weet hebben ze nog drie jonge vrouwen gevonden die jouw verhaal bevestigen.'

'Er zijn er nog veel meer,' constateerde Elisabeth. 'Ik heb de politie alle namen gegeven die ik me kon herinneren. Zijn die kerels opgepakt?'

Nathalie aarzelde. Had Frank dat niet verteld?

'Ja, ze waren bij Olof Jönsson in zijn villa in Saltsjöbaden.'

Elisabeth drukte zich omhoog zodat ze half in bed zat.

'En?'

'Olof Jönsson zegt dat Victor Adam en Rickard heeft doodgeschoten, maar dat de anderen tot gisteren van niets wisten, toen Victor dreigde degene die hem zou verlinken te doden...'

Ze kreeg een droge mond en haar keel trok samen. Ze stond op, liep naar de wastafel en dronk twee bekertjes water. Ze keerde terug naar het bed en liet zich weer op de stoel zakken.

'Ze ontkennen stuk voor stuk dat misbruik, maar Rickards autobiografie en jullie getuigenverklaringen zijn hopelijk voldoende voor een veroordeling. Bovendien hebben we de foto van Adam en DNA uit de hut.'

Elisabeth fronste sceptisch haar wenkbrauwen. Nathalie hoorde hoe magertjes het bewijs klonk, zag voor zich hoe dure advocaten de getuigenverklaringen van de vrouwen onderuit zouden halen. Misschien zouden ze de rechtbank er zelfs van proberen te overtuigen dat de vrouwen vrijwillig waren meegegaan.

'Zijn er verder nog mensen die Erlander hebben aangewezen?' vroeg Elisabeth.

'Nog niet,' antwoordde Nathalie. 'En die mannen beweren dat hij er niet bij was.'

'Ze liegen.'

'Ik geloof je,' zei Nathalie.

De vraag of haar vader ook achter Erlanders dood zat, volgde haar als een schaduw.

Elisabeth sloot haar ogen en ze leek in slaap te vallen. Met haar metaalachtige spreekwoordenstem sprak ze: 'De hel is leeg en alle klootzakken zitten hier.'

'Ja, maar jij en ik zijn hier ook, dat moet je niet vergeten.'

'Zeg, ik ben ontzettend moe, ik moet weer even slapen.'

Nathalie kwam langzaam overeind. Ze legde haar hand op die van Elisabeth. Die was koud en net zo groot als die van haarzelf. Tot haar opluchting en verbazing trok Elisabeth haar hand niet terug.

'Tot gauw... als jij dat wilt,' zei Nathalie.

Geen reactie. Nathalie bleef een hele tijd staan wachten, voelde de warmte door haar arm naar haar hart stromen.

'Pas goed op jezelf, Betty,' zei ze, en ze verliet de kamer. In de auto belde ze Frank.

'Hoi, hoe ging het?' vroeg hij.

'Goed, ze heeft niets méér gezegd dan dat ze tegen jou gezegd had, maar ik heb haar zo goed mogelijk geprobeerd op te peppen.'

'Als zij getuigt is de overwinning half binnen,' zei Frank.

Nathalie keek hoe laat het was. Halfzeven.

'Tot zo.'

62

Ze ging in de auto zitten zonder zich ertoe te kunnen zetten de sleutel in het contact te steken. Het voelde of ze in een capsule zat die van de wereld was afgeschermd. Ze pakte haar mobiel en antwoordde Bengt Vallman dat ze geen belangstelling had en dat het etentje niet doorging. Ze wekte de motor tot leven. Zonder dat ze het van plan was, zette ze koers naar Kåbo en naar Norbyvägen. Ze reed langzaam langs haar vroegere huis. Håkans BMW stond in de garage, maar er was niemand te zien.

Nu ben ik jullie aan het stalken, dacht ze. Had Håkan zich gisteren ook zo gevoeld toen hij langs haar appartement was gereden? Nee, hij had de kinderen. De vraag was hoe ze hem ertoe moest bewegen de voogdijzaak op te geven.

Het vrijstaande huis verdween in de achteruitkijkspiegel. Haar ogen brandden en ze moest een paar keer knipperen om niet in tranen uit te barsten.

In de overdekte markthal van Uppsala waren de activiteiten in volle gang zo voor het weekend. De standhouders deden hun best om voor sluitingstijd zo veel mogelijk vis, groente, bessen, snoep en brood aan de man te brengen.

Frank zat aan de bar van Feskarn een biertje te drinken. Toen hij haar in het vizier kreeg, stond hij op en omhelsde haar.

'Je bent net zo mooi als altijd,' zei hij. 'Ondanks alles wat er gebeurd is,' voegde hij er snel aan toe.

Ze kwam ook aan de bar zitten en bestelde een mineraalwater en een bakje nootjes.

'Het is een lange dag geweest,' zei Frank. 'Maar nu is het onderzoek bijna afgerond.'

'Ik kan niet begrijpen dat hij...'

Ze nam een slok water en voelde de koele drank door haar keel glijden.

'Dat snap ik,' zei Frank, en hij krabde zich in zijn baardstoppels.

'Je wondje is genezen, zie ik,' zei ze.

Hij deed zijn hand omlaag, glimlachte gegeneerd.

'Wat was er eigenlijk gebeurd?' vroeg ze. 'Van dat gesneden met scheren geloof ik niks.'

Frank nam twee slokken bier.

'Nee, dat begreep ik al,' zei hij, en hij keek haar aan. 'Maar wat er gebeurd was, was zo gênant dat ik niet wilde...'

Hij zweeg, zette zijn glas neer en draaide het op de messingglanzende bar.

'Wij hebben toch geen geheimen voor elkaar?' zei ze.

'Oké dan,' verzuchtte hij. 'Ik was met een vrouw mee naar huis gegaan. Ik dacht dat ze single was, maar net toen we lekker bezig waren, kwam haar man thuis. Tja, toen bleek dat ze getrouwd was en van het een kwam het ander.'

'Dus jij kreeg ervanlangs,' zei ze, en ze glimlachte voor het eerst in dagen.

Frank knikte grijnzend.

Nathalie ging even verzitten en herinnerde zich hoe haar vader en zij op soortgelijke barkrukken in de skybar van het Royal Viking Hotel hadden gezeten.

'Ik kan niet begrijpen dat pa...'

Het stuitte haar tegen de borst om het woord uit te spreken. Ze had geen vader meer.

'Het was beter geweest als jij gelijk had gehad in je verdenkingen tegen Gyllenborg,' zei ze in plaats daarvan.

'Ja,' zei Frank. 'Dat was ook mijn idee...'

'Pardon?'

'Ik wilde je voor de waarheid behoeden.'

Ze zette haar glas neer.

'Hoe bedoel je?'

'Ik had aldoor het vermoeden dat Victor Adam had gedood en dat Erlander het onderzoek had gedwarsboomd...'

'Hè?'

'De reden dat ik niets tegen je heb gezegd, is dat ik je wilde beschermen. Bovendien is zo'n beschuldiging niet iets waar je zonder bewijs mee aan kunt komen.'

Ze staarde hem aan. Hij nam een slok bier en ging verder: 'Dat was de reden dat ik je tegenwerkte toen je in Adams zaak begon te wroeten. Ik wilde je de waarheid over je vader besparen. Ik was er in eerste instantie van overtuigd dat Gyllenborg Rickard had vermoord en bedacht dat het een goede oplossing was om hem voor beide moorden te laten opdraaien... Ik bedoel, de straf voor een of twee moorden is in dit land vrijwel gelijk.'

Nathalie liet het glas los en schudde haar hoofd. 'Spoor je wel helemaal?'

'Denk nou eens na, Nathalie,' zei hij smekend, en hij legde zijn hand op haar onderarm.

Ze trok die terug en concentreerde zich op haar ademhaling. De geur van Franks aftershave vermengde zich met visafval en een vochtige stenen vloer. Ze voelde zich misselijk.

‘Ik heb het gedaan voor jou, ik kon niet weten dat…’

‘Zo is het genoeg,’ zei ze. ‘Ik ga nu naar huis.’

Ze stond op onvaste benen op en liep weg. Haar gedachten duizelden en ze moest moeite doen om recht te lopen.

De zon verblindde haar toen ze de trap af liep. De klok van de domkerk sloeg zeven keer. Ze liep naar haar auto. Toen ze het portier opendeed, ging haar mobiel.

Een onbekend nummer. Nathalie kreeg een koude rilling en nam op.

‘Hoi, met Angelica Hübinette van de daderprofielgroep.’

‘Ah, hallo,’ zei Nathalie, en ze bleef met het portier open staan.

‘Hoe gaat het?’

‘Niet echt geweldig, maar het gaat.’

Net zo tegenstrijdig als de antwoorden die ze dagelijks kreeg van haar patiënten.

‘Gecondoleerd met je vader,’ ging Angelica verder.

‘Hm.’

‘We hebben de zaak de hele tijd gevolgd, maar omdat jij erbij betrokken was, hebben we je niet benaderd.’

‘Ik snap het,’ zei ze, en ze zag Frank op de trap verschijnen waar ze zelf net gestaan had.

Ze ging in de auto zitten, zag hem om zich heen kijken.

‘Zit je in de ziektewet of eh…?’ vroeg Angelica.

‘Ik heb een week vrij genomen.’

‘Ben je in Stockholm?’

‘Nee, in Uppsala.’

‘Oké, ik begrijp het. De reden dat ik je bel, is dat er iets gebeurd is waar wij je hulp bij nodig hebben.’

Haar stem klonk nu serieuzer. Ze zag Angelica’s stramme gezicht voor zich, hoorde de droge forensisch-geneeskundige conclusies waar gewone mensen misselijk van zouden worden.

'Vertel,' zei Nathalie, en ze zag Frank in noordelijke richting naar Sysslomansgatan lopen.

'Ik denk dat het 't beste is als je hiernaartoe komt. De halve groep zit momenteel bijeen in de vergaderruimte. Zie je kans naar Stockholm te komen?'

'Nu?'

'Ja, we hebben de zaak net op ons bordje gekregen. Het is nogal dringend.'

Nathalie draaide het raampje omlaag, vulde haar longen met lucht. Ze zag Frank verdwijnen achter een groene vrachtwagen met reclame erop voor bier.

'Heeft het iets te maken met... met mijn vader?'

'Het heeft niets te maken met je vader, maar het is het beste als je hierheen komt. Het is te ingewikkeld om uit te leggen over de telefoon.'

De ernst in Angelica's stem bracht haar tot een beslissing. 'Ik kan er over een uur zijn.'

Om acht uur parkeerde Nathalie haar Volvo voor de roodbruine gevel van het hoofdbureau van politie aan Polhemsgatan op Kungsholmen. Ze nam de lift naar de vijfde verdieping waar de daderprofielgroep van de rijksrecherche was gehuisvest.

De sfeer in de vergaderruimte was gespannen en gefocust. Rond de ovale tafel zaten groepschef Ingemar Granstam, gedragswetenschapper Fernando Rodriguez, commissaris van de recherche Ulf Björck, technisch rechercheur Tim Walter en forensisch arts Angelica Hübinette.

Nathalie groette de aanwezigen en nam plaats. Na wat beleefdheden over en weer nam Ingemar Granstam, die door zijn grote, zware lijf en zijn weelderige snor algemeen bekendstond als 'de Walrus', het woord. Hij had een geruststellend Norrlands dialect.

'Een arts genaamd Erik Jensen is in het ziekenhuis van Sundsvall spoorloos verdwenen. Hij had vannacht nachtdienst op de spoedeisende hulp. Toen hij om drie uur werd opgepiept, kwam hij niet opdagen. Niemand weet waar hij gebleven is...'

Ingemar Granstam schraapte zijn keel, vouwde zijn kolenschoppen van handen boven tafel en vervolgde: 'Om halfdrie verliet dokter Jensen de spoedeisende psychiatrie nadat hij daar iemand had gereanimeerd. Een paar minuten later komt hij een verpleegkundige tegen in de ondergrondse tunnel. Alles duidt erop dat hij weer op weg terug was naar de gewone spoedeisende hulp.'

Nathalie knikte en staarde door de rij lage ramen naar buiten. Ze keek naar de ontluikende bomen in het Kronobergspark en vroeg zich af waarom ze haar hadden gevraagd te komen.

'Nu is het zo dat er afgelopen maandag tijdens de nachtdienst in diezelfde ondergrondse tunnel een andere arts verdwenen is,' pakte Granstam de draad weer op. 'Die is vanochtend dood aangetroffen in het bos een stuk buiten Sundsvall...'

Zijn stoel kraakte toen Granstam zich moeizaam omdraaide naar Angelica Hübinette, die het overnam.

'De man was vermagerd en uitgedroogd. Het lijkt erop dat hij onlangs op die plek was gedumpt. Hij is gemarteld op een manier die... nou ja, ik zal daar nu niet op ingaan, maar er zijn tekenen die erop duiden dat zijn verdwijning verband houdt met die van dokter Jensen.'

'Waarom moest ik zo snel hiernaartoe komen?' vroeg Nathalie.

Met een bezorgd gezicht draaide Granstam aan zijn snor. 'Omdat we jouw hulp nodig hebben,' antwoordde hij. 'Dokter Jensen werd namelijk bedreigd door een patiënt bij de spoedeisende psychiatrie. Die patiënt sprak een vloek uit en zei dat Jensen op korte termijn zou verdwalen in zichzelf en nooit meer terug zou komen. Die man is eerder veroordeeld voor een dubbele moord met sadistische trekjes en verblijft normaliter bij gerechtelijke psychiatrie.'

'Dus jouw kennis zou van onschatbare waarde zijn,' viel Angelica Hübinette hem in de rede.

'Ik begrijp het,' zei Nathalie. 'Maar door wat er gebeurd is...'

Ze maakte haar zin niet af. Granstam knikte en trok een ernstig gezicht.

'Er is een belastende omstandigheid. We hebben het intern besproken en zijn tot de conclusie gekomen dat we jou er toch graag bij willen hebben.'

Nathalie voelde een huivering over haar hoofdhuid lopen, keek in zijn bruine ogen. 'Hoe bedoel je?'

'Jouw zus heet toch Estelle Ekman en is verpleegkundige bij de kliniek in Sundsvall?'

'Ja?'

Morgen zie ik haar weer voor het eerst in drie jaar.

'Zij is degene die Erik Jensen tegenkwam in die ondergrondse tunnel. Jouw zus is dus de laatste persoon die hem gezien heeft. Bovendien zijn er aanwijzingen dat zij een verhouding hadden.'

De lucht in de kamer werd zwaar, ze kreeg moeite met ademhalen. Estelle had niets van die verdwijning gezegd toen ze elkaar gesproken hadden. En dat zij naast haar huwelijk een verhouding zou hebben, kon ze zich maar moeilijk voorstellen, maar Nathalie zag meteen in dat ze niets wist over het huidige leven van haar zus.

'Is zij verdachte?' vroeg ze.

'Formeel niet,' zei Granstam. 'Ze is een keer gehoord en wordt vanavond weer gehoord.'

Nathalie zag Estelle voor zich.

Gabriel en Tea en mama.

Het was drie uur rijden naar Sundsvall.

'Wanneer willen ze dat we komen?'

'Morgen,' zei Granstam. 'Ene commissaris Johan Axberg leidt het onderzoek. Hij staat bekend als een uiterst competente verhoorder.'

'Ik krijg zondagavond de kinderen, maar tot die tijd ben ik vrij.'

'Je kunt er tot morgenochtend over denken. We rijden hier om tien uur weg en kunnen je in Uppsala oppikken.'

Nathalie pakte de stoelleuningen stevig beet. 'Ik ga mee,' zei ze, en ze kwam overeind.

Nawoord

Ik wil de volgende personen bedanken die hebben meegelezen en met waardevolle opmerkingen zijn gekomen:

Hoofdcommissaris van politie *Göran Westman*,
politie provincie Västernorrland
Erling Bergman
Eva Carlsson